Die Rache bleibt

Von H.C. Scherf

Thriller

Bibliografische Information der Deutschen Nationalbibliothek:
Die Deutsche Nationalbibliothek verzeichnet diese Publikation in der
Deutschen Nationalbibliografie; detaillierte bibliografische Daten sind im
Internet über http://dnb.dnb.de abrufbar.
Die Rache bleibt

Covergestaltung: VercoDesign, Unna
Bilder von: petarpaunchev / clipdealer.com
bialasiewicz / clipdealer.com
nchlsft / clipdealer.com
foto76 / adobe stock

Lektorat: Heidemarie Rabe
rabe.heidemarie47@googlemail.com

Herstellung und Verlag:
BoD – Books on Demand, Norderstedt

ISBN: 978-3749497850

DIE RACHE BLEIBT

Von H.C. Scherf

En la fiebre de la venganza también un
buen hombre se vuelve bestia

**Im Rausch der Rache
wird auch ein guter Mensch zur Bestie**

Weisheit der mexikanischen Indios

1

Der cremefarbene Ford Taunus kam mit quietschenden Bremsen in der Einfahrt der im viktorianischen Stil gebauten Villa zum Stehen und zündete noch zweimal nach. Der Rechtsmediziner Dr. Ralf Schiller strich noch ein letztes Mal über das Lenkrad, so als wollte er sich dafür bedanken, dass der Oldtimer wieder einmal durchgehalten und ihn wohlbehalten nach Hause gefahren hatte. Ein gemeiner Schmerz in der Lendenwirbelmuskulatur durchfuhr den Mediziner, als er sich zur Rückbank umdrehen wollte, um den bunten Blumenstrauß zu greifen, den er seiner geliebten Maria zum heutigen Geburtstag mitgebracht hatte. Die vielen *Kunden*, die er heute auf den Seziertischen untersuchen musste, hatten ihn der Gelegenheit beraubt, die Blumen in einem richtigen Blumenladen zu kaufen. Ihm war nur der Shop an der Tanke geblieben. Nun hoffte er inständig, dass es Maria nicht auffallen würde. Schließlich würde sie sicherlich von den Gästen abgelenkt, die zu dem feierlichen Anlass das Haus besetzt hielten.

Die ebenfalls quietschende Autotür, die sich nur schwer schließen ließ, erinnerte Schiller lautstark daran, dass er die Scharniere schon vor Wochen ölen wollte. Seufzend setzte er auch dieses Vorhaben einmal mehr auf die To-do-Liste, die er lediglich in Gedanken führte. Sein gedrungener Körper straffte sich, als er den Haustürschlüssel wieder aus dem Schließzylinder zog und er sich auf das Stimmengewirr vieler Gäste vorbereitete. Nur zögernd ließ er die Tür ins Schloss fallen, lauschte in die unerwartete Stille des Hauses. Kein Geschnatter, keine Musik – dafür aber gespenstische Ruhe und ungewohnte Düsternis. Ein schmaler, kaum wahrnehmbarer Lichtstrahl drängte aus dem Schlafzimmer in die Diele und schaffte in Schiller, ohne dass er es sich erklären konnte, Unbehagen. Er befreite sich von seinem Kamelhaarmantel, warf ihn gedankenverloren über den Garderobenhaken. Die jetzt leicht zitternden Finger umfassten immer noch den Blumenstrauß, den er fast wie eine Waffe vor sich hertrug. Seine Augen waren auf den Türschlitz gerichtet, während er mit dem Taschentuch in der anderen Hand erste Schweißperlen von der hohen Stirn wischte. Sie hatten sich bereits über die gesamte Glatze ausgebreitet. Kurz vor der schweren Schlafzimmertür, die den Charme der Fünfzigerjahre versprühte, blieb er noch ein letztes Mal unentschlossen stehen.

»Maria? Bist du da drin? Sag doch was, Liebes.«

Nichts. Keine Antwort. Etwas Unerklärliches hielt ihn noch einen Moment zurück. Mit den Fingerspitzen drückte er dann doch das Türblatt Zentimeter für Zentimeter nach innen und blieb wie angewurzelt stehen. Die Hand mit den Blumen öffnete sich, trennte sich vom Grün der Pflanzen, die kurzen Beine des leicht übergewichtigen Mediziners versagten den weiteren Dienst. Ein fast stummer Schrei verließ seine Kehle, bevor er auf den Boden sank.

2

Die mit Efeu überwucherte Vorderfront der Schiller-Villa hatte ihre majestätische Ausstrahlung durch die flackernden Lichter der Einsatzfahrzeuge verloren. Nun wirkte sie gespenstisch. Die ansonsten ruhige Straße hatte die Beschaulichkeit eingebüßt, in der sie normalerweise um diese späte Stunde strahlte. Mindestens zehn Fahrzeuge von Polizei und Rettungsdiensten waren vorgefahren und lockten die Nachbarn vor ihre Türen. Da noch nichts an Informationen floss, kursierten bereits die wildesten Gerüchte.

Hauptkommissar Peter Liebig saß dem älteren Mann gegenüber, der ihm in den letzten Jahren zum Freund geworden war. Nichts war mehr zu spüren von der Fröhlichkeit, die ihre früheren Begegnungen immer auszeichnete. Vor Liebig saß ein gebrochener Mann, der beide Hände vor das Gesicht geschlagen hielt und hemmungslos weinte. Auch Kommissarin Momsen, die Liebig wie selbstverständlich gefolgt war und immer einen flotten Spruch auf den Lippen hatte, sah hilflos auf die gebeugt dasitzende Gestalt, unfähig, ein Wort des Trostes zu sprechen. Schließlich drängte sie sich wieder in das Schlafzimmer, in dem sie ein weiteres Mal auf das Grauen starrte, das ein Wahnsinniger hinterlassen hatte.

Während sie die Kollegen der Spurensicherung beobachtete, die in ihren weißen Schutzanzügen wie Schneemänner wirkten und vorsichtig jeden Millimeter des Raumes nach Hinweisen absuchten, bemerkte sie nicht die Gestalt, die wortlos neben ihr auftauchte. Erst als Liebig seine Gedanken mit erstickter Stimme offenbarte, sah sie ihm ins Gesicht.

»Habe ich Ihnen nicht prophezeit, dass das niemals aufhören wird? Wer tut nur so was? Diese Frau hat niemandem jemals ein Leid zugefügt. Sie sammelte schon seit Jahren Geld für eine Organisation, die sich um ehemalige Strafgefangene kümmert. Sie wollte diesen Menschen bei der Eingliederung helfen. Nun ist sie womöglich selbst Opfer einer solchen Bestie geworden. Rita, das ist selbst mir zu viel. Würde mir das Tier jetzt über den Weg laufen, wüsste ich nicht, was ich täte.«

Rita blieb eine Antwort schuldig, die an jedem anderen Tag gefolgt wäre. Heute aber blieb ihr nur ein zustimmendes Nicken. Da sich ihre Augen erneut mit Wasser füllten, sah sie das, was der Täter von dieser Frau übrig gelassen hatte, relativ verschwommen. Immer wieder blieb ihr Blick an dem hängen, was die Bestie mit dem Blut des Opfers an die Wand gemalt hatte.

Das ist erst der Anfang. Ihr habt meine Familie zerstört – jetzt werde ich mich an denen rächen, die Schuld daran tragen. Ich bin die Rache und komme über euch.

Endlich fand Rita die Sprache wieder.

»Denken Sie das Gleiche wie ich, Chef? Müssen wir jetzt in alten Akten wühlen, um den Täter zu finden?«

Auch Liebig las die Zeilen immer wieder und wieder, bis er auf die Frage einging.

8

»Wissen Sie, was das bedeutet? Dr. Schiller hat hunderte Körper aufgeschnitten, hat ebenso viele Gutachten erstellt. Der Täter wollte eigentlich ihn treffen. Ich denke, dass er in Schiller den zu finden glaubt, der maßgeblich dafür verantwortlich ist, dass ein Familienmitglied oder sogar er selbst verurteilt wurde. Nur so kann ich mir das Motiv erklären. Wir werden im Umfeld derer suchen müssen, bei denen durch ein Gutachten Schillers jemand verurteilt wurde.«

»Und mehr lesen Sie aus dieser Nachricht nicht heraus, Chef?«, hakte Rita an dieser Stelle ein, »Wollen Sie die Wahrheit nicht erkennen? Der Täter schreibt doch deutlich, dass er sich an denen rächen wird ...«

»Ja, ich kann lesen, Momsen«, schrie er Rita lauter entgegen, als es wohl geplant war. »Sie wollen mir sicher erklären, dass ich mich ebenfalls in Gefahr befinde, weil ich schon viele Jahre mit dem Mann zusammenarbeite. War es das, was Sie denken? Scheiß drauf. Morddrohungen erhalte ich eben häufiger als Liebesbriefe. Daran gewöhnt man sich. Doch das hier ...«, Liebig zeigte mit der ausgestreckten Hand auf Maria Schiller, »... nehme ich wirklich persönlich. Sie war eine Freundin, eine echte Freundin.«

Als Liebig gehen wollte, stieß er mit dem Mann zusammen, der seinen ersten Schock scheinbar überwunden hatte. Ralf Schiller schob den großen Mann beiseite, der ihm noch soeben seine Freundschaft bestätigt hatte. Langsam bewegte er sich mit zusammengekniffenen Lippen auf das Bett zu. Seiner ansonsten ausdruckslosen Miene war nicht zu entnehmen, was er augenblicklich dachte. Noch einmal las er die Zeilen, bevor er die im Blut schwimmende Hand seiner Frau vom Laken hob und zärtlich gegen seine Wange drückte. Rita glaubte, einen tiefen Seufzer vernommen zu haben, bevor der leidende Mann die Innenfläche der Hand küsste und vorsichtig wieder in die alte Position legte. Alle Anwesenden schluckten, als sie in das jetzt blutverschmierte Gesicht des Rechtsmediziners blickten. Der jedoch machte sich an die Arbeit, die für ihn die wahre Hölle bedeuten musste. Niemand bemerkte das Eintreten des Kriminalrates Rösner, den man aus dem Bett geholt hatte. Fest legte der eine Hand auf Liebigs Schulter und zog ihn aus dem Raum.

»Was ist hier genau passiert, Liebig? Wieso lassen Sie Schiller selbst die Untersuchung durchführen? Das verstößt klar gegen jede Vorschrift.«

Liebigs Körper versteifte sich für einen kurzen Augenblick. Schnell fand er allerdings seine Fassung wieder zurück und wandte sich an Rösner.

»Finden Sie nicht, dass Sie gerade über das Ziel hinausschießen? Es dürfte doch sehr verständlich sein, dass er den Mörder seiner Frau unbedingt finden will und dazu seine Fachkenntnisse einsetzt. Außerdem steht er nicht im Polizeidienst. Somit gelten unsere Regeln nicht für ihn.«

Wenn Liebig glaubte, den Kriminalrat damit beeindruckt zu haben, wurde er enttäuscht.

»Liebig, was ist mit Ihnen los? Wo bleibt Ihr Sachverstand? Klar, Schiller ist Angestellter der Klinik, da haben Sie völlig recht mit Ihrer Bemerkung. Doch wir dürfen eine Tatsache nicht außer Acht lassen. *Er* hat seine Frau gefunden. *Er* hat uns verständigt. So weit klingt das beeindruckend und ich bin der Letzte, der nicht mit ihm fühlt. Doch wir dürfen eines niemals vergessen. *Er* könnte – ich wiederhole deutlich – er könnte auch selbst der Täter sein und das Ganze inszeniert haben. Ich weiß, dass es weit hergeholt klingt, doch das Leben hat uns schon manche Überraschung serviert. Sie wissen so gut wie ich, Liebig, wie oft in unserer Statistik ein Familienangehöriger später als Mörder entlarvt wurde.«

Liebigs Einwandversuch wurde von Rösner mit einer harschen Handbewegung beiseitegewischt.

»Und genau deshalb erwarte ich von Ihnen, dass Sie Schiller vom Tatort fernhalten. Er könnte Spuren entfernen oder zumindest unterschlagen. Ich erwarte von einem Profi wie Ihnen, dass er unverzüglich das Privatleben des Mannes unter die Lupe nimmt. Wahrscheinlich werden wir nichts finden. Doch es gehört zu unserer Pflicht, auch nur das geringste Verdachtsmoment gegenüber Schiller zu durch-leuchten. Machen Sie dem Mann sofort klar, dass er den Tatort bis zum Ende der Ermittlungen nicht mehr betreten darf. Ich werde ein anderes Institut, zumindest einen anderen Rechtsmediziner mit der Leichenbeschauung beauftragen. Es tut mir leid, zumal ich weiß, dass Sie befreundet sind.«

Rösner wollte sich schon entfernen, als er sich ein weite-res Mal umdrehte.

»Ach, noch eine Kleinigkeit, Liebig. Sollten Sie mit der Ermittlung in diesem Fall persönliche Probleme, also Skru-pel haben, sagen Sie es mir früh genug. Ich kann das sogar gut verstehen. Dann werde ich Spiekermann mit den Ermitt-lungen beauftragen.«

Rösner ließ einen nachdenklichen Liebig zurück, der sich plötzlich Rita gegenüber sah, die ihn durch ihre Bemerkung wieder in die Realität zurückholte.

»Er hat recht, Chef. Sie selbst haben mir vor gar nicht langer Zeit einen Vortrag darüber gehalten, wie oft der

Schuldige in der eigenen Familie gefunden wird. Wir dürfen hier keinen Unterschied machen. Soll ich mit Schiller ...?«

Fast zu schnell kam die Antwort.

»Nein, das mach ich selbst. Hören Sie, Momsen. Haben Sie wieder in meinen Gedanken geschnüffelt oder vielleicht hinter der Tür gelauscht? Ab und zu würde ich gerne ein Eigenleben führen können, ohne die Befürchtung zu haben, dass Sie in meinem Kopf herumwuseln. Sie werden mir unheimlich.«

Noch im Weggehen konnte Liebig die gemurmelte Bemerkung der Kommissarin verstehen: »Vielleicht sollten Sie weniger laut denken, Chef.«

3

Die Beamten von Kripo und Spurensicherung waren längst abgezogen und hatten, nachdem die Tote abtransportiert worden war, das Tatzimmer versiegelt. Stumm saßen sich Peter Liebig und Dr. Schiller im Wohnzimmer gegenüber. Liebig hatte zugestimmt, ein Glas Rotwein mitzutrinken, da er dem Freund seinen ehrlichen Beistand bekunden wollte. Ohne jegliche Regung hatte sich Schiller vor Stunden von ihm aus dem Raum führen lassen, nachdem er ihm die Gründe dafür zusammengefasst hatte. Lediglich der an die Fensterscheiben prasselnde Regen unterbrach diese düstere Stille, die in dem halbdunklen Raum vorherrschte. Nur eine flackernde Kerze verbreitete ein schwaches Licht und warf spukhafte Schatten an die Wände. Liebig schrak aus seinen Gedanken, als Schiller nach einem kurzen Hüsteln das Schweigen brach.

»Sie muss lange gelitten haben.«

Liebig ließ die bedeutsamen Worte sacken, wartete darauf, dass sich Schiller erklärte. Erwartungsvoll sah er ihn an, bis Schiller fortfuhr.

»Haben Sie die vielen Schnitte in ihrem Unterleib gesehen? Die sind ihr bei vollem Bewusstsein zugefügt worden. Die Prellungen im Gesicht zeugen von brutalen

Schlägen. Das Jochbein wurde komplett zertrümmert – vermutlich, um etwas aus ihr herauszuprügeln. Dieses Schwein hat sie einfach verbluten lassen, nachdem er ihr die Brüste abgeschnitten hatte. Was treibt einen Menschen dazu, so grausam zu sein? Der Hass muss grenzenlos gewesen sein. Übrigens wurden die Schnitte mit einem Chirurgenskalpell durchgeführt. Die Schnitte sind zwar glatt, aber nicht von geübter Hand geführt. Der Mörder wusste aber genau, wo er schneiden musste, um die Gebärmutter entfernen zu können. Was kann das bedeuten, Liebig? Warum meine Maria und warum gerade dieses Organ?«

Wenn Liebig vermutet hatte, dass dieser Mann zusammenbrechen würde, wurde er in diesem Augenblick enttäuscht. Schiller hatte nichts von seinem analytisch funktionierenden Verstand eingebüßt. Die Tränen waren getrocknet und hatten einem klaren Blick für die Lage Platz eingeräumt. Zumindest dem äußeren Anschein nach war er durch diesen bestialischen Mord an seiner Frau nicht gebrochen. Liebig erinnerte sich daran, als er vor Jahren den geschändeten Leichnam seiner eigenen Frau vorgefunden hatte. Tagelang war er in Selbstmitleid und wilden Mordfantasien versunken, was den Täter betraf. Wieder einmal zeigte sich deutlich, dass es in puncto Reaktion kein übertragbares Klischee gab, das in solchen Fällen anwendbar war. Jeder verarbeitete so ein Drama auf seine eigene Art.

»Ich glaube kaum, dass ich Ihnen dazu eine plausible Erklärung bieten kann. Das Geschehen wirkt im ersten Augenblick sinnfrei. Wir werden dazu Dr. Afarid befragen müssen. Gemeinsam mit ihm müssen wir die Tat und das Geschriebene in einen Zusammenhang bringen. Der Täter oder die Täterin wird sich dabei etwas gedacht haben. Wir wollen hoffen, dass wir das Rätsel lösen können, bevor ein weiterer Mensch das gleiche Schicksal erleidet.«

Schiller unterbrach Liebig mit seiner Frage.

»Sie glauben tatsächlich, dass dieser Wahnsinn noch nicht zu Ende ist? Wir wollen nicht hoffen, dass er sein Werk weiter fortführen kann. Er schrieb ja, dass er sich an denen rächen würde, die Schuld an einem Dilemma tragen, das seine Familie betrifft. Dazu gebraucht er den Plural, was mir Angst einjagt. Er scheint mit den Angehörigen beginnen zu wollen. Haben Sie keine Angst, Liebig? Schließlich haben wir gemeinsam viele hinter Schloss und Riegel gebracht.«

Der Angesprochene schüttelt müde den Kopf.

»Wissen Sie, Schiller. Ich habe damit aufgehört, die Morddrohungen ernst zu nehmen. Wenn die zugetroffen hätten, müssten Sie meinen Tod schon seit zwanzig Jahren betrauern. Bisher hat sie noch keiner wahr gemacht. Und ich erinnere noch mal daran, dass ich keine Angehörigen mehr habe. Wenn es geschieht, soll es eben so sein. Doch ich mache es denen nicht so einfach. Irgendwie bin ich immer unter Spannung und vorbereitet. Soll er kommen – er wird sich wundern. Schiller – darf ich Ihnen eine Frage stellen?«

»Selbstverständlich, Herr Liebig. Fragen Sie.«

»Können Sie sich erklären, warum keine Gäste mehr im Haus waren? Sie sprachen doch davon, dass Maria – ich meine Ihre Frau – heute Geburtstag hatte und sich Besuch eingeladen hatte. Sie trafen um etwa 20:30 Uhr ein. Da feiert man doch eigentlich noch. Ihre Frau war jedoch allein im Haus. Ist es Ihnen möglich, mir die Namen und Adressen der Gäste zu geben?«

Jetzt schien Schiller wirklich hellwach und trank den Rotweinrest in einem Zug aus. Er stand auf und begann eine Wanderung durch das düstere Zimmer, beide Hände in den Hosentaschen. Plötzlich blieb er stehen und sah Liebig an.

»Genau diese Frage geht mir auch schon den ganzen Abend durch den Kopf. Sie werden es mir vielleicht nicht glauben, Liebig, aber Maria machte aus der Gästeliste ein großes Geheimnis. Sie verriet mir weder die Anzahl, noch die Namen der Geladenen. Sie wiederholte nur immer wieder, dass es eine große Überraschung geben würde. Ich bin mir sicher, dass sie sich der traurigen Wahrheit dieser Aussage zu diesem Zeitpunkt nicht bewusst war. Sie hat sich vielleicht ihren Mörder selbst ins Haus geholt. Ich darf gar nicht darüber nachdenken.«

Liebig ließ ihm einen Augenblick, um diese Tatsache sacken zu lassen. Erst dann schob er eine Frage nach.

»Erinnern Sie sich bitte an das letzte Jahr. Es könnte sein, dass Ihre Frau wieder die gleichen Leute einlud. Wenn wir die befragen, könnte ja klar werden, wer der besondere Gast war und warum die Party schon früh beendet wurde. Bekommen wir das hin?«

Statt einer Antwort kam nur ein stummes Nicken. Liebig verfolgte den kleinen wohlbeleibten Mann, als der sich zum Schrank bewegte und eine Metallschachtel herauskramte. Geduldig nahm er am Tisch sitzend jedes Foto in die Hand, das Schiller ihm mit erklärenden Worten überreichte. Ein bebildertes Protokoll einer intakten Ehe und zum Teil einer lustigen Geburtstagsfeier.

4

Joels Geduld wurde an diesem Nachmittag auf die Probe gestellt. Der Film *Der Fuchs und das Mädchen* zog sich für sein Gefühl unnötig in die Länge und langweilte den hyperaktiven Spross der Familie Melchior. Ausbaden musste das ein älterer Tanklastzug, an dem er herumhantierte und Stück für Stück in Einzelteile zerlegte. Das Klingeln an der Tür kam ihm gerade recht. Einem Torpedo gleich schoss er aus dem Sessel und tobte in die Diele. Hinter der Milchglasscheibe der Haustür zeichnete sich die Kontur einer großen Person ab. Sekunden, bevor ihn Mutter Sybilles *Stopp* erreichen konnte, riss er die Tür auf. Seine leuchtenden Augen erfassten einen dunkelblauen Overall, in dem ein großer schwarzbärtiger Mann steckte, der scheinbar erschrocken einen Schritt zurücktrat. Schützend hob der die lederne Werkzeugtasche vor die Brust und atmete erleichtert auf, als er den kleinen Lausbuben erkannte.

»Oh Gott, hast du mir einen Schrecken eingejagt. Ich wusste gar nicht, wie streng dieses Haus bewacht wird. Bei einem solch gefährlichen Kämpfer können sich deine Eltern ja einen großen Wachhund sparen. Was hast du mit dem Tankwagen vor? Willst du mich damit erschlagen? Ich bin harmlos und habe nichts Böses im Sinn.«

Völlig überrascht wechselte Joels Blick vom Gesicht des jetzt lachenden Mannes zum Spielzeug, das er immer noch in der Hand hielt. Jetzt überzog auch sein Kindergesicht ein Lachen. Schon fast verlegen versteckte er das Auto hinter seinem Rücken.

»Wer ist da, Joel? Mit wem sprichst du?«, erklang die Stimme von Sybille Melchior durch den langen Flur, dem neben einer verspiegelten Garderobe viele Blumenbilder einen freundlichen Eindruck verliehen. Sie wischte sich die feuchten Hände an der Schürze ab und kam näher.

»Kann ich Ihnen helfen? Wollen Sie wirklich zu uns? Wir haben keinen Handwerker bestellt.«

Mittlerweile hatte der sportlich wirkende und grinsende Mann die freie Hand auf Joels Haar gelegt. Sybille musste ebenfalls lachen, als der Mann scherzhaft zu ihr sprach.

»Da haben Sie aber einen sehr aufgeweckten Jungen – der gefällt mir. Ich wollte, meiner wäre auch so. Der rekelt sich den ganzen Tag auf der Couch und zieht sich Soaps rein. Von dem höre ich nur Gemaule, weil der sich nicht richtig beschäftigen kann. Ach, entschuldigen Sie bitte. Ich habe mich noch nicht vorgestellt.«

Der Mann zerrte umständlich am Reißverschluss seines Overalls und zog eine eingeschweißte Karte heraus, auf dem das Logo der Stadtwerke erkennbar war.

»Mein Name ist Greiner, Edwin Greiner. Ich weiß, dass wir erst für die kommende Woche angemeldet waren, aber wir sind schneller vorangekommen, als wir glaubten. Es wäre schön, wenn ich schon heute die Wasseruhren kontrollieren dürfte. Sollten Sie allerdings keine Zeit ...«

Sybille Melchior unterbrach ihn.

»Herr Greiner, so heißen Sie doch, oder? Ich weiß nichts davon, dass die Wasseruhren schon wieder kontrolliert werden sollen. War da nicht erst im letzten Jahr jemand bei uns?«

Ein weiterer Zettel erschien in Greiners Hand, auf dem er mit dem Finger auf eine Reihe von Namen zeigte.

»Ich habe Sie auf meiner Liste. Und außerdem müssten Sie eine Nachricht mit der Post erhalten haben. Wir gehen diese Geräte neuerdings jährlich durch und erneuern die erst dann, wenn wirklich eine Ungenauigkeit oder ein Schaden erkennbar ist. Das spart uns allen unnötige Kosten und Ressourcen. Sie verstehen sicherlich, Frau Melchior. Ich komme aber gerne in den nächsten Tagen wieder, wenn es Ihnen jetzt nicht passt.«

Greiner machte Anstalten zu verschwinden.

»Nein, nein, kommen Sie rein. Ob heute oder nächste Woche ist doch egal. Wenn Sie schon einmal hier sind, dann erledigen wir das auch eben. Eine Uhr ist in der Küche, die andere im Keller.«

Joel warf sich albern lachend gegen die Wand, krümmte sich zusammen, als der Fremde ihm aus Spaß die Faust gegen die Brust drückte. Dann lief er kichernd davon, um seinem neuen Freund den Eingang zum Keller zu zeigen.

»Lass es gut sein, Joel. Der Mann muss seine Arbeit erledigen und hat sicher keine Zeit, mit dir zu spielen. Geh in dein Zimmer und räum die Legosteine zurück in die Kiste. Du weißt genau, dass Papa deine Unordnung nicht leiden kann. Also los – ab mit dir. Ich begleite Herrn Greiner nach unten. Wenn ich wieder raufkomme, will ich Ordnung im Zimmer vorfinden.«

Joels großer Freund zuckte bedauernd mit den Schultern und sah dem Knirps hinterher, der betrübt den Kopf hängen ließ. Greiner ließ Frau Melchior den Vortritt und folgte ihr die lange Treppe hinab in den verwinkelten Keller. Kurz bevor sie den dunklen Flur erreichten, hörte Sybille hinter sich die Frage: »Kann es sein, dass ich den Namen Melchior schon einmal bei Gericht gehört habe? Ist Ihr Mann dort tätig?«

Als Sybille anhielt und sich umsah, lief Greiner fast auf sie auf, konnte jedoch noch im letzten Moment stoppen.

»Da haben Sie recht, Herr Greiner. Mein Mann ist dort schon sehr lange als Staatsanwalt tätig. Sie werden doch wohl nicht ihm gegenüber auf der Anklagebank gesessen haben?«

Ein Lächeln überzog Sybilles Gesicht, als sie diese scherzhaft gemeinte Bemerkung machte. Dieses Lächeln vermisste sie allerdings bei ihrem Besucher, dessen Gesicht plötzlich eine Härte zeigte, die ihr einen Schauer über den Rücken trieb. Sie wich instinktiv einen Schritt zurück, da sie ein Signal spürte, das sich immer dann meldete, wenn sie glaubte, sich in Gefahr zu befinden. Dass sie sich auch diesmal nicht irrte, bewiesen die Schmerzen, die urplötzlich aus der Bauchgegend aufstiegen und sich bis in die tiefsten Bereiche ihres Gehirns zogen. Ungläubig wechselte ihr Blick vom kalten Gesicht des Besuchers auf ihren Unterleib, aus dem immer noch der Griff des Stiletts ragte, das er ihr oberhalb der Scham hineingestoßen und hochgerissen hatte. Sie war nicht in der Lage, die austretenden Därme und den Blutschwall aufzuhalten, die jetzt durch den stark blutenden Schnitt austraten. Ihr Körper befand sich in einer Starre, die sie einfach gefangen hielt. Sie spürte, wie die Beine jegliche Kraft verloren. Sie drohte, hinzufallen, was zwei starke Arme verhinderten, die sie auffingen. Auch im Kellergang hatte der Hausherr mit etlichen Wandhaken die Möglichkeit geschaffen, Bekleidung aufzuhängen. Einer dieser massiven Haken bohrte sich zwischen Sybilles Wirbelsäule und dem rechten Schulterblatt, als Greiner sie wie eine Puppe anhob und dagegen warf. Nur ein schwaches Stöhnen entfuhr ihrem Mund. Unausgesprochene Fragen standen in ihren Augen, als Greiner genüsslich sein Werk betrachtete und aus einer Seitentasche seines Overalls einen schmalen Malerpinsel holte. Tief tauchte er diesen in Sybilles große Wunde und zog ihn wieder heraus, vom Schmatzen des Blutes begleitet. So, dass Sybille es lesen konnte, schrieb er die Worte an die gegenüberliegende Kellerwand. Sybille spürte plötzlich, wie ihr Kreislauf zusammenbrechen wollte, konnte die Ohnmacht nicht weiter hinauszögern, bevor Greiner von seinem Werk zurücktrat.

Niemand bemerkte den Handwerker, der pfeifend das Melchior-Haus verließ und auf sein Fahrrad stieg. Seinen Overall, den er unter dem Arm geklemmt hielt, stopfte er in die Satteltasche. Die eintretende Dämmerung verschluckte den Mörder wie einen Dämon, der zurück in seine Hölle radelte.

5

»Wo ist der Junge?«, wollte Rita von dem Beamten wissen, der den Eingang zum Haus der Melchiors bewachte. Er betrachtete nur kurz den Dienstausweis der jungen Frau und wies schweigend auf einen Raum, der am Ende des Flures lag. Liebig war schon im Kellergang verschwunden, der die Tote beherbergen sollte. Vorsichtig näherte sich Rita Momsen dem kleinen Lockenkopf, der sich neben der riesigen Wohnlandschaft auf dem Teppich zusammengerollt hatte. Eine Polizistin strich ihm über den Rücken und sprach beruhigend auf ihn ein. Als sie zu Rita hochsah, zuckte sie mit den Schultern, was wohl signalisieren sollte, dass sie bisher nicht zu dem Kind durchdringen konnte. Rita signalisierte ihr, dass sie nun deren Rolle übernehmen wollte. Sie wartete ab, bis die Beamtin den Raum verlassen hatte. Der Kleine weinte still in sich hinein. Rita griff nach dem flauschigen, fast kindgroßen Teddy, der auf dem Rücken zwischen zwei Kissen liegend mit den schwarzen Knopfaugen gegen die Zimmerdecke starrte. Sie setzte ihn neben den Jungen auf den Teppich und stupste mit dessen Nase gegen die Schulter des Kindes. Ohne aufzublicken, umfasste der Junge den Spielkameraden mit einer schnellen Armbewegung und drückte ihn fest an den Körper.

»Wie heißt dein Freund denn?«, versuchte Rita, eine Unterhaltung in Gang zu setzen. Nichts geschah. Nur das Weinen setzte für einen kurzen Moment aus. Als Rita schon nicht mehr mit einer Antwort rechnete, kam zögerlich die Antwort: »Bienchen.«

»Wow, das ist aber ein schöner Name für den süßen Teddy«, reagierte Rita, dankbar dafür, dass der Kleine überhaupt eine Regung zeigte.

»Das ist ein Mädchen«, folgte die Richtigstellung aus Richtung des Kindes.

»Aha, dann hast du ja schon eine Freundin. Jemanden zum Kuscheln und Reden zu haben ist immer gut. Ich habe zu Hause auch ein Kuscheltier, einen Panda. Den habe ich seit ich ungefähr so alt wie du war. Der hat schon fast kein Fell mehr, so sehr habe ich den immer geknuddelt. Ist aber nicht schlimm. Ich habe den trotzdem noch genauso lieb wie damals. Dem erzähl ich immer, was so am Tag passiert ist. Dann geht es mir sofort wieder besser. Machst du das mit *Bienchen* auch so?«

Erfreut beobachtete Rita Momsen, dass der Junge nickte. Immer noch hatte er das Gesicht abgewendet und hielt seinen Teddy umklammert. Rita hielt an ihrer Taktik fest.

»Dann solltest du ihr vielleicht jetzt berichten, was du heute so alles erlebt hast. Sie wartet bestimmt schon darauf, weil er sieht, dass du sehr traurig bist. Sie will bestimmt wissen, warum du vorhin so eilig zu den Nachbarn gelaufen bist. Bienchen hätte bestimmt lieber mit dir gespielt.«

Wieder trat eine Pause ein, in der das Kind zu überlegen schien, ob es wirklich darüber berichten sollte. Erst als Rita nach seinem Namen fragte, kamen die ersten Worte.

»Ich heiße Joel. Aber das weiß Bienchen doch schon.«

»Da bin ich mir sicher, aber nun weiß ich es auch und finde, dass es ein toller Name für einen so tapferen Jungen ist. Warum bist du denn nun zu den Nachbarn gelaufen? Willst du das uns beiden verraten? Bienchen ist schon ebenso gespannt wie ich.«

Rita verstand die ersten Worte nicht. Sie setzte sich deshalb direkt neben dem Kind auf den Teppich und legte ihren Arm um die beiden Gestalten. Nun konnte sie jedes Wort deutlich hören, das der Junge, immer wieder zwischendurch schluchzend, von sich gab.

»Ich hatte Angst, weil er Mama so schlimm wehgetan hatte. Sie konnte nicht mehr mit mir reden. Mama hat mich immer nur angesehen, als ich sie fragte, warum sie so sehr blutete. Er hat sie einfach an die Wand gehängt. Das ist so gemein. Das tut Mama doch bestimmt weh.«

Wieder erfasste ein Weinkrampf den Jungen und schüttelte ihn durch. Fest umklammerte Rita das Kind und den Teddy, presste beide an sich. Verzweifelt suchte sie nach Worten, die dem Kind jetzt etwas Trost spenden konnten. Spontan begann sie damit, Heinz Rühmanns berühmtes Gutenachtlied *LaLeLu* zu summen, was sofort eine positive Reaktion bei dem Kleinen hervorrief. Das Zittern des Körpers war kaum noch feststellbar und er hörte aufmerksam zu. Erst als Rita das Summen einstellte und ihre Frage »Hat sie dir was sagen können?« folgte, sprach er weiter.

»Mama konnte nicht sprechen. Sie hatte schlimme Schmerzen. Und da war das viele Blut, das aus ihr herauslief. Ich hatte solche Angst, dass ich zu Tante Helena lief. Die passt manchmal auf mich auf, wenn Mama und Papa irgendwohin müssen. Und dann waren da plötzlich so viele Polizisten.«

»Das hast du ganz toll gemacht – genau richtig. Aber du hast mir gerade erzählt, dass er deiner Mama so sehr weh getan hat. Wen meintest du damit? War hier ein Mann im Haus? War das jemand, den du kennst, oder war es ein Fremder? Hast du ihn überhaupt gesehen? Das ist ganz wichtig, mein tapferer Joel.«

Statt einer Antwort auf die Frage, hob Joel plötzlich den Lockenkopf und wollte stattdessen wissen: »Wird Mama wieder gesund, wieder so richtig gesund? Sie hatte so schreckliche Schmerzen?«

»Das kann ich dir jetzt nicht so genau beantworten, mein Schatz. Da sind schon ganz viele Helfer bei ihr, die alles versuchen werden. Ich denke schon. Doch ich möchte gerne den Mann kennenlernen, der deiner Mama das angetan hat. So was tut man nicht. Du hast ihn doch gesehen, oder? Wie sah der aus? Groß, klein, dünn, dick, viele Haare, oder Glatze? Wir wollen den suchen, weil er für das, was er deiner Mama angetan hat, büßen soll. Du hilfst mir, den zu fangen. Du kennst das doch aus den Detektivgeschichten von *Die drei Fragezeichen*, oder? Wir beide werden den Mann sicher finden. Ich denke, dass *Bienchen* uns auch noch helfen wird. Wir brauchen einen so starken Verbündeten.«

Allmählich erhielt Joels Gesicht wieder eine halbwegs gesunde Farbe und er wischte sich mit dem Ärmel seines Pullovers die restlichen Tränen aus den rot geweinten Augen.

»Der war ganz schön groß. Und einen schwarzen Bart hatte er auch – so einer, der um den Mund herum wächst.«

»Das ist aber sehr gut beobachtet, mein Freund«, lobte Rita den kleinen Kerl, der jetzt Feuer gefangen hatte und einen Augenblick von der Tragik des Geschehens abgelenkt schien. »Jetzt aber weiter. Wir sind ganz nah dran an dem Burschen. Hat der einen Namen genannt, an den du dich erinnerst?«

»Der wollte auf die Uhr sehen, unten im Keller ... und der hatte einen blauen Anzug an, so einen mit Hosenträgern. Warte mal. Ich glaube, der hat mit Mama gesprochen und seinen Namen genannt. Leimer oder Keiner ... nein, ich hab`s ... er hieß Greiner. Genau. Greiner war sein Name.«

Rita stockte einen Moment, als Joel den Namen nannte, schrieb jedoch alles in einen kleinen Notizblock.

»Ich bin baff. Du bist ja mindestens so cool wie dieser Kalle Blomqvist.«

»Wer ist das, dieser Blomwist, oder wie der heißt?«

Rita musste beinahe lachen, als sie in die fragenden Augen des Kleinen blickte.

»Ach, dieser Kalle Blomqvist ist ein berühmter Kinderdetektiv, der zu meiner Zeit auf Verbrecherjagd ging. Ich vergaß, dass du den ja kaum kennen kannst. Du solltest, wenn du groß bist, unbedingt zur Polizei gehen. Du würdest dort berühmt werden.«

Die Stimme vom Eingang des Zimmers riss Rita und ihren neuen Freund aus dem Gespräch.

»Joel, Gott sei Dank. Dir ist nichts passiert. Komm her, mein Kleiner.«

Joel befreite sich aus Ritas Armen und sprang auf. Mit einem Jubelschrei stürmte er an Momsen vorbei hin zu dem großgewachsenen, schlanken Mann, der den Jungen sofort in die Arme riss und fest umschlang. Lange hielt er ihn an die Brust gedrückt, wiederholte immer wieder die Worte: »Mein Gott, danke, dass du wenigstens ihn verschont hast. Danke.«

6

»Ja, ja, Liebig, Sie können Schiller wieder ins Boot holen. Ich kann mir nur schlecht vorstellen, dass er in seiner jetzigen Gemütslage überhaupt für klare Analysen zu gebrauchen sein wird. Klären Sie mich aber vorher über den Stand der Dinge auf.«

Kriminalrat Rösner setzte sich an das Kopfende des Tisches und wartete geduldig auf den Bericht des Hauptkommissars. Auch die Kommissare Rita Momsen und Klaus Spiekermann waren zugegen, die diesen Fall gemeinsam bearbeiteten.

»Ich denke, dass es unstrittig ist, dass diese beiden Morde unmittelbar zusammenhängen.« Liebig wartete eine Antwort nicht ab und fuhr fort. »Wir werden eine Soko in der alten Zusammensetzung bilden, sofern Herr Rösner dem zustimmt.«

Statt einer Bestätigung folgte ein Nicken des Angesprochenen. Liebig fuhr fort.

»Es wird Sie alle nicht überraschen, wenn ich Ihnen mitteile, dass wir vonseiten des Oberstaatsanwaltes jede Rückendeckung und Hilfe zugesichert bekamen. Sobald Hauptkommissar Reinder und einige andere Kollegen ins Team gekommen sind, werden wir damit beginnen, alle Fälle durchzuackern, in denen sowohl Schiller als Gutachter oder Rechtsmediziner als auch Staatsanwalt Melchior für die Anklage involviert waren. Da muss es einfach Zusammenhänge geben, die uns hoffentlich ein Muster erkennen lassen. Ich befürchte, liebe Kolleginnen und Kollegen, dass jemand eine Todesliste abarbeitet. Wir müssen schnellstmöglich den Auslöser finden, um weitere Morde in unserem Umfeld zu verhindern. Damit meine ich das gesamte Feld der Strafverfolgung, wobei ich selbst einen Gefängnisdirektor und seine Schließer nicht ausschließen werde.«

Spiekermann sah von seinen Notizen auf und bemerkte: »Für mich ist bezeichnend, dass der Täter bisher nur die weiblichen Angehörigen tötete und ihren Uterus entfernte. Ein anwesendes Kind jedoch verschonte er. Er musste doch damit rechnen, dass man seine Personenbeschreibung erhält. Wir haben alle gelernt, dass die Ursachen für solche Taten häufig weit zurück in der Kindheit zu suchen sind. In diesem Fall möchte ich da meine Zweifel anmelden. Dass sich der Täter auf Angehörige der Strafverfolgungsbehörden stürzt, lässt für mein Dafürhalten den Schluss zu, dass jemand sich von unserer Seite her ungerecht behandelt fühlen könnte. Ich denke da an ein Fehlurteil oder eine falsche Diagnose.«

Rösner hakte da ein und ergänzte: »Sicherlich wird sich der eine oder andere an den Fall Schlesig erinnern, bei dem die Ehefrau des überführten Mörders den Staatsanwalt erstach – und das direkt nach dem Urteilsspruch, noch auf der Treppe des Gerichtsgebäudes. So weit hergeholt finde ich deshalb die Vermutung des Kollegen Spiekermann nicht. Lasst uns also schwerpunktmäßig in den vergangenen Fällen suchen. Nehmt euch besonders die Umstände vor, die zur

Verurteilung führten. Interessant sind sicher die Urteile, die sich auf reine Indizien stützten.«

Rita ergänzte: »Ich werde mir die Personen einmal genauer betrachten, die den Namen Greiner führen, obwohl ich fest davon überzeugt bin, dass sich der Täter den Namen willkürlich zugelegt hat. Aber man darf ja auch mal Glück haben.«

»Bevor wir uns an die Arbeit machen, möchte ich feststellen, dass der Vater selbst komplett raus ist aus der Verdächtigenliste, da er zum Zeitpunkt der Tat noch in einem Meeting beim Oberstaatsanwalt saß. Dort konnten wir ihn auch später erreichen. Trotzdem gehen wir auch seine Privatsphäre durch, um vollends ausschließen zu können, dass er jemanden beauftragt hat. Sie wissen – Eheleben, Erbfolge, Streitereien in letzter Zeit, Konten und Vermögensverhältnisse. Zum Schluss weise ich noch mal auf diese Inschrift hin, die uns der Täter wieder einmal auf der Wand hinterlassen hat. Die Botschaft, dass es sich um Nummer zwei in seiner Racheliste handelt, habe ich verstanden. Eine Nummer drei darf es nicht geben. Lasst uns das Biest jagen, bevor einer von uns das nächste Opfer wird. Ich wünsche ...«

Die Tür des Besprechungsraumes flog so schnell auf, dass sie heftig vor die Wand stieß und das Ermittlerteam aufschrecken ließ. In der Türöffnung tauchte eine hochgewachsene, schlanke Gestalt auf, die sich mit großen Schritten dem Tisch näherte. Als Liebig den Staatsanwalt Melchior erkannte, nahm er die Hand wieder von der Waffe, an deren Griff er aus einem antrainierten Reflex heraus gefasst hatte. Seinem Gesicht war die Verärgerung anzusehen. Melchior, dessen ungewöhnlich ungepflegt erscheinenden Haare in die

Stirn hingen, stemmte beide Hände auf die Tischkante und starrte mit funkelnden Augen auf Rita.

»Da sind Sie ja, junge Frau. Genau Sie wollte ich mir einmal genauer ansehen. Wir sind uns ja schon in meinem Haus begegnet, wo Sie meinen Sohn einem Verhör unterzogen haben. Was glauben Sie eigentlich, was Sie da getan haben? Das Kind stand unter Schock und hätte von einer psychologisch geschulten Fachkraft betreut werden müssen. Nein, Sie kamen nicht auf die Idee. Sie mussten ja Miss Marple spielen und den kleinen Kerl in die Mangel nehmen. Das Kind – verdammt noch mal – stand unter Schock, Sie verrücktes Weib. Der hat Augenblicke zuvor im Keller seine sterbende Mutter ansehen müssen. Ich kann es immer noch nicht glauben, dass es geschehen ist.«

Die Faust, die jetzt auf die Tischplatte donnerte, ließ Staatsanwalt Melchior und alle Anwesenden auf der Stelle aufschrecken. Alle Augen richteten sich auf Kriminalrat Rösner, dessen rundlicher Körper nun am Kopfende aufrecht stand. Der Stuhl kippte nach hinten und unterbrach die entstandene Stille.

»Was erlauben Sie sich, Herr Staatsanwalt? Wir alle bedauern Ihren Verlust und empfinden tiefe Trauer, doch es ist unsere Pflicht, alles Nötige zu unternehmen, um den Täter dingfest zu machen. Ich selbst war vor Ort, lieber Herr Melchior, als sich diese Frau hier rührend um das Wohlergehen Ihres Sohnes bemühte. Glauben Sie wirklich, dass wir bei jedem Einsatz einen Psychologen im Kofferraum mitführen? Da sollten Sie einmal Ihren Beamtenhintern vom Stuhl nehmen und mit den tapferen Menschen rausfahren. Das sind die, die das Elend als Erste sehen müssen. Sie, geehrter Herr Staatsanwalt, erfahren von dem Schmutz der Gesellschaft erst dann, wenn Sie am sauberen Schreibtisch die Akten durchsehen.

Zum ersten Mal betrifft es Ihre eigene Familie und schon drehen Sie durch. Ich bin der Letzte, der Ihre Gefühle nicht einordnen kann, aber verlieren Sie bitte nicht den Blick für das, was getan werden muss. Ihr Sohn befindet sich meines Wissens nach doch in guten Händen, oder wurde ich diesbezüglich falsch informiert?«

Melchior schien seinen Ärger über die Unterbrechung überwunden zu haben, als er seine Hände tief in die Taschen seines wohl sündhaft teuren Anzuges steckte und mit einem zynischen Lächeln auf dem Gesicht auf Rösner zukam.

»Mein lieber Herr Kriminalrat. Sie scheinen vergessen zu haben, wer den Kopf für Ihre Abteilung hinhalten muss. Ihr Ton, den Sie mir gegenüber im Augenblick anschlagen, gefällt mir überhaupt nicht. Ich erwarte umgehend Ihre Entschuldigung, da wir uns ansonsten an höherer Stelle wiedersehen werden.«

Rösner sah mit seinen eins siebenundsechzig furchtlos zu dem wesentlich größeren Staatsanwalt hoch. Bei ihm war keine Furcht erkennbar, als er dem Vorgesetzten erwiderte: »Ich würde vorschlagen, dass wir das sofort bei Oberstaatsanwalt Kraft erledigen. Er hat mir und meinen Leuten absolut freie Hand gegeben. Anweisungen erhalte ich ausschließlich von ihm. Haben Sie nun verstanden, was das bedeutet? Sie sind raus – raus aus der Ermittlung. Und das hat einen recht simplen Grund. Sie sind in der Sache befangen und gehören – bitte verzeihen Sie meine Direktheit – zum erweiterten Kreis der Verdächtigen. Eigentlich könnten Sie, wo Sie einmal hier sind, auch Ihre Aussage zum Tattag machen.«

Rita, die unmittelbar neben Rösner saß, musste den Blick auf die Tischplatte richten, damit der Staatsanwalt ihr Grinsen nicht entdecken konnte. Liebig ging es nicht anders, der ihr ein Augenzwinkern gönnte. Alle warteten darauf, dass Melchior entweder den offenstehenden Mund wieder schloss oder komplett aus der Haut fuhr. Erstaunt verfolgten alle, wie sich Melchior einen Stuhl heranzog und sich neben Rösner setzte.

»Das haben Sie doch gerade nicht wirklich gesagt, Rösner? Ich gehöre zum Kreis der Verdächtigen? Ich bin der Vater von dem Zwerg. Ich soll dem die Mutter genommen haben? Sie sind völlig verrückt.«

Rösner legte dem schockierten Mann eine Hand auf den Arm und setzte sich wieder. Jeder spürte, wie explosiv die Situation nun war und wie konzentriert Rösner bemüht war, eine völlige Eskalation zu vermeiden.

»Hören Sie, Herr Melchior. Nehmen Sie das, was ich gesagt habe, nicht so wörtlich. Aber die Lage erfordert ein Handeln, das Sie aus den Ermittlungen erst einmal heraushält. Ich sage das nicht gerne. Aber erinnern Sie sich noch an den Fall Rauscher, als sich herausstellte, dass ausgerechnet ein Studienkollege von Ihnen im Bochumer Prozess Beweismittel verschwinden ließ, um seinen Bruder zu schützen? Das hat die gesamte Gerichtsbarkeit infrage gestellt. Wenn ich es für nötig erachte, werde ich Sie selbstverständlich auf dem Laufenden halten. Seien Sie versichert, dass wir alles versuchen werden, um Sie und den Rest Ihrer Familie zu schützen. Ich werde sogar Personenschutz für Sie beantragen, da wir befürchten müssen, dass Sie das eigentliche Ziel gewesen sein könnten.«

Jetzt konnte jeder im Raum das aufkeimende Entsetzen in den Augen des Staatsanwaltes erkennen. Liebig lenkte die Aufmerksamkeit auf sich.

»Herr Staatsanwalt. Alles deutet darauf hin, dass der Täter einen perfiden Plan verfolgt. Erst will er Rache für etwas üben, das wir noch nicht kennen. Er will einen bestimmten Personenkreis in Angst und Schrecken versetzen, indem er die Angehörigen tötet. Bisher betrifft das die Ehefrauen. Keiner von uns weiß, wer zum engen Kreis gehört und was er im zweiten Gang anstellt. Dass er heute Ihren Sohn verschonte, muss nicht bedeuten, dass das für alle Ewigkeit Geltung besitzt. Solange wir nicht mehr wissen, ist mit dem Schlimmsten zu rechnen. Wir werden Sie beide unter einen besonderen Schutz stellen müssen, so wie es auch mit Dr. Schiller geschieht. Niemand weiß, wo er oder sie als Nächstes zuschlagen werden. Lassen Sie uns deshalb unsere Arbeit tun. Bitte.«

Rita machte Anstalten, zu ihrer Aktion Stellung zu beziehen, was Melchior schon im Ansatz erkannte. Er streckte ihr die offene Handfläche entgegen, was sie zum Schweigen brachte. Unendlich langsam erhob sich ein Mann, der den Eindruck hinterließ, einen Kampf verloren und das akzeptiert zu haben. Was er noch sagen wollte, schluckte er wie eine Kröte hinunter. Müde schleppte er sich zum Ausgang und zog leise die Tür hinter sich zu. Zurück ließ er vier nachdenklich dasitzende Menschen.

7

»Wäre es nicht besser, wir würden ein Stadion anmieten? Dann haben wir ausreichend Platz für den ganzen Papierkram. Ich lass mich ins Drogendezernat versetzen, damit ich dem Irrsinn hier entgehe.«

Spiekermann schob sich an den drei hochbepackten Beistelltischen vorbei, um an seinen Schreibtisch zu gelangen, auf dem er jedoch ebenfalls stapelweise Akten vorfand. Sein Gemotze fand neues Futter.

»Sagt bloß, dass das alles mit Fällen zusammenhängt, in die Melchior und Schiller zusammen involviert waren. Leute, wir leben im digitalen Zeitalter, in dem man Daten abgleichen kann, ohne tonnenweise Papier zu durchforsten.«

Sechs Augenpaare richteten sich auf den Nörgler. Hauptkommissar Reinder war es, der es auf den Punkt brachte.

»Hör zu Spiekermann. Dieser Scheiß macht keinem von uns Spaß, doch denk mal nach, bevor du die Stimmung völlig in den Keller treibst. Als Dr. Schiller den ersten Bericht schrieb, wurde der noch in Steinplatten gemeißelt und du warst nicht einmal geplant. Der erste Schritt in die Moderne erlebte der gute Mann, als Gutenberg die bewegliche Letter erfand. Muss ich noch deutlicher werden? Jetzt siehst du erst mal, wie gut wir es bei den heutigen Fällen haben – außer, wir müssen in der Vergangenheit recherchieren. Wir waren schon fleißig und haben die Fälle in verschiedene Kategorien sortiert, damit unser stellvertretender Dezernatsleiter weniger Arbeit hat. Wir müssen doch nur vierhundertdreizehn Fälle aufarbeiten. Also stell dich nicht so an und hau rein.«

Rita, die Spiekermann direkt gegenübersaß, versteckte sich hinter einem Papierstapel, um den Kollegen mit ihrem Grinsen nicht noch weiter zu provozieren. Über das Papier hinweg streckte sie ihm lediglich die Hand entgegen, um Spiekermann einen Teebeutel zu reichen.

»Klaus, ich habe einen für dich aufgehoben. Den Beruhigungstee haben schon alle probiert. Der hilft wirklich. Da kannst du die anderen fragen. Heißes Wasser findest du in der ...«

Selbst Peter Liebig stimmte in das allgemeine Gelächter ein, als Spiekermann Rita den Beutel aus der Hand riss und gegen die Fensterscheibe warf.

»Jetzt kommen Sie mal wieder runter, Kollege. Die Arbeit ist äußerst wichtig. Ich wiederhole noch einmal für alle. Ich erwarte eine Liste mit Namen, die neben Schiller und Melchior in den Ermittlungsakten vorkommen. Erst der Abgleich könnte Hinweise auf weitere Personen der Todesliste geben. Und denken Sie daran, dass jeder von uns dazugehören könnte – auch Sie, Kollege Spiekermann. Das wollen wir nicht vergessen.

Die Tabelle hat die Kollegin Momsen in die digitale Fallakte eingefügt. Jeder kann darauf zugreifen und sie ergänzen. Besonders wichtig ist für mein Empfinden auch die Beschreibung des jeweiligen Deliktes. Behalten Sie im

Hinterkopf, dass der Täter oder die Täterin die Gebärmutter entfernt. Das macht der nicht nur, weil er eine Vorliebe für den Uterus hegt. Für mich steckt darin eine tiefe Bedeutung. Also los, Herrschaften. Die Zeit arbeitet gegen uns.«

Rita meldete sich zu Wort, indem sie an den Tisch des Chefs trat und ihm etwas zuflüsterte. Kurz darauf tönte Liebigs Stimme ein weiteres Mal durch den Raum.

»Bevor ich es vergesse: Die Kollegin Momsen wird sich routinemäßig parallel um die Verhältnisse innerhalb der bisher betroffenen Familien kümmern. Ich möchte an dieser Stelle keinen Verdacht hinsichtlich der Angehörigen in den Fällen Schiller und Melchior in den Raum stellen. Aber es wäre kein Einzelfall, in dem wir Täter im familiären Umfeld fänden.«

Ein weiteres Mal wendete sich Rita an Liebig.

»Bekomme ich die Genehmigung zur Konteneinsicht von Staatsanwalt Melchior und Dr. Schiller vom Oberstaatsanwalt, oder benötige ich dazu eine hochrichterliche Entscheidung? Melchior selbst werde ich dazu wohl kaum fragen können.«

»Verdammt, das habe ich völlig vergessen«, antwortete Liebig, während er in einem Papierstapel wühlte, »Die Papiere habe ich schon hier. Sie können unbesorgt nachfragen. Selbst die Testamente sind einzusehen. Die Genehmigungen beinhalten gleichzeitig die Einsichtmöglichkeit in die Konten der getöteten Partner. Sorry, Rita, ich glaube, ich bin langsam zu alt für diesen Scheiß.«

Für einen kurzen Augenblick gefror sein Lächeln ein, als Rita wieder einmal glaubte, einen flotten Spruch ablassen zu müssen.

»Befinden Sie sich nicht sowieso schon in dem Alter, wo man über eine vorzeitige Ruhestandsregelung nachdenken könnte? Dann würde Spiekermann nachrücken und ich hätte gute Chancen auf eine Stellvertreterstelle.«

Peter Liebig hatte es längst aufgegeben, jedes Wort dieser kessen Person auf die Waagschale zu legen. Rita befand sich bereits mit eingezogenen Schultern auf dem Weg zu ihrem Schreibtisch, so als erwartete sie jeden Moment, dass ihr Chef wieder einen Gegenstand nach ihr werfen könnte. Stattdessen verfolgte sie die Stimme des Chefs.

»Es ist möglich, dass sich Ihr Wunsch schneller erfüllt, als uns allen lieb ist. Keiner von uns weiß, wer als Nächster auf der Todesliste steht.«

Die eintretende Stille im Raum nutzte Liebig, um endlich das Zimmer Richtung Toilette zu verlassen. Erst als er im Toilettenspiegel über seine stoppeligen Haare fuhr und nachdenklich sein Gesicht betrachtete, wurde er sich der Tragweite dieser Bemerkung bewusst. Wie nah er der Wahrheit kam, konnte er an diesem Tag nicht ahnen.

8

Dr. Ludwig blickte voller Stolz auf seine Fingerkuppen, die nun keine gelben Nikotinablagerungen mehr zeigten. Vor etwa acht Wochen hatte er das Rauchen aufgegeben, das er seit der Schulzeit mit einem gewissen Hochgenuss gepflegt hatte. Erst die Geburt der Enkeltochter Sarah gab ihm den letzten Impuls, damit endgültig aufzuhören. Auf der Bank neben ihm nervte ihn das laute Schwatzen zweier Frauen, die sich gleichzeitig eine Zigarette nach der anderen zwischen die Lippen schoben. Angewidert vom lästigen Rauch rutschte er an das andere Ende der Bank, die man wahrscheinlich speziell für wartende Ehemänner dort aufgestellt hatte, während die Gattinnen wichtige Einkäufe tätigten. Erika hielt sich bereits über eine halbe Stunde in der Boutique auf, obwohl sie sich bereits auf eine rote Bluse festgelegt hatte, die im Schaufenster lag. Allmählich wuchs die Ungeduld in ihm. Mit einem Blick in den Kinderwagen überzeugte er sich davon, dass die kleine Sarah immer noch schlief, dabei genüsslich an ihrem Nucki saugte. Dr. Ludwig atmete erleichtert auf, als er Erika ins Freie treten sah. Die angestrebte Bluse verteilte sich scheinbar auf drei Einkaufstüten, was dem erfahrenen Richter am Essener Landgericht ein Schmunzeln abrang. Es waren diese kleinen Freuden, die er sich und Erika gönnte, nachdem sie beide wegen Erkrankungen diese weiten Reisen nicht mehr durchführen konnten. Erika kam strahlend auf ihn zu und drehte sich einmal lachend um die eigene Achse, bevor sie die Tüten unter dem Kinderwagen in einem Korb verstaute. Keiner von beiden bemerkte die fiebrigen Blicke, die jede ihrer Bewegungen verfolgten. Die Lippen des Beobachters glichen einem Strich, als er den Zündschlüssel drehte.

»Ich konnte einfach nicht widerstehen, als ich diesen herrlichen Rock sah, der so vortrefflich zum Pullover passte. Und diese Hose, Schatz – ich zeige sie dir, wenn wir zu Hause sind.«

Erika hielt inne, als sie in die fragenden Augen ihres Gatten blickte.

»Und die Bluse?«

»Ach, weißt du, Erich, die stand mir nicht so, wie ich es mir vorgestellt habe«, beeilte sich Erika zu erklären. »Komm, lass uns noch drüben beim Metzger den bestellten Rehbraten für heute Abend abholen. Dann müssten wir durch sein mit den Einkäufen. Heute werden wir unsere Kinder mal verwöhnen. Du wirst bestimmt wieder ein tolles Essen zaubern. Kommst du?«

Die Ampel an der Rüttenscheider Straße zeigte bereits seit mehreren Sekunden Grün für die Fußgänger, was Erika Ludwig unbedingt ausnutzen wollte. Während sie ihren Gatten zum Folgen aufforderte, betrat sie den Zebrastreifen, ohne auf den abbiegenden Verkehr zu achten. Der dunkelgraue Golf, der trotz Rot die Kreuzung mit hohem Tempo überquerte, erwischte sie in Hüfthöhe und schleuderte sie in einem hohen Bogen zurück auf den Bürgersteig. Dr. Ludwig blieb keine Zeit, den Kinderwagen zurückzuziehen, bevor Erika mit aller Kraft dagegen stieß. Erste Schreie des Entsetzens holten ihn wieder zurück in die Realität. Eine Lähmung hatte seinen Körper gepackt. Seine Augen erfassten mit anhaltender Starre das Geschehen. Ohne es richtig einzuordnen, verfolgte er das Bemühen zweier junger Männer, die kleine Sarah aufzuheben und auf dem großen Kissen zu platzieren, das ebenfalls aus dem Kinderwagen herausgeschleudert worden war. Er erkannte die Platzwunde am Kopf des Kindes, war jedoch nicht in der Lage, auch nur eine Bewegung zu machen. Erst ein Schlag ins Gesicht holte ihn zurück in das schreckliche Geschehen. Eine kleine dickliche Frau, die ihre Einkaufstüte abgestellt hatte, stand laut schreiend vor ihm und holte bereits zum zweiten Schlag aus.

»... Sie zu sich, verdammt. Das Kind muss versorgt werden. Ruft doch um Gottes willen die Polizei. Der Wagen muss verfolgt werden und ein Rettungsfahrzeug soll kommen. Ich habe kein Telefon. Und bei Ihnen muss ich mich entschuldigen. Ich wusste nicht, wie ich Sie sonst wieder herholen könnte. Ist das Ihre Frau?«

Dr. Ludwig winkte ab als Zeichen dafür, dass er die Entschuldigung angenommen hatte. Sein Blick wechselte von Sarah, die nun laut schrie, zu Erika, die in einer abstrakt wirkenden Körperhaltung neben dem umgekippten Kinderwagen lag. Um sie herum breitete sich rasend schnell eine Blutlache aus, deren Anblick Erich Ludwigs Puls in die Höhe trieb. Er stürzte nach vorne und kniete neben dem Menschen, den er über alles in seinem Leben liebte.

»Erika, komm, bitte sag was. Der Arzt wird gleich da sein. Alles wird wieder gut, Liebste – alles wird wieder gut.«

Einen verzweifelten Schrei ausstoßend riss er die Frau hoch, deren Augen starr und ausdruckslos in den Himmel gerichtet waren. Niemand wagte es, die beiden Menschen zu trennen. Eine Menschentraube hatte sich um den Unglücksort gebildet. Viele Menschen mussten den Blick abwenden, da ihnen die Tränen in die Augen traten. Die meisten Gespräche waren verstummt oder wurden nur noch flüsternd geführt. Die Stimme einer Frau ließ Dr. Ludwig den Blick heben. Aus tränengefüllten Augen sah er in das Gesicht einer jungen Frau, die ihn an der Schulter berührte.

»Hören Sie, mein Herr. Ich bin Ärztin und möchte mir die Verletzte ansehen. Bitte lassen Sie sie los, damit ich nach ihr sehen kann. Vielleicht können wir etwas für sie tun. Und Sie, Herrschaften, treten bitte zurück. Ich brauche Platz.«

Unendlich langsam, als würde er ferngesteuert, löste sich Erich Ludwig von Erika, behielt jedoch ihre Hand in seiner. Mit leichter Gewaltanwendung löste die Ärztin die Hände der beiden voneinander. Eine Passantin legte dem traumatisierten Mann den Arm um die Schultern. Auch sie verfolgte die Bemühungen der Ärztin, die tödlich verletzte Frau wieder zurück ins Leben zu holen. In dem Augenblick, als sie Erika Ludwig die Decke über das Gesicht legte, die sie zuvor aus dem Kinderwagen gezogen hatte, fuhren alle Passanten zusammen. Der verzweifelte Schrei von Dr. Ludwig schallte über die recht belebte Kreuzung, die allerdings jetzt von einer beängstigenden Stille überzogen war.

»N E I N ! Das kann nicht sein. Sie darf mich nicht verlassen.«

Schwach waren die Sirenen herbeieilender Rettungswagen zu hören. Langsam erfüllte wieder normaler Lärm diese wichtige Einkaufsstraße, während Polizei den Unfallort absperrte und die Passanten auseinandertrieb. Rettungssanitäter und ein Notarzt kümmerten sich um die Beteiligten. Polizeibeamte versuchten, Augenzeugen ausfindig zu machen und zurückzuhalten.

»Wer? Dr. Ludwig? Wo?«

Liebig warf den Hörer zurück in die Schale und eilte zur Garderobe. »Reinder, Momsen – mitkommen! Wir haben Fall drei.«

Auf dem Bürgersteig hatte sich eine Menschentraube gebildet, auf die die drei Kripoleute zusteuerten. Ein uniformierter Polizist kam ihnen entgegen. Liebig blieb vor ihm stehen.

»Was ist geschehen, Mansfeld? Wo ist die Tote?«

»Das ist sehr mysteriös, Herr Hauptkommissar. Die Ehefrau von Richter Ludwig wurde beim Überqueren der Straße – übrigens bei Grün – von einem Auto erfasst, das bei Rot ungebremst in sie hineinfuhr. Es existieren keinerlei Bremsspuren, die darauf hindeuten könnten, dass der Fahrer noch beabsichtigte, zu bremsen oder auszuweichen. Ein Augenzeuge meinte, dass es nach einer gezielten Aktion aussah, zumal das Täterfahrzeug sogar vor dem Aufprall noch leicht die Richtung änderte und beschleunigte.«

»Hat jemand Fahrzeugtyp oder sogar das Kennzeichen erkennen können?«, fragte Liebig nach.

»Nach übereinstimmenden Aussagen verschiedener Zeugen handelte es sich um einen dunkelgrauen Golf. Das Kennzeichen ist unbekannt. Ein Passant behauptet sogar, dass der Wagen zumindest am Heck keine Kennzeichen besaß. Er meinte aber, eine männliche Person mit hochgezogener Kapuze am Steuer gesehen zu haben. Wir sollten hier von einer klaren Mordabsicht mit anschließender Fahrerflucht ausgehen.«

Polizeihauptmeister Mansfeld begleitete Liebig und Gefolge zu den Zeugen. Jeder der drei Kripoleute nahm sich eine Anzahl Zeugen vor. Das Ergebnis war niederschmetternd. Es gab keinen klaren Hinweis auf Täter und Tatfahrzeug, mit Ausnahme des Fahrzeugtyps. Mansfeld verfolgte lediglich eine Spur, die ein abgebrochenes Blinkerglas und eine Radkappe liefern könnten. Schnell war klar, dass es sich um einen Golf 3 handeln musste, der tausendfach im Kreis Essen unterwegs sein konnte. Noch bevor Liebig mit seinen Leuten am Krankenhaus eintraf, um Dr. Ludwig zu befragen, erreichte sie die Nachricht, dass ein Fahrzeug dieses Typs am Ortsausgang in Kettwig auf einem Acker gefunden worden war. Unfallspuren am Auto wiesen klar darauf hin, dass es sich um das Tatfahrzeug handelte. Es wurde sofort von der Spurensicherung sichergestellt und in die Garage zur näheren Untersuchung gebracht. Schon Minuten später bestätigte sich die Vermutung, dass es sich um ein tags zuvor gestohlenes Fahrzeug handelte und das Blut an der Front mit dem der verstorbenen Frau Ludwig identisch war.

Als Liebig vom behandelnden Arzt erfuhr, dass Dr. Ludwig zwar leicht traumatisiert, aber vernehmungsfähig sei, suchte er ihn im Behandlungszimmer auf. Mittlerweile war der Blick des Mannes wieder halbwegs klar. Er sah die Kripoleute der Reihe nach an, bevor er redete.

»Ich sehe, dass sich die richtige Abteilung bereits um diese schändliche Tat kümmert. Das macht mich hoffnungsfroh, dass wir dieses Schwein sehr schnell hinter Gitter sehen werden. Sie haben alle Befugnisse, Ihre Ermittlungen voranzutreiben. Nur, schaffen Sie mir diesen Wahnsinnigen von der Straße. Warum es ausgerechnet meine Frau treffen musste, die keinem Menschen jemals etwas Böses angetan hat, erschließt sich mir noch nicht. Ich hörte bereits, dass es zwei weitere Fälle gab, in denen Angehörige von Strafverfolgern getötet wurden. Könnte es aus Ihrer Sicht sein, dass die Fälle zusammengehören?«

Liebig war anzumerken, dass es ihm schwerfiel, in diesem Augenblick darüber sprechen zu müssen.

»So leid es mir tut, Richter Ludwig, aber davon müssen wir zum jetzigen Zeitpunkt ausgehen. Es bereitet mir Sorge, wie zeitnah diese Taten begangen werden. Es kann alles und nichts bedeuten. Jedoch lässt es die Vermutung zu, dass der Täter oder die Täterin die Todesliste, wie wir sie mittlerweile nennen, in einem gewissen Zeitrahmen abarbeiten will oder sogar muss. Vielleicht bleibt demjenigen nicht die nötige Zeit, um das mit mehr Ruhe bewerkstelligen zu können. Eine schnell voranschreitende Krankheit? Wer weiß? Irgendwas muss ihn antreiben.«

Dr. Ludwig ließ den Gedanken sacken, bemerkte dann ergänzend: »Falls Sie recht haben, Liebig, dürfen wir darauf hoffen, dass er oder sie einen Flüchtigkeitsfehler einbaut, der uns eine Spur liefert. Sie können sich sicher vorstellen, wie wichtig mir dieser Fall ist. Gerade Sie, Liebig, der ebenfalls seine Frau durch einen Mörder verlor, werden mich gut verstehen können. Ich werde jede Aktion von Ihrer Seite decken, darauf können Sie sich verlassen. Mehr muss ich wohl dazu nicht sagen? Jetzt, meine Damen und Herren, muss ich mich verabschieden. Meine Enkelin sollte neben den Eltern auch den Opa an der Seite haben, wenn sie aufwacht. Ich muss nun in die Kinderabteilung. Ihnen wünsche ich eine erfolgreiche Jagd.«

9

Peter Liebig betrat den Sezierraum der Rechtsmedizin, wobei er mit seiner kräftigen Statur die recht zarte Kollegin Momsen verdeckte, die direkt hinter ihm die Tür schloss. Erst als sie aus Liebigs Schatten trat, hellten sich die Augen von Dr. Schiller trotz seiner andauernden Trauer auf.

»Verdammt, Doktor, Sie sollten sich einige Tage Ruhe gönnen und nicht schon wieder arbeiten. Wir hatten Sie hier gar nicht erwartet.«

Liebig wirkte tatsächlich irritiert, als er den Rechtsmediziner schon wieder mit Skalpell und Knochensäge hantieren sah.

»Glauben Sie wirklich«, entgegnete der Mediziner durch den Mundschutz, »dass ich den Verlust meiner Frau Maria schneller überwinde, wenn ich daheim in Depressionen eintauche? Der Kollege Maaßen hat wahnsinnig viel um die Ohren, sodass ich hier besser aufgehoben bin. Obwohl die meisten Leute hier nicht mit mir quatschen, finde ich bei denen Abwechslung und vor allem Ablenkung. Ach, da kommt der Kollege ja gerade herein. Er wird Ihnen bestimmt einiges zu erklären haben.«

Tatsächlich erschien der große, schlaksige Kerl aus dem Nebenraum, der neben dem kugeligen Schiller Erinnerungen an die ehemaligen Komiker *Pat und Patachon* aufkommen ließ. Die randlose Brille hatte er sich in die hohe Stirn geschoben. Seine rastlosen Pupillen irrten unruhig umher und verliehen dem jungen Mann das Äußere eines Chamäleons, zumal man den Eindruck erhielt, dass er gleichzeitig in verschiedene Richtungen blicken konnte. Ohne die Besucher zu begrüßen, ergriff er einen Rolltisch, um ihn in das entsprechende Kühlfach zu schieben. Schillers Ruf hielt ihn auf.

»Halt, Maaßen, die Frau muss ich erst noch zunähen. Aber das können Sie ja auch machen. Ich bleibe dann hier bei der Frau Ludwig.«

Nach wie vor schweigend holte sich Reinhold Maaßen Garn und Nadel und begann den geöffneten Brustkorb zu verschließen. Schiller zog das Tuch weiter nach unten, mit dem der Leichnam von Erika Ludwig teilweise abgedeckt war. Nun konnten auch die beiden Kripobeamten erkennen, was der Golf an dem Frauenkörper angerichtet hatte. Vor ihnen lag ein Körper, dem ab der Kniescheibe bis hoch zur Schulterpartie fast jeder Knochen zertrümmert worden war. An vielen Stellen traten Knochenspitzen durch die jetzt blasse Haut. Das Gesicht, das beim Aufprall gegen die Windschutzscheibe geschmettert worden war, hatte sich bis zur Unkenntlichkeit verformt und bestand nur noch aus Hämatomen und Trümmerbrüchen. Schiller stand hinter dem Tisch und beobachtete stumm die Gesichter der beiden Besucher. Schließlich wendete er sich mit seinen Bemerkungen an das sichtlich schockierte Pärchen.

»Jetzt versetzen Sie sich einmal in die Lage des Ehemannes, der das live miterleben musste. Von mir will ich jetzt gar nicht reden. Viele vermuten sicher, dass es jemanden nicht schocken kann, der solche Bilder tagtäglich sieht. Doch auch Sie, Liebig, werden sicher bestätigen können, dass es völlig anders wirkt, wenn man die eigenen Angehörigen so sehen muss. Momsen – das ist die Hölle. Dass sich so mancher Verstand von Betroffenen verabschiedet, ist keine Seltenheit. Rachegedanken sind in dieser Situation völlig normal. Es entwickeln sich in diesen Augenblicken Gewaltfantasien, zu denen man vorher niemals fähig gewesen wäre. Habe ich recht, Liebig?«

Der Hauptkommissar blieb die Antwort schuldig. Das Zucken seiner Wangenknochen zeugte jedoch davon, dass er die Zähne aufeinanderbiss. Schiller klappte den rechten Brustlappen der Frau nach außen und gab den Blick frei auf die inneren Organe, die an vielen Stellen von Teilen der gebrochenen Rippen durchbohrt worden waren. Selbst die Wirbelsäule war in den Bauchraum gedrückt worden.

»Ich habe aufgehört, die Frakturen aufzulisten. Hier sind nur die Knochen unterhalb des Knies unbeschädigt. Sie hat allerdings nicht leiden müssen. Der Tod trat bereits ein, als sie mit der Stirn aufschlug. Was mich besonders betroffen macht, ist dieser Gesichtsausdruck. Fällt Ihnen nicht auch auf, dass sie selbst im Tod noch lächelt? Sie ist in einem Zustand des Glücks verstorben. Der Mann hat einen großen Verlust erlitten.«

Endlich öffnete auch Liebig den Mund und ging auf Schiller zu.

»Was wollen Sie uns gerade verkaufen? Ihr Mitleid mit dem Ehemann – mit Richter Ludwig? Ja, gut, das tut auch uns sehr leid und wir können das gut nachvollziehen. Doch

Sie versuchen gerade, Ihr eigenes Leid herunterzuspielen. Verdammt noch einmal, ich kannte Ihre Frau Maria auch sehr gut. Wir waren alle eng verbunden. Tun Sie jetzt nicht so, als hätten Sie den Verlust längst überwunden. Es schadet nicht, wenn Sie Ihre Trauer offen zeigen. Spielen Sie mir nicht den Harten vor, der alles mal eben so wegsteckt. Vor mir können Sie sich nicht verstecken. Ich weiß, dass Sie zu Hause weinen. Ich kenne Sie schließlich schon viele Jahre. Eigentlich bin ich auch gekommen, um Ihnen zu sagen, dass Sie mich jederzeit anrufen können. Wir können uns gerne gemeinsam besaufen. Das habe ich leider viel zu oft getan, als ... Sie wissen schon. Aber es hat manchmal sogar ein wenig geholfen.«

Der Arzt stützte die Hände auf die Kante des Seziertisches und wischte sich mit dem Ärmel über die Augen. Kaum verständlich kamen die Worte über seine Lippen.

»Danke, Liebig. Ich komme bestimmt darauf zurück – alles zu seiner Zeit.« Plötzlich straffte sich der gedrungene Körper und die Stimme klang wieder fester. »Jetzt werden wir uns aber darauf konzentrieren, dieses Untier in die Finger zu bekommen. Sie haben Ihre Rache bereits erleben dürfen. Ich will hoffen, dass mir diese Bestie bald von Ihnen auf diesen Tisch gelegt wird. Ich will den Satan mit eigenen Händen aus ihm herausschneiden dürfen. Erst dann habe ich meinen Frieden. Glauben Sie mir, dass ich nur noch dafür lebe. Ich habe es Maria versprochen.«

Rita Momsen hatte ergriffen dem Dialog zugehört und bemühte sich, ihre Gefühle zurückzuhalten. Neben ihr standen zwei Männer, denen das Verbrechen das Liebste genommen hatte und sie allein mit der Trauer zurückließ. Sie versuchte erst gar nicht, das nachvollziehen zu können. Jetzt mischte sie sich allerdings ein.

»Wir beide wissen, dass Sie die Untersuchung an Ihrer Frau trotz Verbot selbst durchgeführt haben. Ich glaube, dass auch Herr Liebig kein Problem damit hat. Wir sind davon überzeugt, dass es der Aufklärung mehr dient, als wenn ein unerfahrener Mensch die Obduktion vornimmt.«

Reinhold Maaßen, der in diesem Augenblick eintrat und die letzten Worte mit Sicherheit mitbekommen hatte, reagierte überhaupt nicht. Er stellte sich lediglich mit in die Kitteltaschen gestopften Händen dazu.

»Der Chef hat seine Frau sehr genau untersucht. Ich habe dabei sehr viel gelernt«, ließ er lediglich verlauten.

Schiller klopfte dem langen Schlaks auf die Schulter und sagte: »Lassen Sie es gut sein, Maaßen. Sie machen Ihre Arbeit sehr gut. Doch nun zum Ergebnis.«

Schiller schluckte einmal heftig und griff nach einem Schriftstück, das er in Folie auf dem Tisch liegen hatte.

»Dass der Toten, also Maria, post mortem der Uterus entfernt wurde, ist Ihnen ja bereits bekannt. Der Bauchschnitt wurde ja noch halbwegs professionell durchgeführt – das war es dann aber auch schon. Der Rest ist entweder dilettantisch oder in einer rasenden Wut durchgeführt worden. Die Gebärmutter wurde ihr förmlich brutal herausgerissen. Die angrenzenden Gewebereste bestätigen das eindeutig, genauso wie die fehlenden Nachblutungen. Sie konnten sicher am Tatort erkennen, dass der Täter erhebliche Gewalt auf Marias Gesicht ausgeübt hat. Das ist zuerst wahrscheinlich mit der bloßen Faust, später aber auch mit einem stumpfen Gegenstand ausgeführt worden. Sowohl die Schädelbasis als auch sämtliche Gesichtsknochen wurden zertrümmert. Ich vermute, dass sie dadurch schon vor den restlichen Torturen erlöst wurde und gnädig verstarb.«

Liebig unterbrach den jetzt stockenden Rechtsmediziner.

»Es wurde aber kein Werkzeug im Schlafzimmer gefunden. Der Täter muss also alle Hilfsmittel sorgsam verpackt und mitgenommen haben. Wir sollten trotzdem die gesamte Umgebung danach absuchen lassen. Eine Entsorgung ist immerhin möglich. Außerdem muss derjenige massenhaft Blutspritzer am Körper gehabt haben, so wie es in dem Zimmer aussah. Folglich hat er oder sie sich umgezogen, bevor man das Haus verließ. Derart blutbesudelt würde man doch draußen auffallen. Haben Sie irgendwelche Fremd-DNA gefunden?«

Gespannt beobachtete Rita den traurig wirkenden Mann, dem der Bericht wohl alle Selbstbeherrschung abforderte. Doch sie brauchten diese Auskunft, um auch nur den Hauch einer Chance zur Aufklärung zu erhalten.

»Zuerst habe ich nichts, aber auch gar nichts gefunden. Als ich schon aufgeben wollte, stieß der aufmerksame Kollege Maaßen am oberen Rand des Bauchschnittes auf etwas, was da nicht hingehörte. Dieser etwa einen Millimeter große Krümel erregte seine Aufmerksamkeit – Gott sei Dank, sage ich heute. Nach genauerer Analyse handelt es sich um ein winziges Stück Leder. Wir lassen gerade herausfinden, welches Tier das lieferte und wozu diese Lederart in der Regel verwendet wird. Ich gehe davon aus, dass nicht jede Sorte für jeden Zweck verwendbar ist. Es ist nicht viel, aber es könnte vielleicht sehr wichtig für uns sein. Nun heißt es abwarten.«

Rita hatte Feuer gefangen und notierte fleißig mit. Sie versuchte sogar, eine Erklärung zu liefern.

»Ich könnte mir vorstellen, dass zum Beispiel eine Laufsohle widerstandsfähigeres Leder haben muss, als ein Hosengürtel. Vielleicht haben wir Glück und finden sogar den Hersteller heraus, der das Leder verarbeitet. Möglicherweise hat der Täter Lederhandschuhe getragen. Wenn wir die irgendwo finden, haben wir mit Sicherheit weitere DNA von ihm. Womöglich hat der Täter die blutigen Handschuhe im Umfeld des Tatortes entsorgt. Ich sage Spiekermann Bescheid, damit der von ein paar Einheiten den Stadtteil umkrempeln lässt. Ist das in Ordnung, Chef?«

Rita wartete das stumme Nicken Liebigs wieder einmal nicht ab. Das Telefon verschwand nach dem Anruf bei dem Kollegen mit einem erleichterten Grinsen in der Hosentasche. Schiller reichte dem Hauptkommissar den schriftlichen Bericht über den Tisch.

»Ich vertraue Ihnen beiden. Sie werden es schaffen, mir dieses Biest zumindest vor Gericht zu zerren. Da ich vermute, dass ein solches Monstrum anschließend für unzurechnungsfähig erklärt wird und in der Forensik landet, würde es mir lieber sein, das Schwein tot vor mir zu sehen. Verzeihen Sie mir bitte meine Ehrlichkeit, Frau Momsen, aber ich ...«

Weiter kam Schiller nicht, da ihn ein Weinkrampf schüttelte. Rita ging um den Seziertisch herum und umarmte den Mann lange. Immer wieder flüsterte sie ihm tröstende Worte ins Ohr. Liebig trennte die beiden schließlich vorsichtig und strich dem älteren Freund über den kahl geschorenen Kopf.

10

Lange beobachtete Rita Momsen ihren Vorgesetzten, der mit vor der Brust verschränkten Armen vor dem Fenster seines Büros stand. Er schaute hinaus in den Regen, der den Platz vor dem Präsidium in ein kaltes Grau tauchte. Nichts an ihm verriet, woran er dachte. Lediglich die wenigen Falten auf seiner Stirn bewiesen, dass es keine angenehmen Gedanken sein konnten. Als hätte er bereits damit gerechnet, zeigte er keinerlei Reaktion, als Rita ihn von der Tür aus ansprach.

»So schlimm? Was quält Sie, Chef? So nachdenklich habe ich Sie ja noch nie gesehen.«

Ohne sich nach ihr umzusehen, gab er Momsen die Antwort, die sie hätte erwarten können.

»Und das fragen ausgerechnet Sie, Momsen? Ist es nicht bereits eine bewiesene Tatsache, dass Sie in meinen Gedanken lesen können? Ich hätte jetzt eher mit einem konstruktiven Vorschlag zu meinem Problem gerechnet.«

Rita wagte sich ein paar Schritte näher heran und blieb direkt neben Liebig stehen. Auch sie verfolgte die Wasserfontänen, die jetzt alle Fahrzeuge hinter sich herzogen.

»Wenn Sie zu Scherzen aufgelegt sind, kann das Problem noch nicht so gewaltig sein. Geht es um die aktuellen Morde? Lassen Sie mich raten, Chef. Sie sind gerade dabei, eins und eins zusammenzuzählen. Wir haben bisher einen Mord bei Schiller, einen bei Melchior und den letzten bei Richter Ludwig. Das bedeutet, dass sich der Täter bisher die Rechtsmedizin, die Staatsanwaltschaft und den Richter zur Brust nahm. Was fehlt, ist der zuständige Ermittler. Ist es das?«

Erst jetzt wendete sich Liebig seiner Kollegin zu und setze sich auf die Fensterbank.

»Ich erwähnte ja bereits, dass Sie in meinem Kopf herumschnüffeln. Warum fragen Sie noch? Aber Sie liegen bei Ihren Überlegungen nicht gänzlich falsch. Der Satan macht sich über Angehörige her, wobei es bisher die Ehepartner sind. Hoffentlich gehören die Kinder nicht zu Phase zwei seines Planes. Ich oder einer meiner Kollegen wurden vielleicht nur verschont – das heißt, bis jetzt – weil ich zum Beispiel alleine lebe und niemanden mehr zu betrauern hätte. Bei mir kann er in diesem Punkt keinen Schaden anrichten, da er von meinem früheren Verlust weiß. Ich vermute, dass die in seinen Augen wirklich Schuldigen erst in Phase drei an der Reihe sind. Vielleicht übt das auf ihn einen besonderen Reiz aus. Möglicherweise genießt er diese Ermittlungsarbeit sogar. Entweder er schafft es bis zum bitteren Ende, oder wir kommen ihm vorher auf die Schliche. Wissen wir, was in diesem kranken Schädel so vor sich geht? Das kann für ihn ein Wettstreit sein.«

Rita wanderte durch den Raum, während sie über Liebigs Vermutungen nachdachte. Immer wieder schlug sie mit einem Kugelschreiber, den sie in der rechten Hand hielt, gegen die andere Handfläche. Die Frage, die sie ansatzlos stellte, ließ Liebig einen kurzen Moment zusammenzucken.

»Haben Sie Angst?«

Rita stand nun direkt vor ihm und wartete gespannt auf die Antwort. Ihre Augen fixierten seine, so als wollte sie ihn vor Ausflüchten warnen. *Ich merke, wenn du mich anlügst.*

»Wäre das in Ihren Augen schlimm, Momsen?«, begann er und fuhr nach einer kleinen Pause fort, »Ja, verdammt, da ist so was wie Angst. Ich habe es versucht, aber ich kann mich nicht völlig davon freimachen. Soll ich Ihnen was sagen? Ich habe sogar eine Scheißangst vor dem Wahnsinnigen. Etwas in meinem Bauch sagt mir, dass mir dieses Phantom sehr nahe auf dem Pelz sitzt und über meine Ahnungslosigkeit lacht. Er kann jeden Moment zuschlagen, tut es aber noch nicht. Sein Plan ist ein anderer. Und lassen Sie es sich gesagt sein – Angst ist auch für uns sehr wichtig. Sie schützt uns davor, unbesonnen zu handeln.«

Immer noch ruhte Ritas Blick auf dem Gesicht des Vorgesetzten, das jetzt deutlich die Zweifel zeigte. Ihr fielen in diesem Augenblick keine Worte ein, die ihn hätten beruhigen können. Stattdessen nickte sie und begann wieder mit ihrer Wanderung.

»Ich kann Ihre Unruhe gut verstehen, da ich genau Ihrer Meinung bin. Wir sind damit fertig, alle Fälle auszusortieren, bei denen Richter Ludwig nicht das Urteil verkündet hat. Es bleiben immer noch viel zu viel übrig. Mich überrascht es ehrlich gesagt sehr, in wie vielen Fällen Sie entscheidend an den Ermittlungen beteiligt waren. Allerdings gibt es auch welche, bei denen Ihr Vorgänger, Hauptkommissar König, federführend war. Lebt der eigentlich noch?«

Rita war dieses Zucken um Liebigs Mundwinkel nicht entgangen. Sie hatte mehr durch Zufall einen Punkt berührt, der in Liebig die Alarmglocken läuten ließ. Seine Reaktion kam sehr plötzlich, sodass sie zur Seite treten musste, als Liebig nach vorne sprang und sein Telefonregister durchging. Wie ein Besessener wühlte er durch die kleinen Karten, auf denen er immer noch nach alter Sitte die Telefonnummern gespeichert hatte. Rita wagte einen Vorstoß.

»Hat Hauptkommissar König Familie?«

Rita Momsen glaubte, durch die zusammengepressten Lippen ihres Vorgesetzten die Worte verstanden zu haben: »Er ist schon seit zweiundfünfzig Jahren mit Christine verheiratet. Verflucht, wo habe ich diese Nummer?«

Endlich fand er sie und wählte. Nach dem zehnten Freizeichen warf er den Hörer verzweifelt in die Schale und rannte zur Garderobe. Der Ständer knallte auf den Boden, als Liebig seine Jacke vom Haken riss. Rita Momsen hatte Schwierigkeiten, diesem Mann zu folgen, der sogar darauf verzichtete, den Aufzug zu benutzen. Mehrere Stufen auf einmal nehmend flog er durch das Treppenhaus und verschwand Richtung Parkplatz. Rita schaffte es in letzter Sekunde, die Beifahrertür zu schließen, bevor Liebig sich mit durchdrehenden Reifen und eingeschalteter Sirene in den fließenden Verkehr einordnete. Hin und wieder, wenn Ritas angstgeweiteten Augen von der Straße abschweiften, betrachtete sie sorgenvoll das Gesicht Liebigs. So hatte sie ihn noch nie gesehen. Immer wieder glitt eine Hand fahrig über das verschwitzte Gesicht, während er mit der anderen das Lenkrad umklammert hielt. Für Rita völlig unvorbereitet trat Liebig in die Bremsen, sodass der Wagen hinten ausbrach und fast gegen einen Steinquader prallte, den jemand auf dem Bürgersteig platziert hatte. Rita mutmaßte, dass sie ihr Ziel, Königs Haus, erreicht hatten. Peter Liebig machte in diesem Augenblick eine seltsame, für Rita erschreckende Wandlung durch. Er wurde absolut ruhig und schloss für einen Moment die Augen. Rita schien, als würde er sich krampfhaft zur Ruhe zwingen und sich an antrainierte Verhaltensweisen erinnern wollen. Erst danach stieg er aus dem Wagen und tastete nach seiner Waffe. Er ließ sie jedoch im Holster und näherte sich mit ruhigen Schritten dem Einfamilienhaus, das dem Starkregen trotzte und mit seinen wunderhübschen Geranien einen erfrischenden Anblick bot.

Mittlerweile war die Dämmerung aufgezogen und tauchte das Haus in ein Licht, das Rita einen kalten Schauer über den Rücken jagte. Sie konnte es sich nicht erklären, wo die Ursache dafür lag. Jetzt erfüllte auch sie eine Unruhe, die sie auf die fehlende Beleuchtung schob. Sie tat es ihrem Chef nach, der schon längst die Waffe gezogen hatte und geduckt auf die Haustür zu schlich, die einen Spalt offen stand. Die beiden leicht vermoosten Stufen zum Eingang überwand er mit einem einzigen Schritt. Ein entsprechender Wink mit der Waffe signalisierte Rita, dass sie um das Haus herumgehen sollte. Sie sollte einem eventuell Flüchtenden den Weg abschneiden. Er selbst wartete neben dem Eingang, so als vermutete er einen Gegner dahinter. Rita bekam nicht mehr mit, dass Liebig langsam die Tür nach innen drückte. Ihn empfing zuerst der typische Geruch einer Wohnung, in der betagte Menschen ältere Möbelstücke wie in einem Antiquariat vor der Müllhalde bewahrten. Selbst Bohnerwachs war darin vermischt. Liebig kannte und mochte diesen Geruch im Haus seines Freundes. Ihn mahnte aber auch der metallische Geruch von erkaltetem Blut, sehr vorsichtig zu sein. In der Diele tastete er sich sehr leise vorwärts, vorbei an dem hohen Garderobenständer, der alten Kommode, auf der er die vielen gerahmten Bilder schwach erkennen konnte. Er wusste von vielen Besuchen, dass Roland König diese Erinnerungen, auf denen auch Liebig auf vielen Gruppenfotos zu sehen war, abgöttisch liebte. Sie dokumentierten sein bewegtes Leben und zeigten seine besten Freunde.

Der strenge Geruch von beginnender Verwesung drang nun penetrant in Liebigs Nase und ließ ihn erschauern. Er wollte einfach nicht wahrhaben, was er unweigerlich vorfinden würde. Seine Faust presste sich wie eine Klammer unerbittlich um die Waffe, bereit jeden Augenblick auf den Angriff eines Eindringlings zu reagieren. Allerdings war er sich fast sicher, dass er hier niemanden mehr antreffen würde. Das hätte er auch tief in seinem Inneren gespürt. Der Tod hatte schon vor geraumer Zeit seine Arbeit getan. Seine Anspannung führte er darauf zurück, dass er ein Bild vorfinden würde, das er niemals in seinem Leben wieder vergessen könnte. Dass es jedoch so schlimm kommen würde, hätte er sich in seinen schlimmsten Träumen nicht vorstellen können. Er sah nicht, dass Rita Momsen im Hintergrund des Wohnzimmers stand und beide Hände vor das Gesicht geschlagen hielt. Sie hatte zwischenzeitlich eine offene Terrassentür gefunden. Er starrte nur auf die beiden Menschen – oder besser, was der Täter von ihnen übrig gelassen hatte.

11

Liebigs verzweifelter Schrei ließ Rita zusammenfahren und den Blick losreißen von dem Grauen, das ein Wahnsinniger angerichtet hatte. Es berührte Rita bis in den letzten Winkel, als sie mit ansehen musste, wie ein großer, gestandener Mann der Mordkommission auf die Knie sank und die Hände vor das Gesicht schlug. Immer wieder sprach er die Worte, die Rita wohl bis an ihr Lebensende nicht vergessen würde.

Das habt ihr nicht verdient. Ich werde dich jagen – und wenn es das Letzte sein wird, was ich auf dieser Erde tun werde. Das habt ihr beide nicht verdient.

Noch nie hatte Rita Momsen einen Mann derart verzweifelt weinen sehen. Sie mochte sich in diesem Augenblick nicht ausmalen, wie es war, als Liebig seine geliebte Frau damals in ähnlichem Zustand gefunden hatte. Sie vermied es, das Ehepaar zu betrachten, als sie durch den Raum ging und sich vor ihrem Chef auf die Knie herunterließ. Erst zaghaft, dann entschlossen umarmte sie Peter Liebig, der seinen Kopf an ihre Schulter legte. Lange verharrten sie in dieser Stellung, bis Liebig endlich seinen Körper straffte und sich von Rita mit einem mehr gehauchten *Danke* befreite. Beide erhoben sich und drehten sich Richtung der beiden Menschen, die durch die Hand eines rachsüchtigen Sadisten einen grausamen Tod gefunden hatten.

»Rita, würden Sie bitte die Kollegen von der Spurensicherung rufen? Schiller soll auch kommen. Er kannte die beiden so gut wie ich. Es wird ihn sicher umhauen. Ich werde mich ein wenig im Haus umsehen.«

Liebig wartete Ritas Antwort nicht ab, da er wusste, dass er sich auf sie zu einhundert Prozent verlassen konnte. Er verschwand in den hinteren Räumen, um nach Spuren zu suchen. Er tauchte erst wieder auf, als die Schritte draußen das Eintreffen der Mannschaft ankündigten. Ganz am Schluss, als sich die Spurensicherung schon verteilt hatte, betrat Dr. Schiller den Raum des Grauens. Nur zögernd trat er näher und senkte den Blick. Erst als Liebig neben ihm auftauchte, versuchte er, seine Fassung zurückzugewinnen. Es gelang ihm nur mäßig, und jeder im Raum bemerkte sein Zittern. Einen Moment hielten alle inne und stellten die Arbeit ein. Schiller selbst sorgte dafür, dass es weiterging, indem er lauter, als es wohl beabsichtigt war, sagte: »Lasst uns an die Arbeit gehen!«

Während Schiller sich um die beiden Toten kümmerte, stellten sich Momsen und Liebig abseits und tauschten erste Meinungen aus. Liebig war dankbar, dass Rita ihn mit einer ersten Analyse aus seiner gedanklichen Starre holte.

»Ich denke, Chef, dass auch Sie keine Einbruchspuren gefunden haben. Das kann nur bedeuten, dass einer von beiden den Mörder selbst ins Haus gelassen hat. Kannten sie den Täter sogar? Was mir noch auffiel, ist die Tatsache, dass es keinerlei Kampfspuren gibt. Wir sprechen hier über einen ehemaligen Hauptkommissar, der den Tod seiner Frau nicht so einfach hingenommen hat. Also wird der Täter ihn mit einer Waffe bedroht und in Schach gehalten haben.«

Liebig schien jetzt wieder vollends klar, als er Momsen unterbrach.

»Ich habe da eine Theorie, die etwas absurd, aber nach meinem Gefühl logisch erscheint. Der Täter hat es wie auch immer geschafft, das Haus zu betreten. Er bedroht das Paar mit einer Waffe. So weit bin ich bei Ihnen, Momsen. Jetzt kommt aber meine Fortsetzung. Wir haben hier die Frau, die der Täter massakriert. Das schafft er nicht, solange er Königs Eingreifen befürchten muss. Also muss er ihn vorher außer Gefecht setzen. Bedenken wir, dass König stranguliert an dem Deckenbalken hängt und unter ihm der Stuhl liegt, gehe ich davon aus, dass dieses Schwein ihn zuvor in diese Lage brachte. Er muss König dazu gezwungen haben, sich selbst die Schlinge um den Hals zu legen. Und jetzt versuche ich, wie der Täter zu denken. Er hat ihn zusehen lassen, wie er dessen Frau quält und schließlich tötet. Kann man jemandem mehr Qualen zufügen, als ihn zusehen zu lassen, wie man das Liebste an dessen Seite grausam tötet?«

»Sie sind pervers, Chef. Das macht keiner. Das ist unmöglich – einfach unvorstellbar.«

»Oh doch, Momsen. Als das Schwein fertig ist und das Schauspiel ausreichend genossen hat, wird er den Stuhl weggetreten haben. Ich habe mir die Wunden an Königs Hals angesehen. Alles deutet darauf hin, dass König das nicht selbst bewerkstelligt hat. Hätte König das selbst getan, wäre das professioneller abgelaufen. Er war ein sehr erfahrener Beamter, der schon viele Suizide untersuchen musste. Man kann schon oft an den Strangmarken erkennen, ob das Opfer, nachdem es gewaltsam getötet wurde, nachträglich stranguliert wurde. Der Täter versucht zum Beispiel, Würgemale zu überdecken.

Doch kommen wir zu Königs Tod. Er wurde definitiv lebendig stranguliert. Doch anstatt den Knoten an der Halsseite anzulegen, finden wir ihn hinten an der Halswirbelsäule. Das würde ein Mann, der Königs Erfahrung besitzt, niemals tun. Und wie sollte er sich vorher die Hände auf dem Rücken zusammenbinden? Wenn Sie einmal hängen – und das weiß ein Mann wie König – kommen Sie niemals wieder aus dieser Schlinge raus. Das macht die Fesselung überflüssig. Die Kompression durch den Strick unterbricht augenblicklich die Blutzufuhr zum Gehirn und Sie werden ohnmächtig. Legt man den Knoten allerdings hinten an, wird das Opfer quasi erdrosselt und erstickt grausam.«

Aufmerksam hatte Rita zugehört und wendete sich spontan ab. Sie konnte nicht verhindern, dass ihr Blick zu dem Mann ging, der immer noch mit offenen Augen in der Schlinge hing. Jemand musste ihn kurz zuvor berührt haben, sodass sein Körper leicht hin und her schwang. Es erzeugte zusätzliches Grauen in Rita. Sein Gesicht war verzerrt, was darauf hindeutete, dass er kurz vor seinem Tod Schreckliches gesehen haben musste. Ritas Kopfkino schuf die ekelhaftesten Bilder. Sie ballte die Hände zu Fäusten und schüttelte sich. Schließlich versuchte sie, kontrolliert die Diskussion weiter voranzutreiben.

»Klar, hätte der Täter König anschließend mit der getöteten Frau allein gelassen und der sich aus Kummer selbst stranguliert, hätte er uns bestimmt vorher Hinweise auf den Täter gegeben. Es existiert weder ein Abschiedsbrief noch die Beschreibung des Täters. Sie scheinen recht zu haben mit Ihrer Darstellung. Ach, da kommt übrigens Schiller. Bin gespannt, ob er sich unserer Theorie anschließt.«

Doktor Schiller ließ sich müde in den nächstbesten Sessel fallen und schloss für einen Augenblick die Augen. Erst als Liebig ihm seinen mutmaßlichen Tathergang geschildert hatte, öffnete er diese wieder. Seine Stimme wirkte ungewöhnlich belegt.

»Das könnte genauso gewesen sein, Liebig. Keine Kampfspuren. Der Dreckskerl muss die Frau für einen Augenblick außer Gefecht gesetzt haben, solange er den Ehemann in diese perfide Zuschauerrolle brachte. Ich kann dazu erst nach der Obduktion Näheres sagen. Vielleicht ein Narkotikum, möglicherweise aber auch nur ein derber Schlag. So, wie die Frau jetzt insgesamt ausschaut, werde ich das seriös nur schwer behaupten können. Nun zu den Verletzungen von Frau König.

Dass der Täter einmal mehr den Uterus herausgerissen hat, muss ich nicht sonderlich herausheben. Das scheint mittlerweile Standard innerhalb seiner Mordfantasien zu sein. Was es damit auf sich hat, werden wir hoffentlich bald herausfinden. Den Unterleib hat er diesmal wieder post mortem aufgeschlitzt, was die relativ geringe Blutung beweist.«

»Woran verstarb denn dann die Frau, wenn es nicht der Schnitt in der Bauchdecke gewesen sein soll?«, unterbrach ihn Rita.

»Ihnen wird sicherlich aufgefallen sein, dass die Hauptblutungen im Bereich oberhalb des zerstörten, nein des zerfetzten Brustbereiches liegen. Der Täter hat ihr die Brüste quasi mit Dutzenden von Messerstichen zerstört, was zu erheblichem Blutverlust führte. Ob er ihr das Gesicht während oder nach dieser Tortur zerschlug, wird wohl ein Geheimnis bleiben. Beide Taten dürften aber erst nach einem längeren Zeitraum zum Tod geführt haben. Da ihm das wohl dann doch zu lange dauerte, hat er schließlich die Plastiktüte über ihren Kopf gezogen. Ich kann Ihnen nur sagen, dass dieser Tod sehr qualvoll und langwierig gewesen sein wird.«

An dieser Stelle unterbrach Doktor Schiller seinen Bericht, da ihm die Stimme für einen Moment versagte. Liebig nutzte das, um seine Gedanken offen auszusprechen.

»Mir fällt auf, dass der Täter seinen Hass, zumindest in dieser Phase, besonders auf die weiblichen Ehepartner ablädt. Dabei konzentriert er sich besonders auf die Organe, die den menschlichen Körper klar als Frau definieren. Das wird er nicht ohne Grund tun. Es muss etwas in seiner Vergangenheit stattgefunden haben, was dieses begründet. Hat er seine Frau, seine Mutter oder Schwester verloren und versucht jetzt, die für ihn Schuldigen zu bestrafen? Er nimmt ihnen etwas, was er ebenfalls verlor? Vielleicht auch ein ungeborenes Kind? Wer weiß? Das würde zumindest erklären, warum er sich besonders auf den Uterus konzentriert. Die einzige Ausnahme bildet da Frau Ludwig. Dass Roland König sterben musste, könnte dem Umstand geschuldet sein, dass er sich zum falschen Zeitpunkt am falschen Ort befand.«

Schiller schien sich wieder gefangen zu haben, als er sich zu Wort meldete.

»Es war ein Linkshänder! Dieses mordende Schwein ist ein Linkshänder!«

»Wie kommen Sie zu dieser Überzeugung?«, wollte Rita Momsen wissen.

»Hundertprozentig werde ich das erst belegen können, wenn ich Christine auf dem Tisch hatte. Aber ich habe mir die Einstichkanäle schon einmal genauer angesehen und musste feststellen, dass das Messer immer von links oben nach rechts unten geführt wurde. Da das nur von vorne durchgeführt werden konnte, muss der Täter auf ihr gesessen haben, während er wie ein Besessener zustach. Eigentlich müsste er selbst von Blut besudelt sein. Da sich aber um den engeren Tatort herum keine wesentlichen Blutspuren oder sogar Fußtritte feststellen lassen, vermute ich, dass dieses Tier eine Schutzfolie trug, ähnlich der unserer Kollegen hier. Das erklärt auch, dass wir bisher keine DNA von ihm fanden. Davon ausgenommen ist lediglich dieses Lederstückchen.«

»Haben Sie eigentlich davon schon Laborergebnisse?«, schaltete sich Liebig ein.

»Die sind gerade gestern eingetroffen. So richtig Klarheit schaffen die nicht, können aber zumindest gewisse Bereiche ausklammern. Aus diesem besonders harten Leder wurden bis in die heutige Zeit hinein, Gegenstände hergestellt, die direkt am Körper Verwendung finden. Sie mussten äußerst formstabil sein und durften keine Konservierungsstoffe enthalten, sodass Hosengürtel und Oberleder von Schuhen wegfallen dürften. Mir würde dabei spontan eine Prothese einfallen, die ungemein stabil und frei von Schadstoffen sein muss. Ich habe den Technikern empfohlen, da weiter nachzuforschen. Es ist eine winzige Spur – aber immerhin ist es eine.«

Schweigend verfolgten die Ermittler, wie man Roland König vorsichtig aus dem Strick befreite, in dem er einen scheußlichen Tod fand. Rita musste sich abwenden, als sie in das Gesicht von Christine König blicken musste, das von unzähligen Schlägen völlig entstellt war. Selbst die Augen waren ihr tief in die Höhlen gedrückt worden.

12

Rösners plötzliches Erscheinen ließ für einen Moment die Arbeit in den Büros der Soko ruhen. Der Kriminalrat steuerte nach einem allgemeinen *Guten Morgen* schnurstracks auf Liebigs Büro zu, in dem sich auch Momsen und Spiekermann befanden. Als die beiden den Raum verlassen wollten, winkte er sie zurück.

»Nein, nein, Sie können ruhig bleiben. Ich bin schnell wieder weg. Bevor ich rauf zum Alten gehe, möchte ich mich nur noch mit Informationen zu den aktuellen Fällen bewaffnen. Wie weit sind wir mit den Nachforschungen bei Schiller und Melchior? Es tut mir sehr leid, aber die Frage wird von ihm kommen. Mir reicht ein grober Überblick, obwohl ich jetzt schon ahne, wie das Ergebnis aussieht.«

Liebig wechselte einen schnellen Blick mit Rita, die sofort wusste, dass dies in ihr Ressort fiel. Sie sortierte einige Dokumente um und begann mit der Zusammenfassung.

»Bei Dr. Schiller war ich erwartungsgemäß schnell durch, da die Verhältnisse sehr geordnet sind. Die Eheleute haben sich gegenseitig als Haupterben eingesetzt, wobei lediglich ein separates Sparkonto auf den einzigen Sohn aus erster Ehe angelegt wurde. Dieser Ansgar Scholten lebt seit fünfundzwanzig Jahren in Australien und führt dort eine tadellose Ehe mit einer Einheimischen.«

»Ich wusste gar nicht, dass Schiller schon zum zweiten Mal verheiratet ist«, schob Rösner ein. Rita sorgte mit der folgenden Bemerkung dafür, dass dieser Irrtum ausgeräumt wurde.

»Dr. Schiller hat die Mutter von Ansgar nicht geehelicht, aber immer für Ansgars Unterhalt gesorgt. Ich konnte das an monatlich wiederkehrenden Zahlungen an die Mutter ausmachen. Als Ansgar volljährig wurde und eine eigene Familie gründete, reduzierte er die Summe, zahlte aber einen kleineren Betrag weiter. Er hat Verantwortung bis zum heutigen Tag übernommen.«

»Ich gehe davon aus, dass niemand außer diesem Ansgar vom Tod beider Schillers profitieren würde. Oder irre ich mich da?«, hakte Rösner nach.

»Da liegen Sie absolut richtig«, antwortete Rita prompt und legte ein Dokument vor. »Ansgar wurde als Alleinerbe eingesetzt, sollte beiden was passieren. Die bucklige Verwandtschaft, wie Schiller sie immer gerne nennt, erhält lediglich das eine oder andere Antiquariat aus dem restlos bezahlten Haus. Soweit wie ich es herausfinden konnte, lebt der Sohn in sehr guten Verhältnissen und ist schuldenfrei. Bei der Motivsuche Fehlanzeige. Ein von ihm veranlasster Mord macht auch erst Sinn, wenn auch der Vater stirbt.«

»Sehr gut, Frau Momsen. Gibt es Hinweise darauf, warum an dem Abend des Geburtstages keine Gäste im Haus waren?«, führte Rösner die Befragung fort.

»Wie ich in Erfahrung bringen konnte, wurde die eigentliche Feier auf das folgende Wochenende gelegt. Das sollte eine Überraschungsparty werden, weshalb Schiller nicht informiert wurde. Eine Nachbarin steckte mir, dass Maria eine kleine Vier-Augen-Feier an diesem Abend geplant hatte. So bei Kerzenlicht und so weiter. Sie wissen schon.«

Rösner nickte verstehend und wechselte das Thema.

»Schiller dürfte erwartungsgemäß damit raus sein. Gibt es Ergebnisse bei Melchior?«

»Nun ja, Herr Kriminalrat. Da hatte ich anfangs ein paar Schwierigkeiten, als ich die finanzielle Seite beleuchten wollte. Da hat erst die Anordnung vom Oberstaatsanwalt Türen öffnen können.«

»Was soll das heißen? Hat dieser windige Vogel etwa Dreck am Stecken? Wundern würde es mich allerdings nicht.«

Rita besaß die uneingeschränkte Aufmerksamkeit Rösners. Liebig und Spiekermann, die um Melchiors Geheimnis bereits wussten, grinsten. Sie beobachteten ihren Vorgesetzten aufmerksam, um seine Reaktion genießen zu können.

»Tja, im Bereich Offenheit gegenüber dem Ehepartner lief das bei Familie Melchior nicht so glatt wie bei Schillers. Auch Carsten Melchior zahlte für Sünden, nur mit dem Unterschied, dass es sich in seinem Fall nicht um einen unehelichen Sohn handelt, sondern ...« Hier machte Rita eine bedeutungsvolle Pause, die Rösner nervös mit den Lidern klimpern ließ. »... er zahlt für eine Freundin, die sich ein Apartment gönnte, für das Melchior regelmäßig die Miete übernimmt. Wir können jetzt verschiedene Szenarien schaffen. Das Nächstliegende wäre die Befreiung von Sybille Melchior, was ihm den Weg zur Geliebten freimachen würde. Werden allerdings beide Melchiors beseitigt, hat niemand was davon, da dann das Kind alles erben würde.«

»Gibt es denn wenigstens was zu erben«, wollte Spiekermann wissen. Rita las von einem weiteren Dokument ab.

»Ich würde die finanziellen Verhältnisse der Familie einmal als völlig unauffällig bezeichnen. Auf dem Haus liegt nur noch eine Anschlusshypothek, die Melchior noch vor Wochen recht günstig abgeschlossen hat. Kein Grund also für einen Mord. Das Konto weist ebenfalls keine Auffälligkeiten auf, bis auf die monatlichen Überweisungen der Apartmentmiete. Fragen Sie mich nicht, wie er es schaffte, das vor seiner Frau zu verheimlichen. Ich sehe derzeit auch keinen Anlass, das zu hinterfragen. Übrigens wäre er schon sehr abgebrüht, seine Frau nach dem Tatmuster wie bei Schiller umbringen zu lassen, nur um den Verdacht auf einen Serientäter zu lenken. Selbst die Auszahlung der Lebensversicherung seiner Frau reicht in meinen Augen nicht aus, um diese als treibendes Motiv anzuführen. Viel zu niedrig. Sein Tatmotiv könnte nur woanders liegen. Doch für mich fällt der bisher raus aus dem Kreis der Verdächtigen.«

»Vielen Dank, Frau Momsen. Das reicht mir vorerst. Hauptkommissar König müssen wir erst gar nicht ins Visier nehmen, da ich weiß, dass die beiden kinderlos waren und das Erbe unter tausend Erbschleichern aufgeteilt wird. Jetzt werde ich mal in die heiligen Hallen des Präsidenten schleichen und mitteilen, dass wir zwar noch keinen Verdächtigen haben, jedoch einige zumindest ausschließen können.«

Liebig schaltete sich zum ersten Mal ein und hielt Rösner zurück.

»Wir konnten übrigens mehr als die Hälfte der gesammelten Akten wieder ins Archiv schaffen, da der Filter erweitert wurde. Ich bin der festen Überzeugung, dass wir das Schwein finden werden. Hoffentlich liegen wir mit unserer Rachethese nicht völlig daneben und wir haben es mit einem kranken Geist zu tun, der grundlos, aber nach einem bestimmten Muster tötet. In dem Fall können wir nur auf einen Zufall hoffen und dass er einen entscheidenden Fehler macht.«

Rösner wirkte jetzt unglücklicher als zu dem Zeitpunkt, zu dem er das Büro betreten hatte. Mit hängenden Schultern verließ er die drei Beamten, die nun ihre Besprechung fortsetzten.

13

Obwohl es sich um eine Neumondnacht handelte, konnte man dunkle Wolkenwände heraufziehen sehen, die ein starkes Gewitter ankündigten. Dunkles Grollen war bereits in der Ferne zu hören, sodass die Bewohner vorsichtshalber die Fenster schlossen. Wer jetzt nichts Dringendes draußen zu verrichten hatte, hielt sich in den sicheren vier Wänden auf. Rund um den Südwestfriedhof war die Stille vor dem Sturm eingetreten, die dem Menschen oftmals Gänsehaut verursachte. Nur noch selten verirrte sich ein Auto auf die Fulerumer Straße, die die Stadtteile Frohnhausen und Haarzopf miteinander verband und am Friedhofseingang vorbeiführte. Dem Mann, dessen Blick starr auf die Trauerhalle hinter dem Haupteingang gerichtet war, kam dieses Wetter sehr entgegen. Ungeduldig wartete er darauf, dass die Tür zur Trauerhalle endlich verschlossen wurde und der letzte Besucher das Gelände verließ. Hätte der Mitarbeiter beim Abschließen seinen Blick entlang des langen Hauptweges gerichtet, hätte er den Mann möglicherweise bemerken können, der wie eine Statue zwischen den Gräbern stand. Der dunkle Himmel mit seinen immer größer aufziehenden Wolken schützte den dunkelgekleideten Mann jedoch davor, entdeckt zu werden. Als sich das eiserne Haupttor mit einem dezenten Quietschen endgültig schloss, kam Bewegung in die unheimliche Gestalt.

Einen Moment blieb er stehen und sah scheinbar ergriffen hinauf zu den Kreuzen, die auf den Spitzen der beiden etwa zehn Meter hohen Steinsäulen befestigt waren. Ein flüchtiger Beobachter hätte den Eindruck haben können, dass er im Angesicht der Kreuze betete. Doch der Mann hatte nur ein Ziel. Er betrat zielsicher den Bogengang, der seitlich der beeindruckenden Kapelle entlanglief. Eine bestimmte Tür zog ihn magisch an. Noch ein letztes Mal blieb er nach allen Seiten sichernd stehen, bevor er seinen Schlüssel in das Schloss steckte und sein Schatten im Inneren des Raumes mit der Dunkelheit verschmolz.

Um sich an die Dunkelheit gewöhnen zu können, lehnte er sich sekundenlang von innen gegen das Holz und sog die kalte Luft tief in die Lungen. Er wusste genau, dass er sich im Vorraum der Aufbahrungshalle befand, in der die Verstorbenen ein letztes Mal von Angehörigen besucht werden konnten. Ihn wunderte es nicht mehr, dass hier ein weitestgehend geruchloser Bereich war, obwohl der Tod allgegenwärtig war. Der Tod hatte hier bereits seinen Schrecken verloren, war geruchlos und schwebte dennoch durch die Räume. Als sich der Eindringling sicher war, dass sich wirklich niemand mehr in diesem Bereich aufhielt, blitzte der Strahl seiner Taschenlampe auf. Er grunzte zufrieden, als er bemerkte, dass nur drei Zellen mit Särgen bestückt waren, die am nächsten Tag beigesetzt werden sollten. Sein Ziel war ein bestimmter Sarg, den er nun schneller finden konnte.

Das tiefe Grollen draußen, das das heranziehende Gewitter ankündigte, ließ ihn einen Moment innehalten.

Seine Hand tastete nach dem Deckel des ersten Sarges, den er vorsichtig zur Seite schob. Dem Verstorbenen, den er darin ausmachte, hatte man sicher auf Wunsch der Angehörigen einen Hut aufgesetzt, was die Szene ziemlich abstrakt wirken ließ. Verärgert spuckte der Eindringling auf das Gesicht des Toten und huschte in die nächste Kammer. Sein *»Verreck in der Hölle«* hallte mehrfach in der kalten Zelle nach. Der Strahl seiner Taschenlampe erfasste im zweiten Sarg, dessen Deckel er nur mit Mühe bewegen konnte, das Gesicht einer älteren Dame. Diese hatte es selbst im Angesicht des Todes geschafft, ein glückliches Lächeln auf ihrem jetzt blassen Gesicht zu haben. Mit der freien Hand riss der Mann an ihren Haaren und zog das Kopfkissen unter dem Kopf hervor. Voller Zorn warf er es anschließend neben den Sarg und bewegte sich in Kammer drei. Nun wusste er, dass er am Ziel seiner Wünsche angekommen war.

Mit einem kräftigen Ruck stieß er den Sargdeckel beiseite, der mit lautem Getöse auf dem Boden aufschlug und leicht zersplitterte. Die Stablampe hatte sich der Wahnsinnige längst unter die Schulterklappe geklemmt, die an seinem Parka befestigt war. Lange betrachtete er das größtenteils wieder hergestellte Gesicht der Toten, um es Augenblicke später durch einen einzigen Hieb mit der Faust wieder in einen beklagenswerten Zustand zu versetzen. Mit einem wilden Fluch riss er das weiße Kleid hoch, um sich die Nähte anzusehen, mit denen der Unterleib der Verstorbenen wieder kunstvoll zusammengehalten wurde. Wie durch Zauberhand erschien das große Skalpell zwischen seinen Fingern, das nun mit einem schnellen Schnitt alles zunichtemachte, was zuvor geleistet worden war. Tief und gierig griff er in die entstandene Öffnung und umfasste den Uterus, den er mit einem kräftigen Ruck herausriss. Triumphierend hielt er ihn hoch, um das Organ schließlich in einer Plastiktüte zu verstauen. Seine Hand schloss sich wieder zur Faust, um diese ein weiteres Mal in das verhasste Gesicht der Frau zu schlagen.

Beim Hinausgehen machte er sich nicht einmal die Mühe, die einzelnen Türen zu verschließen. Er wusste, dass der Anblick am nächsten Tag schockieren würde. Alle sollten sie spüren, dass er die Allmacht besaß, selbst dem Tod vor die Füße zu spucken.

14

Liebig war es, der Dr. Ludwig die Hand auf die Schulter legte, um ihn zurückzuziehen. Es war zu einem handfesten Streit zwischen ihm und dem Inhaber des Beerdigungsinstitutes gekommen. Gemeinsam mit dem Pfarrer wollten sie Dr. Ludwig davon abhalten, seine Frau aufzusuchen. Der Schwiegersohn stand mit blutig geschlagener Nase neben dem Eingang zur Kapelle und wurde von Ludwigs Tochter Lilian beruhigt. Liebig konnte dem Hieb nur mit Mühe ausweichen, den der Richter nun aus einem Reflex heraus an ihm vorbeisetzte.

»Lasst mich verdammt noch mal zu meiner Frau! Ich habe das Recht, meine Frau sofort zu sehen.«

Als dieser Schrei, vermischt mit Speichel den Hauptkommissar erreichte, tat der es mit Gleichmut ab. Seine kräftigen Hände umfassten die Handgelenke des Richters, der plötzlich jeglichen Widerstand aufgab und sich schluchzend an Liebigs Brust warf. Immer wieder hörten die umstehenden Trauergäste die gleichen Worte, die über die Lippen des Gepeinigten kamen.

Ich will zu Erika. Lasst mich. Sie braucht mich doch jetzt.

In ständigem Wechsel betraten und verließen Leute der Spurensicherung die Trauerräume, unter denen sich auch

77

Schiller befand. Liebig entging nicht das Winken, mit dem er ihn aufforderte, zu ihm zu kommen. Mittlerweile hatte sich Dr. Ludwig soweit beruhigt, dass er ihn in die Betreuung seiner Tochter übergeben konnte. Der Schwiegersohn kümmerte sich um die kleine Sarah, die sich im Kinderwagen durch Schreien bemerkbar machte. Es musste schon etwas sehr Wichtiges sein, wenn Schiller so auf sich aufmerksam machte. Die beiden Männer stellten sich etwas abseits, um sich ungestört unterhalten zu können.

»Ich glaube, dass wir eine alte Spur intensiv verfolgen sollten. Sie erinnern sich sicher an diesen kleinen Lederkrümel. Ich glaube, dass ich weitere davon im Gesicht der Toten fand. Wenn die identisch sind, können wir sicher sein, dass wir es erstens mit unserem Täter zu tun haben und zweitens mit einem Mann, der rechts eine Prothese tragen dürfte. Wissen Sie, was das bedeuten kann, Liebig. Wir haben diese Bestie bald am Arsch – wenn ich es einmal so platt ausdrücken darf.«

Liebig lehnte sich gegen die steinernen Säulen, die die Rundbögen des Ganges stützten. Nun war auch er sich sicher, dass sie in ihren Ermittlungen einen gewaltigen Schritt nach vorne kamen. Es würde nicht viele Straftäter geben, denen ein Teil ihres rechten Armes amputiert wurde. Voraussetzung war immer, dass es sich tatsächlich um einen Ehemaligen handelte. Sie wären aber fast wieder am Anfang, würde sich herausstellen, dass diese Person in keiner ihrer Akten auftauchte.

»Ich hoffe, Sie haben recht, Schiller. Momsen soll sofort den Filter angleichen. Ich bete, dass es klappt und keine weitere Opfer mehr zu beklagen sein werden. Ich muss mich noch um die Frage kümmern, warum der Täter in diese Räume eindringen konnte, ohne dass Einbruchsspuren zu erkennen sind. Besaß der etwa einen Schlüssel? Die Friedhofsverwaltung wird uns da bestimmt helfen können. Werde Spiekermann darauf ansetzen.«

Mittlerweile war der gesamte Vorplatz mit Menschen überfüllt, die zum einen zu den Trauergesellschaften gehörten, zum anderen aus Presseleuten bestanden. Bis zum Ende der Ermittlungen wurde den Geistlichen untersagt, die Trauerfeier zu beginnen, was zu lautstarken Protesten führte. Schließlich waren Gäste von weither angereist, um den Verstorbenen die letzte Ehre zu erweisen. Niemandem fiel deshalb der hochgewachsene Mann mit dem schwarzen Vollbart auf, der sich unter die Zuschauer gemischt hatte und sogar Hauptkommissar Liebig heftig anrempelte. Eine sofort folgende Entschuldigung nahm der Ermittler nur mit halbem Ohr wahr und führte seine Unterhaltung mit Spiekermann fort. Dass mehrere Aufnahmen von ihm und seinen Mitarbeitern geschossen wurden, fiel ebenfalls niemandem auf, da sich bereits ein Pulk von Pressefotografen um die besten Aufnahmen bemühte. Das Chaos war perfekt und zog immer mehr Zuschauer an.

Zwei Stunden später gab Liebig zumindest die Leiche des verstorbenen Mannes zur Bestattung frei, nachdem Schiller Proben des relativ frischen Speichels sichergestellt hatte, den er auf dem Hutrand gefunden hatte. Zufrieden mit seinem Fund gab er die Anweisung, alles auf möglicherweise bekannte DNA untersuchen zu lassen. Neben den Lederkrümeln bezeichnete er den Speichel als bisher wichtigste Spur. Seine Euphorie wurde allerdings abrupt gestoppt, als er schon nach knapp zwei Stunden erste Ergebnisse telefonisch übermittelt bekam. In keiner Datenbank der Polizei war diese DNA bisher gespeichert worden. Ein Indiz dafür, dass es sich möglicherweise nicht um den Speichel des Täters handelte, oder was viel schlimmer war, der Täter noch nicht straffällig und damit aktenkundig wurde. Liebig entdeckte den Freund abseits des Trubels an einer Steinsäule gelehnt. Ihm entging nicht die Niedergeschlagenheit des Mannes, der alles versuchte, den Mörder seiner geliebten Frau zu überführen.

»Was ist passiert, Schiller?«, wollte Liebig kurzsilbig wissen.

»Dieser Speichel kann von allen möglichen Menschen stammen, sogar von denen, die mit der Aufbahrung beauftragt waren. Ich möchte Sie darum bitten, Liebig, von allen eine Speichelprobe einholen zu lassen, die in den letzten zwei Tagen mit dem Verstorbenen in Berührung kamen. Ich denke da besonders an das Institut, das die Leiche herrichtete. Der Speichel war frisch – höchstens achtzehn Stunden alt. Ansonsten wäre er bereits eingetrocknet. Wenn die Leute nicht freiwillig bereit sind, die Probe abzuliefern, dürfte es meiner Meinung nach kein Problem bereiten, dass Richter Ludwig das sehr schnell anordnen wird. Vergessen Sie nicht die Träger, die sich möglicherweise gestern noch in den Räumen aufhielten.«

Hier machte Schiller eine Pause, wobei er wütend gegen die unschuldige Säule trat. Aus den Augenwinkeln bemerkte Liebig Hauptkommissar Reinder und winkte ihn heran.

»Reinder, hast du gerade etwas Zeit für eine wichtige Sonderaufgabe?«

Seine ehrliche Antwort überhörte Liebig unbeeindruckt.

»Das ist eine beschissene Frage bei dem, was wir vor der Brust haben, aber lass hören, Liebig.«

Reinder wusste auf Anhieb, wie wichtig diese an ihn delegierte Aufgabe sein konnte und machte sich sofort an die Arbeit. Er suchte den Inhaber des Beerdigungsinstitutes und holte sich sämtliche Namen der beteiligten Mitarbeiter. Nur ein Träger, der sich abseits des Pulks aufhielt und intensiv die Geschehnisse mit den Kumpels diskutierte, weigerte sich, die Speichelprobe abzuliefern. Er vertrat vehement die Meinung, dass er sich nicht, wo er für wenige Kröten diese beschissene Aufgabe übernahm, auch noch unter Generalverdacht stellen ließe. Ein kurzes Gespräch mit Richter Ludwig überzeugte ihn sehr schnell davon, dass erst eine Weigerung den Verdacht gegen ihn unnötig erhärten würde, dass er in dieses Verbrechen verwickelt sein könnte.

Da die Spurensicherung über das nötige Equipment vor Ort verfügte, war Reinders Aufgabe schnell erledigt, sodass ein Polizeikurier die Sammlung flugs in die Klinik bringen konnte. Als Schiller dem Kollegen Maaßen in der Klinik gegenüberstand, konnte er sich auf Anhieb nicht dafür entscheiden, wie er das Ergebnis letztendlich beurteilen sollte. Zumindest stand nun fest, dass kein anderer als der Täter selbst für den Speichel verantwortlich sein konnte. Allerdings empfand er es als niederschmetternd, dass die DNA nirgendwo registriert vorlag. Sie hatten es mit einem Mann zu tun, der für die Behörden bis heute als unbescholtener Bürger galt. Einmal mehr verfluchte er die deutsche Gesetzgebung dafür, dass es in diesem Land aus datenschutzrechtlichen Gründen nicht erlaubt war, die DNA dafür zu verwenden, um ein klareres Bild für die Identifizierung zu erstellen. Den Kollegen in den Niederlanden zum Beispiel gab das geltende Recht wesentlich mehr Möglichkeiten in die Hand. Sie waren annähernd so weit, einen möglichen Täter anhand der DNA sehr genau abzubilden. Eine Eingrenzung der Äußerlichkeiten und der ethnischen Abstammung war dadurch ermöglicht worden – eine Festnahme womöglich wesentlich vereinfacht.

15

Immer wieder wagte Rita Momsen einen Seitenblick auf ihren Chef, der den Passat erstaunlich konzentriert über die Kaulbachstraße Richtung Präsidium steuerte. Trotzdem nahm sie intuitiv wahr, dass viele Gedanken in seinem Kopf kreisten. Sie versuchte, ihn abzulenken.

»Wo sind Sie im Augenblick? Haben Sie wieder das Bild Ihrer Frau oder einer anderen Verstorbenen vor Augen?«

Mit dem Manöver hatte Rita nicht gerechnet, als Liebig das Steuer plötzlich, ohne zu blinken, herumriss und in die Seitenstraße einbog, die zum Mühlenbach hinunterführte. Sie wartete ab, was er genau damit beabsichtigte. Erst als der Wagen am Ende der Sackgasse zum Stehen kam und Liebig die Tür öffnete, stieg auch sie aus und folgte ihrem Chef, der schnurstracks auf das Café *Am Mühlenbach* zusteuerte. Rita verbarg ihre Neugierde, bis sie von einer Kellnerin gefragt wurde, was sie als Getränk wünschte. Liebig hatte ihr wortlos die Speisekarte über den Tisch gereicht. Immer noch betrachtete sie den Hauptkommissar ungläubig und griff zögernd nach der Karte. Liebig ließ die ersten Worte seit Minuten heraus.

»Suchen Sie sich was aus. Das Rib-Eye-Steak soll hier sehr gut sein. Wurde mir schon oft empfohlen.«

Rita legte die Karte ungeöffnet wieder auf den Tisch und faltete die Hände darüber. Ein Lächeln umspielte ihre vollen Lippen, als sie seine Frage vernahm: »Möchten Sie nichts essen? Ich lade Sie ein. Suchen Sie sich einfach was aus.«

»Habe ich gerade, Chef«, erwiderte Rita. »Ich nehme das Steak – wie empfohlen. Ich hoffe, das ist vegan.«

Ritas Grinsen zog sich jetzt über das ganze Gesicht und erreichte die Augen. Ihr war nicht entgangen, dass die leicht übergewichtige Kellnerin seit der Aufnahme der Getränke-bestellung ihr Äußeres marginal verändert hatte. Als sie die Getränke servierte, war weitaus mehr von ihrem üppigen Dekolleté zu sehen als anfangs. Ihre Augen ruhten unentwegt auf dem Gesicht des attraktiven Gastes, ohne auch nur einen einzigen Blick an Rita zu verschwenden, die sie scheinbar als Tochter des Gastes einordnete. Auch Liebig war die Belustigung von Rita nicht entgangen.

»Was?«

»Was meinen Sie mit *Was*, Herr Hauptkommissar?«, erwiderte Rita.

»Sie grinsen wie ein Honigkuchenpferd. Ich kenne die Dame nicht, wenn Sie das meinen.«

»Das habe ich auch nicht angenommen, Herr Hauptkom-missar. Aber Spaß beiseite – was verschafft mir die Ehre dieser Einladung? Soll das ein Date werden? Dann bin ich ja völlig falsch gekleidet. Gehen wir nach dem Essen zu Ihnen oder ...?«

»Halten Sie jetzt endlich Ihre große Klappe, Momsen. Kann man mit Ihnen nicht mal vernünftig und ernsthaft reden? Wir haben ein Riesenproblem, wie Sie unschwer erkannt haben dürften. Sehen wir einmal von dem Lederkrümel ab, stehen wir bei null. Verstehen Sie? Bei null. Dieses Schwein macht keine Fehler und führt uns vor.«

Augenblicklich wurde Rita ernst, erfasste die Verärgerung ihres Vorgesetzten und verfluchte einmal mehr ihre vorlaute Art. Sie konnte nicht verhindern, dass sich ihre Gesichtsfarbe leicht ins Rötliche änderte. Als sie aus lauter Verlegenheit mit den Händen durch ihr Haar fuhr, war sie wieder da – die ruhige Stimme Liebigs, die ihn unverkennbar für sie machte. Sie war es, die Rita von Beginn an faszinierte. Dieser mitschwingende Bass war ihr von der ersten Begegnung an im Gedächtnis geblieben. Nun tat Liebig etwas, was sie nicht erwartet hätte – nicht in dieser Situation. Er griff nach ihrer Hand und flüsterte fast: »Es tut mir leid, Frau Momsen. Ich wollte Sie nicht anraunzen. Ich bin im Augenblick ein wenig daneben, wenn Sie verstehen, was ich meine. Ich habe in den letzten Tagen Freunde verloren, Menschen, die mir nahestanden. Das bleibt nicht einfach in den Klamotten hängen. Ich muss einfach mit jemandem darüber reden. Und ich habe derzeit keine so große Auswahl.«

Als Rita die mächtige Hand Liebigs auf ihrer spürte, vertiefte sich das Rot auf ihrem Gesicht noch, sodass er die Hand sofort zurückziehen wollte. Spontan griff sie danach und hielt sie fest umklammert. Es war ein Augenblick, mit dem beide nicht umzugehen wussten. Erst Ritas Worte entkrampften die Situation.

»Es ist alles gut, Chef. In diesem Punkt gibt es bei uns Parallelen, wissen Sie. Ich habe auch niemanden, mit dem ich mich austauschen kann. Da bleibt mir nur mein *Rolfi*. Der hört mir zu, ohne zu murren. Er antwortet allerdings nicht.«

»Rolfi? Sie sagten mir doch, dass es keinen ... ich meine, Sie sagten, dass Sie allein ...«

Nun musste Rita wieder lachen, als sie spürte, wie Peter Liebig sich aus der Umklammerung befreien wollte.

»Sie sind doch wohl nicht eifersüchtig auf meinen Panda, oder? Das ist nur ein Plüschtier, das mir einst meine beste Schulfreundin nach dem Abi geschenkt hat. Sie meinte, dass jeder Mensch etwas haben müsse, mit dem er sprechen kann, wenn es einem nicht gut geht. Und mir geht es häufig nicht gut. Also quatsche ich mit Rolfi. Das hilft immer.«

Die Kellnerin unterbrach diese Lebensbeichte mit zwei Tellern, die spätestens jetzt Appetit auf das Essen machten. Wieder überzog Ritas Gesicht ein Lächeln, als sie Peter Liebig beobachtete, der fassungslos auf das Riesensteak starrte und die Unmenge an Pommes Frittes, die darüber gehäuft waren. Da kein Platz mehr auf dem Teller war, servierte die Kellnerin die Mayonnaise auf einem Extrateller. Stolz warf sie sich in die eh schon mächtige Brust und wartete auf das Lob des Angebeteten, das dann auch in Kurzform kam: »Großartig – ganz großartig. Vielen Dank.«

Trotz der Menge schaffte es Liebig noch vor Rita Momsen, das Monstersteak Geschichte werden zu lassen. Genüsslich säuberte er den Mund mit der Serviette und beobachtete wortlos, wie Rita die letzten Kartoffelstäbchen in den Mund steckte. Sie versteckte einen kleinen Rülpser hinter der vorgehaltenen Hand und schob den leeren Teller zur Tischmitte.

»Wirklich gut – das war ein toller Tipp mit der Essenauswahl. Doch wir wollten ja über den Fall reden. Wie gehen wir weiter vor?«

Scheinbar hatte Rita ihren Chef mit der schlichten Überleitung zum Alltagsgeschäft aus der Fassung gebracht. Leicht irritiert legte er die Serviette auf den Teller und strich sich genüsslich über den jetzt deutlich erkennbaren Bauchansatz. Ohne jegliche Überleitung stellte er die Frage: »Dessert?«

»Das war doch gerade ein Scherz, oder? Sie fragen doch nicht wirklich danach, ob ich ein Dessert möchte? Wissen Sie, dass dieses Essen mindestens zwei Tage Fitnessstudio zunichtegemacht hat? Ich fühle mich, als müsste ich zum Auto gerollt werden. Einen Espresso würde ich allerdings nicht ablehnen.«

Als hätte die aufmerksame Kellnerin hinter einer der Holzsäulen gewartet, stürzte sie herbei, noch bevor Liebig die Hand heben konnte. Als endlich die kleinen Tassen vor ihnen standen, konnten die Ermittler durchatmen und ungestört anstoßen. Nachdem sie ihre Tassen geleert hatten, entstand eine Pause, in der keiner von beiden wusste, wie die *Arbeitssitzung* weitergehen sollte. Sie entschieden sich für ein verlegenes Kichern, da sie das verzweifelte Bemühen der Kellnerin, Aufmerksamkeit zu erregen, belustigte. Es war Liebig, der die Lage wieder in den Griff bekam. Seine Frage kam aus heiterem Himmel und überraschte Rita.

»Warum lebt eine so attraktive Frau wie Sie allein? Sie könnten doch an jedem Finger einen Verehrer haben. Ohne Beziehung fehlt doch etwas im Leben.«

Als Rita nur mit einem erstaunten »Häh« antwortete, zögerte Liebig für einen Moment und glaubte schon, in ein Fettnäpfchen getreten zu sein. Doch Rita Momsen reagierte anders, als er gedacht hatte.

»So was fragen ausgerechnet Sie? Kommen Sie mir jetzt nur nicht mit dem Hinweis auf Ihre verstorbene Frau. Dieses Argument lasse ich nur teilweise gelten. Glauben Sie mir, ich bewundere Ihre tiefe Liebe zu Ihrer Frau. Tatsächlich. Das ist der Traum einer jeden Ehefrau, eine solche Liebe empfangen zu dürfen. Doch – und jetzt bitte ich Sie darum, das nicht falsch zu verstehen – das Leben geht weiter. Es endet für Sie nicht in dem Augenblick, als Ihre liebe Frau diese Erde verließ. Sie dürfen, ja Sie sollen ihr sogar nachtrauern. Aber glauben Sie mir, Herr Liebig – wenn Ihre Frau Sie ebenfalls so liebte, wird sie es gewollt haben, dass Sie glücklich werden. Da steht eine neue Beziehung in keinem Gegensatz zum Wunsch Ihrer Frau. So, jetzt können Sie mich anraunzen und mich zum Teufel wünschen. Das ist meine ehrliche Meinung. Basta.«

Wenn Rita glaubte, jetzt angegiftet zu werden, wurde sie enttäuscht. Sie saß einem Mann gegenüber, der in gewissen Situationen einem groben, ungeschliffenen Klotz glich, jetzt aber mit feuchten Augen in den bewölkten Himmel starrte. Die Worte, die er vor sich hinsprach, konnte Rita kaum verstehen. Sie war sich nicht mal sicher, ob sie überhaupt für sie gedacht waren.

»Warum höre ich das immer wieder? Keiner von euch hat das mit ansehen müssen. Schiller und selbst der Kollege König haben mir das schon tausendmal vorgebetet. Ich bin mir nicht sicher, ob sie das heute wiederholen würden – na ja König sowieso nicht mehr. Das lässt sich immer so leicht daherschwatzen, wenn man es selbst nicht erlebt hat.«

Rita verzichtete auf eine Antwort, da sie damit nur Sand in eine Wunde reiben würde und außerdem nicht mehr sicher war, ob Peter Liebig nicht sogar recht hatte. Sie beobachtete diesen Mann intensiv, der vor einer Prüfung seiner Gefühle stand, deren Ausgang ungewiss war.

»Chef, lassen Sie uns das Thema vertagen und die Unterhaltung fortführen, wenn wir dazu wirklich bereit sind und uns nicht dieser Wahnsinnige im Nacken sitzt.«

Liebig tupfte sich die Augenwinkel trocken, schien sich seiner Gefühle nicht zu schämen. Als sich beide auf dem Weg zum Wagen befanden, blieb er noch einmal stehen und hielt die schweigende Kollegin zurück. Seine folgenden Worte klangen ehrlich.

»Verzeihen Sie mir meine Frage von vorhin. Es geht mich auch gar nichts an, was Sie in Ihrer Freizeit treiben. Das war sehr unverschämt von mir. Verzeihen Sie mir diese Indiskretion.«

Jetzt war es Liebig, der erstaunt reagierte und wie angewurzelt stehen blieb. Rita grinste ihn mit dem unschuldigsten Lächeln an, nachdem sie ihm einen Kuss auf die Wange gehaucht hatte.

»Kommen Sie, Herr Hauptkommissar, man wartet bestimmt schon auf uns. Und noch was – ich bin Ihnen nicht böse, nicht die Bohne. Beim nächsten Date zahle ich aber.«

16

Das Haus mit seiner immer noch unverputzten Fassade, das einige Meter zurückgesetzt an der Essener Eststraße stand, blieb von vorbeifahrenden Besuchern unbeachtet. Obwohl schon in den Sechzigerjahren erbaut, hatte der Besitzer noch nicht die Mittel aufgebracht, um dem Zweifamilienhaus ein attraktiveres Aussehen zu verleihen. Der Mörtel zwischen den nackten Ziegelsteinen war schon reichlich ausgewaschen und verlieh dem Haus das Äußere einer unbewohnten Ruine. Dem einzigen Mieter sollte es recht sein, da er so unauffällig ein Leben führen konnte, das ihm angemessen erschien. Die einzigen Besucher waren Pferdebremsen, die allerdings häufig in Massen auftraten. Umliegende Pferdehöfe sorgten dafür, dass diese Parasiten paradiesische Lebensumstände vorfanden. Den Mann, der sich nachdenklich über den schwarzen Vollbart strich, störte das allerdings nicht, da er nur im äußersten Notfall eines der Fenster öffnete, die den Blick auf die weiten Wiesen freigaben.

Die Kellerräume, bei denen jetzt die fehlende Isolierung für ständig stehendes Wasser sorgte, boten keine Möglichkeit der Nutzung. Schon aus diesem Grund hatte der breitschultrige Mann die untere Etage umfunktioniert und dort jegliches Gerümpel untergebracht. Der Volksmund würde ihn schlicht als Messie bezeichnen, da er sich von keinem Teil des Sammelsuriums jemals wieder trennen würde. Besonders heilig war ihm der Raum, der weit hinten im Haus lag und eine Stahltür aufwies, die früher einmal in den Anbau führte, in dem Schweine gehalten wurden. Der penetrante Duft dieser Tiere lag immer noch in der Luft und hatte sich in den alten Tapeten festgesetzt, die sich langsam von den Wänden schälten. Nach den vielen Jahren, in denen der Mann dieses Haus bereits bewohnte, nahmen seine Schleimhäute diesen Gestank nicht mehr wahr. Das galt auch für die vielen Chemikalien, die in Kunststoffbehältern lagerten.

Das einzige Fenster zur rückwärtigen Front war mit Folie komplett verdunkelt, sodass kein ungebetener Besucher in diesen Raum blicken konnte. Nur eine lose Lampenfassung schaukelte von der Decke, in der eine nackte Birne trübes Licht verbreitete. Als würde ein Wind durch den Raum streichen, bewegte sich diese Lampe leicht hin und her. Edwin Greiner, wie er sich gerne außerhalb der Behausung nannte, saß in seinem gewaltigen Ledersessel, den er vor Jahren am Straßenrand in einer Sperrmüllablage gefunden hatte. Die tiefen Risse darin und die speckige Oberfläche hatten ihn nie gestört. Die Füße ruhten auf einem Baumstumpf, den irgendwann einmal jemand derart beschnitzt hatte, dass er jetzt einem Elefantenfuß ähnelte. Nachdenklich betrachtete Greiner das Regal, in dem sich unterschiedlich große Glasgefäße aneinanderreihten, deren Inhalte kaum zu identifizieren waren. Nur bei intensiverer Betrachtung konnte man mit viel Fantasie menschliche Organe erkennen. Greiners Mimik wechselte immer wieder zwischen einem genüsslichen Lächeln und hasserfüllten Blick. Jedes dieser Gläser besaß eine Geschichte, die ihm immer wieder vor Augen erschien, sobald er das entsprechende Organ betrachtete.

Auf dem langen Holztisch verteilten sich diverse Werkzeuge und Flaschen, die jedoch kein System erkennen ließen. Alles wirkte nur unaufgeräumt und schmuddelig. Das sah Greiner allerdings mit ganz anderen Augen. Für ihn erfüllte jedes Detail einen bestimmten Zweck und stand an seinem angestammten Ort. Das betraf sogar das Stück Fleisch, das von erkaltetem Blut bedeckt einem menschlichen Organ glich. Nur der Fachmann hätte allerdings bestimmt sagen können, dass es sich um einen Uterus handelte. Greiner wusste, dass die Person, der diese Gebärmutter einst gehörte, sie nicht mehr vermissen würde. Frau Ludwig, die verstorbene Ehefrau des Richters, war längst in die Hölle gefahren, in die sie seiner Meinung nach auch gehörte. Alle sollten sie dort schmoren, die ihm das angetan hatten. Sie hatten nichts Besseres verdient. Und die Männer würden ihn noch von einer ganz anderen Seite kennenlernen. Wieder umspielte ein diabolisches Lächeln seinen breiten Mund. Fast wäre ihm der Speichel aus dem Mundwinkel gelaufen, so viel hatte sich zwischen seinen gelben Zahnreihen angesammelt.

In ihm sorgte ein noch nicht vollständig ausgereifter Plan dafür, dass er an den verschmierten Fingernägeln kaute, in die sich in den letzten Monaten Schmutz und Chemie eingefressen hatten. Er hatte den Versuch längst aufgegeben, diesen Dreck mit Reinigungsmitteln zu beseitigen. Sein Körper war gegen diese Bakterien zwischenzeitlich immun und reagierte lediglich mit Juckreizen. Das führte dazu, dass Greiners Hände ständig in Bewegung waren, um sich irgendwo am Körper zu kratzen. An die offenen Blutungen an besonders empfindlichen Stellen hatte er sich längst gewöhnt. Sein Blick stockte, als er wieder einmal auf den Uterus fiel, der am Rand des Tisches auf einem Handtuch lag. Es wurde Zeit, ihn endlich in das Ethanol zu tauchen, um die Sammlung im Regal zu vervollständigen. Für die noch leere Reihe darunter hatte sich Greiner etwas Besonderes ausgedacht. Diese von Gott verfluchten Ermittler würden seine Rache auf grausamste Art und Weise zu spüren bekommen. Dagegen war das Leiden der Frauen nur ein läppisches Vorspiel. Er schloss die Augen und ließ den Film vor seinen Augen ablaufen, wie er sich die endlose Quälerei vorstellte. Als er die Augen wieder weit aufriss, trat das Weiß der Augen deutlich hervor und verdrängte fast die kleinen Pupillen. Noch ein letztes Mal griff er sich kratzend in den Schritt, um dann die Füße vom Elefantenfuß zu schwingen. Es war ein unmelodiöses Summen, das seine Arbeit begleitete. Er suchte sich ein passendes Einweckglas, um den vor sich liegenden Uterus mit aller vorhandenen Wut hineinzustopfen. Nachdem er mit Ethanol aufgefüllt hatte, verschloss er das Glas und stellte es neben die drei anderen. Hier zeigte er ausnahmsweise einen gewissen Ordnungssinn, denn sie standen in einem absolut gleichmäßigen Abstand zueinander. Seine Hände glitten über die Fläche darunter, so als könnte er es nicht erwarten, auch die mit Trophäen füllen zu können. Greiner verließ den Raum des Grauens und stieg müde die Wendeltreppe hinauf, um sich in den Raum zu begeben, den er großzügig als Küche bezeichnete.

Das eindringende Tageslicht beleuchtete eine Eckbank, die an einem ehemals weiß lackierten Tisch stand. Noch vom Tag davor lag ein Brotkanten auf einem Holzbrett, direkt neben einem mächtigen Messer. Ein Blick genügte, um Greiner zu zeigen, dass der Rest in der offenstehenden Margarineschachtel noch für zwei Brotscheiben ausreichte. Irgendwie schaffte es der Mann, zwei breite Scheiben von dem Brotlaib zu schneiden, um die dann mit der Margarine zu bestreichen. Der Blick in den Kühlschrank, dessen Tür sich nur unter Protest öffnete, ließ ihn nur einen hässlichen Fluch ausstoßen. Die gähnende Leere wurde nur von einem Rest einer Wurst gestört, die Millionen von Pilzsporen eine neue Heimat bot. Wütend knallte er die Tür ins Schloss und griff nach dem in Folie verpackten Harzer Käse, der schon gestern als Brotbelag herhalten musste. Die zwölf Stunden in der warmen Stube hatten seine Konsistenz nicht unbedingt verbessert. Dennoch gelang es Greiner, die Glibbermasse zwischen den Brotscheiben zu verteilen. Wahrscheinlich ohne dass die Geschmacksknospen ihm eine Rückmeldung geben konnten, kaute der Mann unverdrossen darauf herum. Selbst einem Komodowaran von den Sundainseln hätte es den Magen umgekrempelt. Während er unentwegt schluckte, reifte ein Plan in ihm, den er schnellstmöglich in die Tat umsetzen wollte. Ach ja – einkaufen musste er auch noch.

17

Rita Momsens Aufmerksamkeit war augenblicklich geweckt, als Dr. Afarid, der Polizeipsychologe, die Räume des Ermittlerteams betrat. Sie konnte ihre Sympathie für diesen gelehrten, gut aussehenden Mittvierziger nicht komplett verbergen. Klaus Spiekermann, der ihr am Schreibtisch gegenüber saß, bemerkte ihre leichte Aufregung sofort und konnte sich die Bemerkung nicht verkneifen, obwohl er sich nicht nach dem Besucher umgesehen hatte.

»Könnte es sein, dass Dr. Afarid ...?«

»Halt deine Klappe, Klaus. Es gibt eben Männer, die eine besondere Anziehungskraft auf Frauen besitzen. Vielleicht klappt das ja auch bei dir im nächsten Leben.«

Rita Momsen konnte sich das Lachen nicht verkneifen, als sie beobachtete, wie Spiekermanns Kinnlade der Erdanziehung folgte. Sie beeilte sich, den Kollegen wieder zu beruhigen.

»Entschuldige, Klaus. Das ist mir nur so rausgerutscht. Ich arbeite daran, meiner großen Klappe eine Funktion zu verpassen, dass sie erst reagiert, wenn das Gehirn eine Prüfung vorgenommen hat.« Hier senkte sie die Stimme und wisperte dem Kollegen zu: »Aber du musst doch zugeben, dass der Typ was hat – oder etwa nicht?«

Spiekermann, der zu einer Entgegnung ansetzte, erhielt keine Gelegenheit dazu, da Liebig mit dem Kugelschreiber gegen den Flaschenhals seiner Apfelsaftflasche klopfte.

»Herrschaften, mal herhören. Dr. Afarid hat gerade Zeit für uns, um Fragen zum Fall des Polizistenmörders zu beantworten. In den Besprechungsraum bitte.«

Minuten später hatten sich alle versammelt und warteten auf die Eröffnung der Gesprächsrunde. Gerade als Liebig ansetzen wollte, erschien Kriminalrat Rösner in der Tür und gesellte sich nach einem Kopfnicken, das wohl eine Begrüßung ersetzen sollte, zu ihnen.

»Auch Ihnen, Herr Rösner, ein herzliches *guten Morgen*. Bevor wir damit beginnen, Dr. Afarid Fragen zu stellen, möchte ich eine wichtige Neuigkeit nicht zurückhalten, die alles bisher Angenommene auf den Kopf stellen könnte. Kollege Reinder fand vor etwa einer Stunde einen Vorgang, der mir große Sorgen bereitet. Es gab schon vor etwa zwei Jahren einen ähnlichen Fall in Bochum, bei dem ein bisher unbekannter Täter zwei Frauen von Staatsanwälten tötete. Das, so muss ich es leider darstellen, ist so weit nicht ungewöhnlich, bis auf den Umstand, dass den Opfern ebenfalls der Uterus entfernt wurde. Zufall? Ich glaube nicht daran. Wie ich schon erwähnte, haben die Kollegen aus Bochum bis heute nichts gefunden, um den Fall zu klären. Haben wir es mit einem Schläfer zu tun, der erst jetzt wieder tätig wird? Zumindest müssen wir diese Möglichkeit bedenken. Was mir zusätzlich Sorgen bereitet, ist die Tatsache, dass der Täter bisher mit seiner DNA in keiner Datenbank zu finden ist. Das Einzige, was wir bisher vorweisen können, ist der Verdacht, dass es sich um einen Linkshänder handelt, der möglicherweise rechts eine Hand- oder Armprothese trägt. Ich betone nochmals, dass es möglicherweise so ist. Vielleicht handelt es sich aber schlicht nur um einen Lederhandschuh. Das wollte ich Ihnen nicht vorenthalten. Nun zu Ihren Fragen.«

Die Neuigkeit wurde eifrig diskutiert, bis Liebig erneut um Ruhe bat. Keiner wunderte sich darüber, dass es Rita Momsen war, die eine erste Frage an den Psychologen richtete.

»Wir haben in den letzten Tagen häufig darüber diskutiert, wo das Motiv für diesen Täter liegen könnte. Immer wieder kamen wir auf das Motiv Rache. Sehen Sie das auch so, Dr. Afarid?«

»Ja.«

Scheinbar irritiert über die knappe Antwort, sah Rita in die Runde und blickte nur in relativ ausdruckslose Gesichter. Dr. Afarid kam ihr mit seinem charmanten Lächeln und einer weiterführenden Erklärung zu Hilfe.

»Sie haben mir eine geschlossene Frage gestellt, die ich Ihnen gerne beantwortet habe. Aber ich denke, dass ich Ihnen eine Erklärung schuldig bin. Auch ich priorisiere das Grundmotiv Rache. Was jedoch offen bleibt, ist der eigentliche Grund dafür. Da können wir alle nur mutmaßen.

Rache übt derjenige aus, der glaubt, dass er einen Ausgleich für zuvor ausgeübtes Unrecht schaffen muss. Dieses Unrecht kann gegen ihn oder eine ihm nahe stehende Person tatsächlich oder auch nur möglicherweise ausgeübt worden sein. Der Betroffene meint, eine oder mehrere Personen dafür physisch oder psychisch bestrafen zu müssen. Nun müssen wir dabei einbeziehen, dass der Rächer – nennen wir es mal so – nur annimmt, dass ihm tatsächlich Unrecht zugefügt wurde. Das setzt sich aber derart fest bei ihm, dass er sein ganzes Tun und Schaffen darauf ausrichtet, Genugtuung zu erreichen. Das kann sich zum Wahn ausweiten, der schon in frühester Kindheit entstanden sein kann.«

»Wieso rächt man sich erst als Erwachsener für angebliches Unrecht in der Kindheit?«, hakte Rita nach.

»In Kurzform erklärt, könnte der Grund darin liegen, dass dem Betroffenen zum Beispiel eine permanente Ehrverletzung durch Mobbing in der Schule zugefügt wurde. Eine weitere Möglichkeit kann Unterdrückung in der Familie sein. Alles kann zutreffen. Dieser Drang nach Rache kann sich sehr lange aufbauen, um dann explosionsartig umgesetzt zu werden. Das erklärt aber noch lange nicht, warum unser Täter dieses Bedürfnis hat, ausgerechnet den Uterus seiner Opfer zu entnehmen. Bedenken wir außerdem die vielen Messerstiche im Körper eines der Opfer. Da schwingt nicht nur Rache für etwas, sonders abgrundtiefer Hass mit. Meine Vermutung geht dahin, dass in der Vergangenheit ein massives Unrecht gegenüber einer weiblichen Angehörigen geschehen sein muss. Mutter, Schwester, Ehefrau oder Tochter – das ist schwer zu sagen. Er will etwas zerstören, was ihm zerstört wurde.«

Bis dahin hatten alle interessiert zugehört und sich Gedanken gemacht. Reinder fügte einen interessanten Aspekt hinzu.

»Wir stellen fest, dass er bisher seinen Hass ausschließlich auf die Ehepartner von Männern ausrichtet, die in der Strafverfolgung tätig sind. Wie wir ja schon von Anfang an vermuten, muss das mit vermeintlich erlittenem Unrecht durch diesen Personenkreis zu tun haben. Weiterhin können wir daher nicht ausschließen, dass es eine Phase geben wird, in der die eigentlich Schuldigen an der Reihe sind. Wir sollten deshalb unseren Plan nicht aufgeben, da nach Zusammenhängen zu suchen. Wurde bei Ermittlungen einem weiblichen Angehörigen Schaden zugefügt? Wurde etwa eine Frau zu Unrecht verurteilt, die ein Kind verlor? Das würde zumindest erklären, warum er sich die Gebärmutter der Opfer vornimmt. Ich weiß, es klingt verrückt, aber muss das Motiv tatsächlich auf einer Verurteilung basieren? Jeder von uns hat doch schließlich ein Privatleben.«

»Das verstehe ich jetzt nicht auf Anhieb«, meldete sich Rösner, der für einen Augenblick das Telefon beiseitelegte, auf dem er kurz zuvor Nachrichten abgerufen hatte. Reinder ergriff das Wort.

»Nun ja, es könnte doch auch sein, dass dieser weiblichen Person, die dem Täter nahe stand, ein Schaden zugefügt wurde, der absolut nicht mit Dienstaufgaben im Zusammenhang steht. Ist doch denkbar.«

»Aber dann mordet man doch nicht wahllos durch die Strafverfolgung«, wandte Rösner ein. Nun ergriff Dr. Afarid wieder das Wort.

»Das würde ich so nicht stehenlassen wollen, liebe Kollegen. Rache ist die eine Sache. Es kann sich aber auch zu einer unstillbaren Rachsucht ausweiten, die nur noch von unkontrollierten Emotionen gesteuert wird. Dann verliert der Täter sein klares Ziel; das Morden wird zur Sucht, die ihn antreibt. Es artet aus in einer kollektiven Bestrafung aller, die er in seinem Wahn für verantwortlich hält. An diesen Fall möchte ich erst gar nicht denken. Dann steht nicht mehr das Motiv im Vordergrund, sondern das Morden wird zum positiven Erlebnis für ihn – es schafft sogar eine sexuelle Erregung.«

Eine bedrückende Stille hatte sich am Tisch breitgemacht. Sie dauerte an, bis Afarid wieder das Wort ergriff.

»Lassen Sie uns doch in beide Richtungen forschen. Wenn Sie also die Akten durchsuchen, achten Sie vermehrt darauf, ob es im direkten Umfeld der Verurteilten Fälle von spontanen Kindsverlusten gab. Und bitte bedenken Sie noch mal, dass wir nicht nur nach männlichen Verurteilten suchen sollten. Verliert eine Strafgefangene ihr Kind im Strafvollzug, kann es Überreaktionen bei Angehörigen hervorrufen.

Wenn Sie jetzt keine dringenden Fragen mehr haben, würde ich mich gerne zurückziehen, da ich noch einen privaten Termin wahrnehmen muss. Ich wünsche Ihnen eine erfolgreiche Jagd.«

Kaum hatte Dr. Afarid die Tür hinter sich geschlossen, entstand eine fast tumulthafte Diskussion, die Liebig durch das Klopfen auf die Tischplatte stoppte.

»Herrschaften, ich kann mich der Alternative, die Afarid aufzeichnete, nicht völlig verschließen. Ich spreche von der privaten Ebene, die eine Verbindung zum Täter bestehen lässt. Ich möchte euch darum bitten, in dem Punkt sensibler zu recherchieren. Wir dürfen diesen Punkt nicht völlig ausklammern, nur weil wir uns auf eine Verurteilung, einen Straftäter versteifen.«

Wie nahe Peter Liebig mit dieser Feststellung der Wahrheit schon gekommen war, konnte niemand zu diesem Zeitpunkt ahnen.

18

Der Blick aus dem Fenster der Jagdhütte ermöglichte die Sicht auf den nahe gelegenen See, der jetzt allerdings wegen der aufziehenden Dämmerung und dem Nebel einer wabernden, sich bewegenden Masse glich. Er wurde eingerahmt von dichtstehenden Laubbäumen, die bereits den größten Teil ihres Blattwerkes verloren hatten und deren Zweige nun wie mahnende Finger über die dunkle Oberfläche des stillen Wassers ragten. Hörte man genau hin, waren die Bewegungen der Fische wahrzunehmen, die ab und zu sich ausbreitende Ringe auf die Oberfläche zauberten. Eine Atmosphäre, die Ausgeglichenheit und Entschleunigung erreichen konnte. Nicht so bei Reinhold, der nervös mit den Fingern auf die Fensterbank trommelte. Für ihn bedeuteten diese Abende absoluten Stress. Heute hatte er wieder einmal die Aufgabe übernommen, für entsprechende Unterhaltung der Kunden zu sorgen, und es war bisher noch nicht geliefert worden. Die Gruppe hatte ihn dafür schon früh sehr üppig bezahlt. Jetzt musste er unbedingt liefern, um nicht Gefahr zu laufen, selbst der Unterhaltung dienen zu müssen. Da verstanden die Gruppenmitglieder keinen Spaß.

Die beiden Finger von Scheinwerfern zuckten durch den Wald. Der Geländewagen suchte den Weg über den holprigen Waldweg und blieb vor der schwach erleuchteten Hütte stehen. Die Motorgeräusche erstarben. Nichts weiter geschah. Der Fahrer schien abzuwarten, was weiter geschah. Reinhold gab mit seinem Feuerzeug das verabredete Zeichen, woraufhin Bewegung am Fahrzeug entstand. Als die Fahrertür geöffnet wurde und die Innenbeleuchtung aufflammte, konnte Reinhold mit großer Erleichterung seinen Lieferanten Fedor erkennen, der um den Wagen herumging und die hintere Tür aufriss. Reinhold musste grinsen, als er über die Bedeutung des Namens nachdachte. Irgendwann hatte der massige Kerl ihm stolz erklärt, dass dieser Name eigentlich *Das Geschenk Gottes* bedeutete. Zumindest was das Geschäftliche anging, konnte er dem etwas abgewinnen. Privat wollte er mit diesem Schlächter nichts zu tun haben. Es hieß, dass er selbst in der Heimat von der Polizei wie ein Staatsfeind gesucht wurde. Ihm wurden mehrere Morde zur Last gelegt. Bis zum Fenster konnte Reinhold den tiefen Bass Fedors vernehmen, der die hinten sitzenden Personen zum Aussteigen bewegen wollte. Unverkennbar war sein russischer Akzent.

Mit Sorge verfolgte Reinhold, wie Fedor ein junges Mädchen an den Haaren riss und aus dem Sitz auf den Waldboden zerrte. Ihr Schrei hallte bis zum Fenster hoch, verstärkte sich noch, als sie die schallende Ohrfeige erhielt. Reinhold riss das Fenster auf und schrie über die Lichtung: »Verdammt, lass das. Du darfst die Ware nicht beschädigen. Dann werden die stocksauer. Bring die vier endlich in den Keller. Die Kunden müssen jeden Moment eintreffen!«

102

Die Antwort auf seinen Anpfiff erhielt Reinhold auf Russisch, was sich wie ein gemeiner Fluch anhörte. Augenblicke später trieb der Riese mit den abenteuerlich tätowierten Armen drei Mädchen und einen Jungen vor sich her Richtung Haus. Die Tür stand sperrangelweit offen, sodass die fünf sofort im Kellergang verschwinden konnten. Den Jugendlichen blieb keine Zeit, den üppig gedeckten Tisch zu betrachten, auf dem es nur so wimmelte an Delikatessen, Schnaps- und Champagnerflaschen. Sie standen in einem Gang, der nur notdürftig von einer flackernden Neonröhre erhellt wurde. Trotzdem waren die verschiedenen Gittertüren erkennbar, die von Fedor aufgerissen wurden. Jeder aus der kleinen Gruppe wurde in eine Zelle gestoßen, hinter deren nun verschlossenen Türen sie wie Affen im Zoo standen. Unverkennbar zeugten ihre halbgeschlossenen Augen davon, dass ihnen zuvor Drogen verabreicht worden waren. Ein letztes Mal grunzte Fedor zufrieden, um sich dann nach oben zu begeben. Reinhold stand am unteren Ende der Treppe, die nach oben in die Schlafräume führte. Als Fedor ihn bemerkte, warf er ihm die Schlüssel der Zellen zu und hielt ihm die offene Pranke entgegen. Erst als ein dicker Umschlag darin lag, drehte er sich wortlos ab und griff sich eine mit Orangenscheiben belegte Entenkeule. Noch bevor ihn Reinhold daran hindern konnte, biss der russische Kleiderschrank herzhaft hinein und verließ die Hütte. Sichtlich erleichtert verfolgte Reinhold die kleiner werdenden Rückleuchten, die schließlich komplett im dichten Wald verschwanden. Mit wenigen Handgriffen richtete er wieder die Tafel und setzte sich einen Augenblick auf einen bequemen Sessel.

Das sonore Brummen eines Achtzylinders ließ ihn hochfahren. Sie kamen. Das Motorgeräusch kannte er sehr gut. *Der Doktor*, wie er genannt werden wollte, war bei jedem Treffen der erste vor Ort. Er stoppte seinen Maserati seitlich der Hütte und schaffte somit Platz für die später noch eintreffenden Kameraden. Bezeichnend für den *Doktor* war, dass er zu diesen Treffen weniger standesgemäß, sondern eher praktisch gekleidet war. Die anderen Mitglieder der Runde bevorzugten reine Outdoorkleidung, um das späte Vergnügen auch richtig genießen zu können. Der Doktor blieb immer im Haus und beteiligte sich nicht daran. So genoss er seinen bequemen Jogger. Er bezeichnete das als widerwärtig, was die anderen Männer am Ende des Abends veranstalteten.

»Hallo Reinhold, alles klar? Ist die Ware schon angekommen und vorbereitet? Ich erwarte, dass sich die letzte Panne nicht wiederholt. Sorge dafür, dass die Mädels sauber sind und keinen Ärger machen. Ist der Junge für mich schlank, oder hast du wieder einen widerlichen Fettsack eingekauft?«

»Alles bestens, Doktor. Spitzenqualität ist garantiert. Die sind auch alle ohne Familie. Also keine Sorge, dass danach gesucht wird. Auf mich können Sie sich immer verlassen«, versuchte Reinhold, den *Doktor* zu beruhigen. Draußen kam Unruhe auf, als der Porsche Cayenne vorfuhr und eine lange Bremsspur im Waldboden hinterließ. Die drei Männer, die den Wagen verließen, schienen bereits leicht angetrunken, als sie sich unterhakten und schwatzend und auf die Hütte zusteuerten.

»Hi Doc. Konntest du es wieder einmal nicht abwarten? Hast du die Kellerräume schon inspiziert? Ich hoffe, dieses

Arschloch hat dir nicht wieder so einen widerlichen Schwabbel wie letztes Jahr besorgt. Dann kann er sich warm einpacken. Kommt, Männer, lasst uns feiern und erst einmal gut essen. Die Nacht ist lang. Wo ist der Champagner?«

Die Begrüßungsrede hatte *die Wespe* gehalten. Niemand benutzte an diesem Ort seinen richtigen Namen, um jegliche Rückschlüsse für Außenstehende auf seine wahre Identität zu verschleiern. Reinhold wusste, dass selbst die Nummernschilder getürkt waren. Dennoch hatte er zu seiner eigenen Sicherheit schon vor Jahren recherchiert und war nicht mehr der Unwissende, wie die Männer gerne annahmen. Er füllte die Gläser mit dem teuren Getränk und reichte jedem von ihnen ein Glas. Mitten auf dem Tisch deponierte er die vier Schlüssel.

»Ich wünsche den Herren einen amüsanten Abend und verabschiede mich bis morgen früh. Ich denke, dass Sie dann bereits wieder abgereist sind. Ich werde mit meiner Mannschaft für sterile Sauberkeit sorgen. Immer wieder zu Diensten, die Herren.«

Reinhold deutete eine Verbeugung an und verschwand in der jetzt hereingebrochenen Nacht. Hinter sich ließ er eine Gruppe von Männern, denen die Menschlichkeit mit ansteigendem Reichtum wohl abhandengekommen war. Er war selbst kein Kind von Traurigkeit, doch widerte ihn das Gebaren dieser Bestien an. Als er seinen Sportwagen startete, hörte er hinter sich die ersten Gesänge.

19

Der Geruch von Marihuana lag wie Nebel in der Luft des Wohnzimmers und hielt den Level der Menschen hoch, die sich darin aufhielten. Die *Wespe* lag mit geöffnetem Bademantel auf der breiten Ledercouch und ließ eine komplette Flasche Schampus über den durchtrainierten Körper laufen. Anschließend säuberte er die gepflegten Fingernägel theatralisch mit dem Stilett, das er immer mit sich führte. Gierig schleckte das junge kurzhaarige Mädchen die Flüssigkeit auf und kicherte dabei albern. Selbst als ihr der Mann die Faust in das Genick schlug, kicherte sie weiter. Die Drogen hatten ganze Arbeit geleistet.

Ein weiteres Mädchen, das noch weit entfernt von ihrem vierzehnten Geburtstag gewesen sein dürfte, fuhr mit den Händen durch ihr glänzendes Haar, verteilte dabei den Fleischsaft der mittlerweile kalten Steaks darin. Der komplett in Leder gehüllte, zur Fettleibigkeit tendierende Mann, der das *Wiesel* genannt werden wollte, presste den Kopf des Mädchens immer wieder gegen seinen Bauch. Er ließ die zarte Blondine erst los, wenn die Atmung fast aussetzte. Immer wieder setzte er das entsetzliche Spiel fort, bis er den Erfolg in der Lende spürte, den er dadurch beabsichtigt hatte. Ein animalischer Schrei begleitete seinen Orgasmus.

Grob stieß er das weinende Mädchen zurück und legte ihr wieder die Handschellen an, mit denen sie aus dem Kellerverlies geholt worden war. Eine Frage lenkte die *Wespe* für einen Moment von ihrem Opfer ab, gab dem Mädchen Gelegenheit, zur Ruhe zu kommen.

»Was treibt der *Kannibale* so lange in der Küche? War denn so viel an der Kleinen dran? Wir sollten mal nachsehen, damit wir endlich zum Dessert übergehen können. Der *Doktor* muss Gefallen an dem Kleinen gefunden haben, so lange, wie der mit dem im Keller rummacht. Ich für meinen Teil bin mit der kleinen Schlampe fertig. Außerdem habe ich meiner Frau versprochen, dass ich heute früher nach Hause komme. Wir wollen morgen Vormittag die Kinder besuchen. Geburtstag – verstehst du? Ich geh in die Küche. Sieh du im Keller nach. Aber bind deine Tussi erst an, sonst ist sie weg, bevor es losgeht.«

Statt einer Antwort sah das *Wiesel* die *Wespe* in der Küche verschwinden. Sie blieb fluchend im Eingang stehen.

»Verdammte Scheiße, was ist das denn für eine Sauerei hier? Da wird sich aber Reinhold morgen früh freuen. Das ganze Blut bekommt der wohl nicht mehr von den Möbeln. Da wirst du wohl ganz schön ins Sparschwein greifen müssen. Ein paar Teile der Küche müssen ausgewechselt werden. Wollte dein Schwiegersohn nicht nächste Woche hier ein paar Tage einziehen? Bin mal gespannt, wie du ihm das hier verkaufst. *Wiesel*, komm mal gucken. Das wirst du nicht glauben. Holla die Waldfee.«

Kaum hatte *Wespe* nach ihm gerufen, stand *Wiesel* kichernd neben ihm.

»Was soll`s, im Keller sieht es auch nicht viel besser aus, nur dass der *Doktor* noch alles an dem Kleinen drangelassen hat. Wäre ja auch schade, wenn wir nur zwei Hasen hätten. Macht jetzt endlich Schluss, Leute, ich will Spaß haben!«

Wespe und *Wiesel* mühten sich redlich, ihre Tarnanzüge anzuziehen, ohne sich dabei zu verletzen. Nach etlichen Versuchen standen sie sich albern kichernd gegenüber und beobachteten den *Kannibalen* bei ähnlichen Versuchen. Ein letztes Mal versuchte *Wiesel*, den *Doktor* umzustimmen, der wieder halbwegs nüchtern in seinem Jogger vor ihnen stand.

»Überlege es dir noch mal. Du glaubst nicht, wie groß der Spaß ist, wenn die laufen. Wo ist übrigens mein Nachtsichtgerät? Ich finde das nicht in dem Durcheinander.«

Noch immer klebten Blutreste am Mundwinkel des *Kannibalen*, dessen dünnes Haar nun wirr in der Stirn hing. Niemand, der ihn aus dem Berufsleben kannte, hätte ihn in diesem Zustand zweifelsfrei erkannt. Von seiner bekannten Gepflegtheit war nichts mehr übrig geblieben. Sein normalerweise gutmütig wirkendes Gesicht besaß in diesem Moment etwas Teuflisches. *Wespe* konnte ihm die entsprechende Bemerkung nicht ersparen.

»Du siehst scheiße aus, das muss einfach gesagt werden.«

Anstatt beleidigt zu reagieren, lachte *Kannibale* laut los und schlug sich auf die Schenkel. Seine Reaktion auf die Frotzelei sorgte dafür, dass alle vier Männer albern lachten und im Kreis herumtanzten.

»Ich habe auch nicht vor, so morgen Vormittag meine geneigten Kunden zu empfangen. Bei meiner Alten zu Hause ist das egal, seitdem die den grauen Star hat. Kommt Jungs, holen wir die Waffen.«

»Was haben Sie vor? Wofür sind die Gewehre und die Armbrust? Ich habe Angst. Lassen Sie uns bitte gehen. Wir haben getan, was man uns befohlen hat und wofür wir bezahlt werden. Holen Sie Leonie und lassen Sie uns wieder nach Hause gehen. Wir brauchen auch keinen Wagen und gehen durch den Wald. Irgendwer wird uns schon mitnehmen. Aber bitte lassen ...«

»Halt deinen Mund und hör zu, meine Kleine. Wir werden jetzt ein ganz tolles Spiel veranstalten. Danach könnt ihr hingehen, wohin ihr wollt. Das funktioniert folgendermaßen: Ihr drei dürft jetzt abhauen, so wie du es ja auch wolltest. Wir drei werden euch nach fünf Minuten folgen. Sagen wir einmal so, nach ungefähr fünf Minuten, wenn ich genau sein möchte. Ihr habt den Vorteil, dass es dunkel ist und ihr sicher bessere Augen habt als wir alten Säcke. Seht ihr, das ist ganz einfach. Es würde schon an ein kleines Wunder grenzen, wenn wir euch vor Morgengrauen finden. Ihr seid bestimmt schon längst in euren Betten, wenn wir erfolglos abbrechen müssen.«

Das Grinsen des *Kannibalen* wirkte nicht gerade ermutigend für die Jugendlichen, als er das Spiel erklärte. Ein letzter Versuch kam von der schmalen Blondine, die sich Carla nannte.

»Wir gehen nicht ohne Leonie. Wo bleibt sie denn nur? Sie hat uns noch vor der Abfahrt gesagt, dass sie schwanger wäre. Ihr habt ihr doch wohl nichts getan. Ich habe ihr versprechen müssen, dass ich auf sie aufpasse und sie wieder mitnehme. Morgen früh wird sie von ihrem großen Bruder abgeholt, der sie bei sich aufnimmt, zumindest bis das Kind da ist.«

Die Blicke von *Wiesel* und *Wespe* ruhten auf *Kannibale*, der nur die Schultern hob und das Gewehr fester packte.

»Woher sollte ich das denn wissen? Ich dachte, dass die Kleine fett war. Haut jetzt ab. Die Zeit läuft – ab jetzt. Los, lauft. Eins, zwei, drei ...«

»Aber ... wir wollen auf Leonie warten.«

»Vier, fünf, sechs, sieben ... das geht alles von eurer Zeit ab. Los, lauft. Haut endlich ab.«

Wespe schob Carla vorwärts, die jetzt allmählich begriff, dass es für sie alle ernst wurde und Lebensgefahr bestand. Ihre Freunde hatten schon einige Meter Vorsprung und tauchten in der Dunkelheit des Waldes unter. Als sie sich noch ein letztes Mal umdrehte, erkannte sie die drei Männer, die sich scheinbar stritten. Mit rudernden Armbewegungen versuchte Carla, das Gleichgewicht zu halten und die Freunde zu erreichen, die einige Meter Vorsprung hatten.

»Hast du das nicht gemerkt, als du sie aufgeschnitten hast? Das gefällt mir gar nicht, dass jemand auf die Kleine wartet. Reinhold wusste ganz genau, dass wir nur Kinder brauchen können, die keinen Anhang haben. Dieser große Bruder wird sie suchen und eine Menge Fragen stellen. Scheiße, Scheiße. Das gefällt mir nicht. Da müssen wir was unternehmen. Aber jetzt kommt. Lasst uns die dummen Gören jagen. Ich bin langsam müde.«

Wiesel konnte seinen Ärger nur schwer verbergen. Von der anfänglichen Euphorie war bei ihm nichts mehr übrig geblieben. Er umklammerte seine Armbrust fester und zog das Nachtsichtgerät über die Augen.

20

Reinder saß bereits vor Liebigs Schreibtisch, als Rita Momsen das Büro betrat. Sie wollte schon wieder den Raum verlassen, als Liebig sie zurückrief.

»Bleiben Sie ruhig hier. Der Kollege Reinder hat etwas Interessantes herausgefunden. Setzen Sie sich bitte.« Er wendete sich wieder Reinder zu. »Kannst du bitte die Fakten noch mal zusammenfassen, damit die Kollegin ins Bild gesetzt wird?«

»Ich habe mal Kontakt zu den Kollegen in Bochum aufgenommen. Sie erinnerten sich an ähnliche Vorkommnisse, als ich von unseren Frauenmorden berichtete. Es betraf zwei Staatsanwälte. Nun stellt sich heraus, dass es davor noch einen weiteren Mord gab, der allerdings innerhalb einer Unternehmerfamilie stattfand. In dessen Haus war jemand eingedrungen, als sich der Ehemann auf Geschäftsreise befand. Eine ziemlich blutige Angelegenheit, wie ich erfuhr, bei dem auch der Uterus entfernt wurde. Das passt ins Bild unseres Täters. Aber was mir so besonders an der Sache erschien, war die Tatsache, dass sich die Familien gut kannten – sie waren eng befreundet. Und jetzt halten Sie sich fest. In allen Fällen ermittelte im Team unser verstorbener Kollege Roland König. Er war eine gewisse Zeit abgestellt worden, um die Kollegen in Bochum zu unterstützen. Zufall?«

Rita war es anzumerken, dass es gewaltig in ihr arbeitete. Sie begann augenblicklich Verbindungen zu suchen, die sie in dem eigenen Fall weiterbringen könnten. Sie begann laut zu denken.

»Vielleicht wäre es interessant, bei den damaligen Fällen anzusetzen und Zeugen zu befragen. Ich spreche da von den Familienangehörigen.«

Hier unterbrach Reinder die junge Kollegin.

»Da werden Sie Probleme haben, da es in den letzten Jahren fragwürdige Unfälle gab, bei denen die drei Ehemänner ums Leben kamen. In keinem einzigen Fall konnte eine Tötungsabsicht nachgewiesen werden. Dieser Unternehmer zum Beispiel sprang von der Brücke vor einen Zug, die beiden Staatsanwälte verunglückten tödlich bei einem Jagdausflug mit dem Auto.«

Rita konnte ihre Verwunderung kaum verbergen, fragte deshalb noch mal nach.

»Sind denn niemals Spuren aufgetaucht, die zum Täter führen konnten. König war doch ein sehr erfahrener Mann. Wenn ich das richtig verstehe, sind die Akten geschlossen worden und die Sache wurde nicht weiter verfolgt. Können wir die Ermittlungsakten nicht anfordern und nach Parallelen suchen?«

»Haben wir längst getan, Momsen. Sie müssten jeden Augenblick eintreffen«, antwortete Liebig, »Sobald die hier sind, möchte ich, dass Sie mit dem Kollegen Reinder die sorgfältig durchgehen. Bei Bedarf könnt ihr auch in Bochum nachrecherchieren. Ich werde das Gefühl nicht los, dass dort der Schlüssel zur Lösung unseres Falles liegt. Und mein Bauch hat mich noch nie getäuscht. Was mich in dem Zusammenhang überrascht, ist die Tatsache, dass ein Unternehmer unter den Opfern ist. Das konterkariert unsere These, dass sich jemand ausschließlich an der Strafverfolgung rächen möchte. Wir werden sehen, was das zu bedeuten hat.«

Rita hatte sich die drei Ermittlungsakten, die kurze Zeit später eintrafen, am Abend mit nach Hause genommen. Im Hintergrund lief Neil Diamonds Erfolgssong *Beautiful Noise,* der Rita immer wieder Erinnerungen an einen besonders schönen Tanzabend bescherte. Genau dieses Lied ließ sie stets in Melancholie versinken. Heute wurde sie abgelenkt von Schilderungen dreier hinterhältiger Morde. In jeder Beschreibung spürte sie, dass der Täter tiefe Wut, ja Hass empfunden haben muss. Es war jedes Mal ein Massaker. Das war eine der Parallelen zum aktuellen Fall. Schon wollte sie, müde, wie sie war, die Mappen zur Seite legen, als ein Schwarz-Weiß-Foto ihre Aufmerksamkeit erregte. Die damalige Spurensicherung hatte dieses Foto sichergestellt und als mögliches Beweismittel in der Fallakte belassen. Rita suchte in ihrem Sideboard nach dem Vergrößerungsglas.

Ja, das ist doch ... das muss er sein. Ich täusche mich da nicht. Das muss Liebig unbedingt sehen.

»Was ist denn in Sie gefahren? Haben Sie mal auf die Uhr gesehen? Kleine Mädchen müssen schon längst im Bettchen ruhen.«

Liebig wirkte am Telefon leicht verschlafen, so als hätte man ihn aus einem tiefen Traum geholt.

»Chef, ich würde Sie bestimmt nicht nach zehn anrufen, wenn es nicht wichtig wäre. Ich habe hier ein Foto in den Akten gefunden, das Sie sich unbedingt ansehen sollten.«

»Jetzt?«

»Das müssen Sie entscheiden. Ich kann auch bei Ihnen vorbei...«, wollte Rita den Satz beenden.

»Um Gottes willen, was sollen die Leute denken, wenn ich so spät noch Damenbesuch empfange. Wenn es Sie nicht stört, dass ich im Jogger komme, würde ich ...«

Liebig sah auf das Telefon, aus dem jetzt nur noch das Freizeichen ertönte. Fünfzehn Minuten später klingelte er an Rita Momsens Tür. Die betrachtete den Besucher eingehend von oben bis unten.

»Nicht schlecht, so im Sportlook. Gefällt mir. Kommen Sie rein. Ein Bier, oder kann ich was Alkoholfreies anbieten?«

Liebig überging die Einleitung und kam sofort zur Sache.

»Was haben Sie so Dringendes, dass Sie mich am späten Abend vor die Tür jagen? Ich brauche meine Ruhephasen in dem Alter. Verstehen Sie? Als ich in Ihrem Alter war, da ...«

»Ja, ja, Opa, ich verstehe Sie sehr gut. Ich kann Ihnen einen Kamillentee zubereiten und nachher Ihre Gelenke mit einer Diclofenacsalbe einreiben. Doch vorher sollten Sie sich das einmal ansehen. Das wird Sie wieder auf Vordermann bringen.«

Spätestens jetzt besaß Rita die volle Aufmerksamkeit des Hauptkommissars. Stolz breitete sie die Unterlagen vor ihm aus und stützte beide Fäuste in die Hüften. Wortlos wartete sie ab, ob ihrem Chef die gleichen Gedanken durch den Kopf gingen wie ihr. Sie wurde nicht enttäuscht. Stumm forderte er Rita mit einer Handbewegung auf, ihm die Lupe zu reichen.

»Das gibt es doch nicht. Und das hat bisher keiner bemerkt? Oder, warten Sie mal. Das konnte die ja auch gar nicht stutzig machen, da die den Mann dort nicht kennen können. Und schließlich hat ja jeder seinen Freundeskreis. Gut, dass Sie das gesehen haben. Der Mann schwebt in größter Gefahr. Könnte es sein, dass die anderen auf dem Foto die sind, die bereits durch einen Unfall umkamen?«

Immer wieder blätterte Liebig in den Unterlagen. Sein Jagdtrieb war nun endgültig geweckt.

»Momsen, Sie sind eine Wucht. Vielleicht können wir so einen weiteren Mord verhindern. Jetzt müssen wir uns um diesen Freundeskreis kümmern. Darin vermute ich die Lösung für unser Problem. Ich möchte morgen mit den damaligen Ermittlern reden. Gäbe es den Kollegen König noch, könnten wir uns die Fahrt nach Bochum sparen. Lassen Sie uns nachblättern, wer an den Ermittlungen gearbeitet hat. Sollten die noch im Dienst sein, fahren wir morgen hin.«

Rita war seinen Worten aufmerksam gefolgt und zeigte ein zufriedenes Lächeln. Liebig riss sie aus ihren Gedanken, indem er sie anstieß.

»Was ist denn jetzt mit dem angebotenen Getränk? Ich kann mich nicht daran erinnern, es abgelehnt zu haben.«

Rita Momsen verfluchte sich dafür, dass sie in der letzten Zeit viel zu häufig diese Verlegenheitsröte zeigte. Sie sprang auf und kam dabei leicht ins Straucheln. Liebig fasste reaktionsschnell zu, konnte dennoch nicht verhindern, dass Rita gegen ihn fiel. Ihre Gesichter trennten in diesem Augenblick nur wenige Zentimeter. Lange verfingen sich ihre Blicke, wollten sich nicht lösen, bis Peter Liebig endlich die peinliche Situation beendete, indem er Rita wieder in die Senkrechte verhalf. Keiner sprach ein Wort. Beide wussten in diesem Augenblick jedoch, dass zwischen ihnen etwas entstanden war, das eines Tages nicht mehr zu ignorieren sein würde. Sie stotterte: »Was darf ich denn anbieten? Ich habe kein Bier, nur einen trockenen Rotwein oder Mineralwasser.«

»Nehme ich, Frau Momsen.«

»Ja, was denn nun? Wasser oder den Roten?«

»Sorry, das Wasser natürlich. Sie verstehen – das Auto«, entschuldigte sich Liebig, der erstaunlicherweise so etwas wie Verlegenheit zeigte. Rita eilte in die kleine Küche, in der sie sich erleichtert an den Kühlschrank lehnte und durchatmete. *Was war das gerade? Bin ich verrückt geworden? Das ist mein Chef, verdammt.* Doch tief in ihrem Inneren spürte sie noch dieses Kribbeln, das sie zuletzt spürte, als sie mit Ralf auf Ibiza ... Sie verwarf diesen Gedanken schnell wieder und suchte die einzige Mineralwasserflasche, die sie großzügig angeboten hatte. Sie selbst schüttete sich den Rest des Rotweins in ein Wasserglas, atmete noch einmal durch und schwebte zurück ins Wohnzimmer. Liebig hatte sich währenddessen wieder in die Akten vertieft und griff mehr in Gedanken nach der Flasche. Dabei erwischte er die Hand seiner Gastgeberin, die er mehrere Sekunden festhielt, bevor er nach der Flasche langte.

»Oh ... Entschuldigung ... es tut mir leid.«

Sein Stottern führte dazu, dass beide schließlich wie verlegene Teenager beim ersten Date lachend in die Sitze fielen.

116

21

Die große Pappel verdeckte den stillen Beobachter, dessen Blick auf das altehrwürdige Portal des Polizeipräsidiums gerichtet war. In den Augen stand eine gewisse Erregung, eine Besessenheit, die den vorbeieilenden Passanten nicht auffiel. Nichts entging seinen Augen, die dem bärtigen Gesicht etwas Gefährliches verliehen, das nicht erklärbar war. Vielleicht verstärkte sich dieser Eindruck auch nur deshalb, weil seine Hände zu Fäusten geballt waren. Die Person, auf die er wartete, war bisher noch nicht erschienen. Immer wieder wechselte er deshalb seine Position, um den Eingang des Gerichtsgebäudes beobachten zu können. Dem Pärchen, das einem Passat entstieg und sich fröhlich unterhaltend dem Eingang des Präsidiums näherte, schenkte er nur einen flüchtigen Blick. Dennoch blieben die Gesichter der beiden fest in seinem Gedächtnis verankert. Nach mehreren Stunden des vergeblichen Wartens machte sich der Beobachter enttäuscht auf den Heimweg. Er würde es morgen wieder versuchen. Sollte die Zielperson dann wieder nicht auftauchen, würde er sich etwas anderes einfallen lassen müssen. Sein Plan stand und würde auf jeden Fall vollendet werden, das hatte er sich geschworen. Der Mann sollte seiner Strafe nicht entgehen.

Als Momsen und Liebig die Bürotür öffneten, fror das Lachen in Sekundenschnelle ein, als sie den schlanken, wie einen Banker gekleideten Staatsanwalt Melchior am Besprechungstisch sitzen sahen. Von der kurzzeitigen Demut, die er bei seinem letzten Besuch hatte aufblitzen lassen, war nichts mehr übrig geblieben. Das untermauerte er sofort mit einer Bemerkung.

»Ich hoffe, dass die Fröhlichkeit, die Sie mit ins Büro tragen, nicht den ganzen Tag anhält. Sie würde der Ernsthaftigkeit ihrer Aufgabe nicht wirklich gerecht. Mich wundert es daher gar nicht, dass Sie mir bisher keinen Bericht über den Stand ihrer Ermittlung haben zukommen lassen, wenn ich mir diese Ausgelassenheit vor Augen führe. Scheinbar gibt es nichts zu berichten.«

Liebig und Momsen wechselten einen Blick, während sie ihre Jacken an die Garderobe hängten. Die gute Laune war von einem auf den anderen Moment verflogen. Liebig setzte sich dem Staatsanwalt gegenüber und versuchte, seine Worte mit Bedacht zu wählen.

»Herr Melchior, wir wünschen Ihnen ebenfalls einen guten Morgen. Um auf Ihre Mutmaßungen einzugehen, will ich mit der Wahrheit nicht hinter dem Berg halten. Es gibt tatsächlich nichts Berichtenswertes. Darin liegt der Grund, warum wir Ihnen Ihre kostbare Zeit nicht mit leeren Phrasen rauben wollten. Sie werden bestimmt Wichtigeres zu tun haben, als Memos zu lesen, die die Hilflosigkeit der Ermittler nur bestätigen würden. Doch will ich Ihnen nicht vorenthalten, dass sowohl Frau Momsen als auch meine Person noch bis in den späten Abend hinein mit Recherchen beschäftigt waren, die uns hoffnungsvoll stimmen könnten.

Während Sie, Herr Staatsanwalt, wohl schon einen teuren Stoff für einen neuen Designeranzug auswählten, wühlten wir zwei noch stundenlang in Ermittlungsakten. Halten Sie sich deshalb bitte mit Anzüglichkeiten zurück.«

Das schmierige Grinsen ließ ahnen, wie die Antwort Melchiors ausfallen würde.

»Ich möchte mir gar nicht vorstellen, wie diese Recherche verlaufen ist. Waren denn wenigstens der Wein und das gemeinsame Frühstück gut?«

Melchior fuhr der Schreck durch alle Glieder, als er Ritas Stimme direkt neben seinem Ohr vernahm, die einen gefährlichen Unterton besaß.

»Ich bin mir überhaupt nicht sicher, ob Ihnen nur Ihre höhere Gehaltsklasse das Recht einräumt, schmutzige Fantasien in die Welt zu tragen. Das, was Sie da eben von sich gegeben haben, zeugt von einem sehr schlechten Charakter. Falls Sie überhaupt dazu in der Lage sind, Ihren vorlauten Mund unter Kontrolle zu halten, will ich Ihnen verraten, dass ich das Vergnügen hatte, im Zuge der Ermittlungen Ihr Privatleben durchforsten zu dürfen. Ich denke, dass ich, sollten Ihre unglaublichen Mutmaßungen wirklich zutreffen, meinen Lebenswandel nicht infrage stellen muss. Da existieren Vergleiche zu höhergestellten Personen, die mich sehr ruhig schlafen lassen.«

Melchior schoss in die Höhe und suchte den Blick von Liebig, der sichtlich vergnügt den Ausführungen seiner Kollegin gefolgt war.

»Haben Sie das gehört, Herr Hauptkommissar?«, ereiferte sich Melchior und lief auf Liebig zu, der seelenruhig die Hände auf der Tischplatte zusammenlegte. »Ihre Mitarbei-

119

terin hat versucht, mich zu erpressen. Ich weiß zwar nicht, wovon die Dame da geredet hat, doch wird das noch Folgen haben. Darauf können Sie sich verlassen.«

Die starre Gesichtsmimik Liebigs trieb den Staatsanwalt in eine Rage, die er kaum noch kontrollieren konnte. Als er die Antwort von ihm erhielt, verschlug es Melchior die Sprache.

»Lassen Sie mich eines voranstellen, Herr Melchior. Es geht mir gegen den Verstand, dass jemand, der erst vor wenigen Tagen seine Ehefrau auf derart tragische Weise verloren hat, sich so danebenbenimmt. Und das auch noch bei den Menschen, die ihm helfen wollen, den Schuldigen zu finden. Ihre grenzenlose Arroganz überdeckt scheinbar das klare Denken. Damit müssen Sie leben – nicht ich. Und nun zu Ihrer eigentlichen Frage. Nein, ich habe leider nicht mitbekommen, worüber Sie sich mit meiner reizenden Kollegin ausgetauscht haben. Ich hatte mit Ermittlungen zu tun. Übrigens interessiert es mich einen Scheiß, mit wem Sie außereheliche Beziehungen unterhalten, solange dieser Umstand nicht zum wesentlichen Teil unserer Ermittlungen wird. Haben Sie sonst noch ein Anliegen an uns? Wenn nicht, wäre es nett, wenn Sie uns unsere Arbeit machen lassen.« Nach kurzer Pause fügte Liebig noch an: »Erpressung – welch hässliches Wort.«

Rita trat schnell einen Schritt zurück, als sich Melchior wieder auf den Stuhl fallen ließ. Sie glaubte, den pochenden Puls des Staatsanwaltes hören zu können. Obwohl sie liebend gerne den Worten ihres Vorgesetzten noch einen draufgesetzt hätte, verstand sie Liebigs warnenden Blick richtig und schwieg schweren Herzens. Fast eine volle Minute verharrte Melchior schweigend auf seinem Stuhl, bevor er sich schließlich erhob und mit den Worten »Das hat noch ein Nachspiel« im Flur verschwand. Das Lächeln in Liebigs Gesicht war einer ernsten Miene gewichen, als er zu Rita sprach: »Ich hoffe nur, dass dieser Mann niemals mitentscheiden muss, wenn für dich ein Beförderungsantrag gestellt wird. Du musst so langsam lernen, wann man besser die Klappe hält, sonst hast du eines Tages so viel Prellböcke auf deinen Karrieregleisen, dass es kein Weiterkommen mehr gibt. Aber ich muss zugeben, du warst nicht schlecht. Diesem alten Hasen die Stirn zu bieten, ringt mir schon ein gewisses Maß an Hochachtung ab. Chapeau.«

Rita tat, als würde ihr diese Mahnung des Vorgesetzten nichts ausmachen, in der neben Lob auch ein kleiner Vorwurf zu hören war. Sie sog seine Worte voller Inbrunst ein und dachte gleichzeitig an die vergangene Nacht zurück.

Die Kollegen Hollmann und Weller empfingen Rita und ihren Chef schon an der Bürotür und boten einen Kaffee an. Es handelte sich um zwei erfahrene ältere Beamte, die sich ein Büro teilten. Der Fall der verunglückten Männer, deren Frauen zuvor ermordet worden waren, war den beiden noch präsent. Ein Kriminalbeamter vergaß keinen ungeklärten Mord und setzte immer wieder alles daran, den Fall aufzuklären. Darin lag wohl der Grund, dass sie die Morde in der Nachbarstadt Essen jetzt mit großem Interesse verfolgten.

Hauptkommissar Hollmann war es, der das Gespräch eröffnete und Liebig ansprach.

»Ich hörte, dass Sie mit dem Kollegen König befreundet waren. Auch für uns war es ein Schock, als wir von seinem

Tod erfuhren. Zwischen uns und König hatte sich während seines Aufenthaltes hier eine Kameradschaft gebildet. Wenn wir dabei helfen können, seinen Mörder dingfest zu machen, könnt ihr auf unsere volle Unterstützung zählen. Aber was erzähle ich da? Das ist doch eine Selbstverständlichkeit, wenn es einen von uns trifft. Wir werden das Schwein gemeinsam zur Strecke bringen. Was können wir tun?«

»Ich danke euch dafür«, antwortete Liebig und nippte an seinem noch viel zu heißen Kaffee. »Die Kollegin Momsen hat sich die Ermittlungsakten vorgenommen, die ihr uns netterweise habt zukommen lassen. Dabei fiel ihr auf, dass auf einem Gruppenfoto ein Mann aus Essen zu sehen ist. Habt ihr mal nachgehakt, was es mit diesem Foto auf sich hat? Das erinnert mich an diese Fotos, die man bei Männerausflügen macht, um sie anschließend im Rahmen auf dem Wohnzimmerschrank zu stellen. Die tragen alle Tarnanzüge wie Soldaten. Liege ich da richtig?«

Kommissar Weller schaltete sich an dieser Stelle ein und nahm Rita das Foto aus der Hand. Als er es eine Weile betrachtet hatte, nickte er und klärte Liebig auf.

»Es sind genau genommen Kampfanzüge einer Spezialeinheit der Bundeswehr. Alle, die auf diesem Bild zu sehen sind, waren in einer Kompanie und genossen damals eine Spezialausbildung, in der sie an allen Handfeuerwaffen ausgebildet wurden. Ich bin mir nicht sicher, aber das nannte man damals wohl Einzelkämpferausbildung. Nachdem sie sich vom Militär verabschiedet hatten, gingen sie zurück in die Berufe. Die einen gingen in die Strafverfolgung, einer übernahm die Firma seines verstorbenen Vaters. Kontakt hielten die aber immer noch.«

Rita machte sich Notizen und versuchte, mehr über diese Kameradschaft zu erfahren.

»Wie muss ich mir diese Kontakte vorstellen? Gab es sporadische Treffen, gab es Verbindungen auch innerhalb der Familien? Die Männer wirken zumindest für mich auf dem Foto irgendwie martialisch. Da fehlen nur noch die Waffen. Die machen aus ihrer militärischen Vergangenheit keinen Hehl.«

»Da liegen Sie schon richtig in Ihrer Einschätzung«, ergänzte Hollmann, »Es gibt weitere Fotos, auf denen sie Jagdgewehre zur Schau trugen und andere aus der Militärzeit. Da existiert sogar eines, auf dem sie wohl bei einer Expedition einen Löwen erlegt hatten und die Beute stolz präsentierten. Die erschienen mir wie stets gewaltbereite Reservisten – auf die eine oder andere Weise unsympathisch, wenn Sie mich fragen.«

»Seid ihr denn irgendwie der Frage nähergekommen, warum ausgerechnet diese Familien von einem gewaltbereiten Täter heimgesucht wurden? Das kann doch kein Zufall sein, dass jemand genau diese Männer und die Familien auslöschen möchte«, bohrte Liebig nach.

Er bemerkte, dass die beiden Kollegen einen Blick wechselten, so als ob sie sich nicht sicher waren, diese Frage zu beantworten. Schließlich rang sich Hollmann durch, darauf zu antworten.

»Wir sind uns nicht sicher, ob es für den aktuellen Fall von Relevanz ist, aber da gab es etwas, was sich uns nur durch Zufall offenbarte. Wir erfuhren, dass sich die Männergruppe hin und wieder in einem Klub traf, der einen zweifelhaften Ruf besaß. Eigentlich nichts Besonderes, da Männer sich schon mal dahin verirren, wenn sie betrunken sind. Wir gingen damals ausgerechnet während der Recherche zum ersten Mordfall gleichzeitig einem Fall nach, bei dem es einen Mann traf, der bei uns unter dem Verdacht stand, einem Menschenhändlerring anzugehören. Die Kollegen der Sitte behaupteten sogar, dass er Kinder und Jugendliche aus dem Osten einschleuste und an Zuhälter veräußerte. Diesen Kerl – wir kannten nur seinem Vornamen Reinhold – fand man mit eingeschlagenem Schädel im Rhein-Herne-Kanal. Man hatte ihm die Zunge herausgerissen. Ein Zeichen dafür, dass er als Verräter eingestuft wurde. In seinem Umfeld wurden wir nicht fündig. Es herrschte in der Szene eine Mauer des Schweigens. Bis heute konnte dieser Mord nicht geklärt werden.«

»Und was hat das mit unseren Opfern zu tun?«, wollte Rita wissen.

»Nun ja, als wir in dem Klub eine Befragung durchgeführt und dort mit einem gewissen Fedor an der Theke gesprochen haben, fielen uns die drei Männer auf, die sich dort mit gewissen Damen vergnügten. Sie wissen, was ich meine? Es waren die Männer vom Foto. Bis heute wissen wir nicht, ob das Zufall war oder ob es da Zusammenhänge gab. Beweisen konnten wir nichts. Und jetzt kommt's. Dieser Fedor, ein unangenehmer Russe, lag drei Tage später auf der A2 unter einer Brücke. Hätte man nicht eine Ladung Schrot in seinem Kopf gefunden, wäre ein Suizid möglich gewesen. Weder Waffe noch Täter konnten ermittelt werden. Die Sache wurde immer mysteriöser, die Lösung des Falles unmöglich. Wir nehmen heute an, dass es sich um Revier-kämpfe im Milieu gehandelt haben muss.«

Rita zog ihre Stirn kraus und legte ihren Notizblock beiseite.

»Ist Ihnen denn nie der Gedanke gekommen, dass die Morde in einem Zusammenhang stehen könnten? Ich denke, dass sich die Mordserie danach bei weiteren zwei Personen fortsetzte. Die Möglichkeit, dass die Männergruppe selbst in dem Menschenhandel mitmischen könnte, ist wohl nie in Erwägung gezogen worden, oder?«

Kommissar Weller war die Verärgerung anzumerken, da er diese Bemerkung als Vorwurf einstufte. Er lehnte sich in seinem Stuhl zurück und betrachte Rita Momsen von oben herab.

»Hören Sie, liebe Kollegin, Sie mögen ja in Essen eine große Nummer sein und jetzt versuchen, bei Ihrem Chef zu punkten, aber das sind konstruierte Zusammenhänge, die weit weg von der Realität sein dürften. Die Männer waren angesehene Bürger. Die Vorstellung, dass Staatsanwälte und ein seriöser Unternehmer Menschenhandel betreiben, dürfte absurd sein, eine entsprechende Ermittlung in diese Richtung schon fast selbstzerstörerisch. Im vorliegenden Fall traf es zwei Männer, um die es nicht schade war. Ich spreche von den Zuhältern – bevor Sie mir das Wort im Mund umdrehen.«

Liebig legte Rita beruhigend die Hand auf den Arm, als die loslegen wollte.

»Hoho, Herrschaften. Beruhigen wir uns doch wieder. Die Kollegin Momsen hat das nicht böse gemeint und niemanden angegriffen. Wir sollten den Aspekt der Verstrickung allerdings nicht völlig außer acht lassen. Schließlich fehlt uns auch jetzt noch, sechs Jahre später, jede Spur. Ich denke, dass Sie nichts dagegen haben werden, wenn wir da noch einmal nachhaken. Ich habe es mir abgewöhnt, in unserem Job an Zufälle zu glauben. Vielleicht kann uns der verbliebene Mann aus dieser Gruppe helfen. Schließlich kommen aus seiner Sicht die Einschläge beunruhigend nahe. Ich bedanke mich auch im Namen meiner Kollegin für die Unterstützung und wünsche noch einen schönen Tag.«

Der Passat befand sich schon auf der A40, als Rita sich zum Treffen äußerte. Sie hatte bis dahin nur gegrübelt und auf die Fahrbahn gestarrt.

»Wir sollten die Befragung schnellstmöglich durchführen. Ich habe das Gefühl, dass die Zeit drängt und etwas Schreckliches in der Luft liegt.«

»Du hast sicher recht, Rita«, antwortete Liebig, »doch das werde ich selbst und allein durchführen. Um einen solchen Mann zu befragen, bedarf es eines ausgeprägten Feingefühls und Erfahrung. Das kann sehr schnell in die Hose gehen.«

Rita ließ diese Anweisung unkommentiert und blickte bis zur Ankunft am Präsidium wortlos aus dem Fenster.

22

»Mensch, Reinder, das dürfen Sie mir nicht abschlagen. Ich bin davon fest überzeugt, dass der Schlüssel für unseren Fall in Bochum zu finden ist. Da fing alles an. Wir dürfen einfach nicht riskieren, dass hier bei uns noch weitere Unschuldige sterben müssen, weil wir nicht alles versucht haben. Ich muss an Ihren Kontaktmann dort rankommen – das geht aber nur mit Ihrer Hilfe. Bitte.«

Rita kannte den Kollegen noch nicht gut genug, der normalerweise im Raub- und Betrugsdezernat tätig war. Doch sie hatte erfahren, dass er gewisse Beziehungen zur Bochumer Unterwelt unterhielt und dort einen Informanten hatte. Er hatte gleichzeitig Bedenken angemeldet, als Rita darum bat, den möglichen Besuch dort vorerst vor Liebig zu verschweigen. Er wog ein Für und Wider gegeneinander ab und nickte schließlich zustimmend.

»Ich muss erst telefonieren, Momsen. Diese Informanten sind sehr misstrauisch und sprechen nicht mit jedem. Der falsche Kontakt oder ein Durchsickern ihres Verrates kann für sie unter Umständen tödlich enden. Ich melde mich bei Ihnen. Und ich betone noch mal, dass ich es nicht gut finde, Ihren Chef nicht einzuweihen. Der reißt mir den Hintern auf, wenn er das erfährt.«

»Was will das Weib hier? Du hast mir gesagt, dass wir zwei uns ...«

Ferdi, wie er in der Szene genannt wurde, griff schon wieder an den Türöffner, als er Reinder in Begleitung vorfand. Der jedoch hielt ihn am Jackenaufschlag zurück, zog ihn in den hinteren Sitz des BMW. Der Treffpunkt befand sich unter einer Autobahnbrücke, an der jedoch viel Verkehr vorbeifloss, sodass sie im Gewühl nicht sonderlich auffielen. Dicke Regentropfen auf den Scheiben verhinderten zudem, dass man die Insassen erkennen konnte. Immer wieder suchte Ferdi die Umgebung nach verdächtigen Gesichtern ab, bis er sich endlich nach vorne beugte und Reinders Arm wegstieß. Der versuchte, den Informanten zu beruhigen.

»Jetzt komm mal wieder runter. Keiner hat uns bemerkt und das ist eine Kollegin, der du voll vertrauen kannst. Dafür lege ich meine Hand ins Feuer.«

Die Hektik, mit der sich dieser gertenschlanke, von reichlich Drogenkonsum gezeichnete Mann im Wagen bewegte, machte Rita bereits nervös. *Der soll uns glaubhafte Infos geben? Kaum vorstellbar*, ging ihr durch den Kopf. Trotzdem blieb sie äußerlich ruhig und gelassen. Selbst die Bitte des Junkies wartete sie ab, verfolgte jedoch mit einem gewissen Erstaunen, was sich da im Wagen abspielte.

»Hast du den versprochenen Stoff für mich? Komm, lass ihn rüberwachsen, ich brauch den jetzt.«

Reinder griff in die Seitentasche und brachte ein kleines Tütchen mit weißem Pulver zum Vorschein, mit dem er vor den Augen des Drogensüchtigen rumwedelte. In dem Augenblick, als der Typ mit den langen, fettig herunterhängenden Haaren danach griff, zog Reinder das Kokain zurück.

»Moment, mein Lieber, immer der Reihe nach. Erst die Info, dann die Belohnung. Ich habe dir schon am Telefon gesagt, was wir wissen wollen. Sag es uns und wir sind schnell wieder verschwunden. Aber es muss schon was Brauchbares kommen, sonst verschwindet die Tüte wieder. Wie war das also mit dem Fedor und dem schmierigen Reinhold?«

Rita vermutete schon, dass der widerliche Kerl einen Anfall bekommen und weinend zusammenbrechen würde, da kamen die ersten Informationen stockend, während der Regen verstärkt auf das Dach prasselte.

»Ich habe auch nur am Rande davon gehört, das musst du mir glauben. Die gehörten zu einer Gruppe von Leuten, die Kinder aus aller Welt besorgten. Die kamen aus Asien und Osteuropa. Aber die holten auch Nachschub von der Straße. Wenn die Bälger auf der Straße lebten oder sich Geld auf dem Strich verdienten, konnten die Beschaffer sicher sein, dass die kaum vermisst wurden.«

»Was genau geschah mit den Kindern«, wollte Rita wissen.

»Was weiß ich denn? Man munkelt in der Szene, dass hier und da auch die Scheißbälger an reiche Perverse verkauft oder zumindest vermietet wurden.«

»Soll das heißen, dass die Kinder nicht mehr zurückkamen?«, hakte Rita nach, deren Gesicht jetzt eine beängstigende Härte zeigte. Die Aussprache des Junkies, wie er über diese Kinder redete, brachte sie innerlich zur Weißglut, was Reinder nicht entging. Er schaltete sich dazwischen.

»Hast du da genauere Angaben? Das ist mir zu sehr auf Hörensagen gebürstet. Ich brauche Namen. Pass auf, mein

129

Freund. Bevor ich dir ein Foto zeige, will ich wissen, was es über den Tod von diesem Reinhold und dem Russen Fedor zu sagen gibt. Was spricht man darüber?«

Immer wieder schielte Ferdi auf die Tüte, die Reinder in seiner Hand aufbewahrte. Das Sprechen fiel ihm mittlerweile schwer. Dennoch kam die Info stockend über die aufgesprungenen Lippen.

»Das hat keiner aus der Händlerszene bewerkstelligt. Warum auch? Die beiden brachten denen doch richtig Kohle ein und hatten Kontakte zu den reichen Bonzen. Ich schlachte doch nicht das Huhn, das goldene Eier legt. Das war ein Außenseiter oder eine konkurrierende Gang. Allerdings muss das jemand sein, der nicht zum ersten Mal tötet – ein Profi. Ich kannte Fedor ganz gut. Das war eine Tötungsmaschine, die man nicht mal eben so beiseiteschafft. In der Gruppe, so habe ich gehört, hat man eine hohe Belohnung für den Täter ausgesetzt. Ich denke mal, dass denen allen der Arsch auf Grundeis geht. Komm, Reinder, rück jetzt endlich den Stoff raus.«

Als Rita nickte, warf Reinder das Tütchen nach hinten. Völlig von der Rolle versuchte Ferdi, es aufzufangen, was ihm erst beim zweiten Versuch gelang. Gleichzeitig spürte er die feste Hand Reinders auf seinem Arm. Ein Foto, das ihm vor das Gesicht gehalten wurde, wollte Ferdi ignorieren.

»Erkennst du jemanden auf dem Bild? Sieh genau hin, es ist wichtig.«

Ferdi entfernte mit dem Ärmel seiner schmierigen Jacke den Speichel, der ihm aus dem Mundwinkel tropfte. Nur zögernd nickte er, bevor er sprach: »Ich habe die schon mal gesehen. Die haben sich ab und zu in der *Ritze* getroffen und

Schampus gesoffen. Aber glaub bloß nicht, dass die mir auch nur ein einziges Mal 'nen Euro haben rüberwachsen lassen. Die Pest soll die holen.«

Er riss plötzlich die Tür auf und verschwand wie ein Geist im strömenden Regen. Rita lehnte sich im Sitz zurück und sortierte das eben Gehörte. Als Reinder den Wagen starten wollte, hörte er die Worte der Kollegin.

»Wir müssen unbedingt an eine Aufstellung kommen, auf der vermisste Kinder gelistet sind. Wenn wir Glück haben, ist der Täter im Umfeld dieser Kinder zu suchen. Ich sehe nur das Problem, wenn es sich um einen Racheakt eines Mannes handelt, der aus dem Ausland stammt. Ich werde mir außerdem ansehen, ob Kinder in der Zeit vor den Ermordungen von Fedor und Reinhold tot aufgefunden wurden. Und was mich besonders interessiert: Welche Rolle spielt dabei unser vierter Mann auf dem Foto? Der befindet sich in allerhöchster Gefahr – warum auch immer.«

23

Sieben Sitzungen hatte Richter Ludwig an diesem Tag geschafft. Die Beisitzer und Anwälte hatten längst den Sitzungssaal verlassen, als der Richter immer noch auf seinem Stuhl verharrte und auf die Aktenberge schaute, die vor ihm lagen. Immer wieder reflektierte er die ergangenen Urteile und hinterfragte sich ein letztes Mal, ob er ein gerechtes Urteil gefällt hatte. Müde griff er schließlich nach den Ordnern und erhob sich. Die Robe hängte er sorgfältig in den Schrank und wechselte sie gegen einen warmen Mantel. Er war dankbar dafür, dass er heute Morgen daran gedacht und den Regen vorausgesehen hatte, der jetzt gegen die Scheiben seines Büros prasselte. Sein Wagen stand nahe beim Eingang auf dem Hof des Gerichtsgebäudes. Polizei- obermeister Klöckner wünschte ihm einen angenehmen Feierabend, als er ihm beim Hinausgehen zunickte. Ludwig atmete mehrmals durch und schlug sich die Regentropfen vom Mantel, die noch nicht in den Stoff eindringen konnten. Der große Volvo-SUV brummte nach dem Starten nur ein- mal kurz auf, bevor er in ein leises Summen überging. Den Weg zum Haus in Bredeney schaffte das Fahrzeug in weni- ger als fünfzehn Minuten. Noch lange saß Ludwig hinter dem Steuer, selbst als er die Auffahrt genommen und in die übergroße Garage eingefahren war. Seine Gedanken kreisten um die Zeit, als er im Haus noch von Erika mit einem Drink und einem köstlichen Essen begrüßt wurde. Mit dem Öffnen der Fahrertür entriegelte der Richter auch alle restlichen Türen. Er schrak heftig zusammen, als die Beifahrertür aufgerissen wurde und sich ein fremder Mann auf den Sitz drängte. Das riesige Jagdmesser in seiner Hand ließ gar nicht erst die Frage aufkommen, ob Richter Ludwig um Hilfe schreien sollte. Vor Angst gelähmt war er zu keiner Aktion fähig.

»Du wirst jetzt genau das tun, was ich dir sage. Ich möchte uns nicht die Zeit rauben, die ich brauche, um dir die Folgen zu schildern, falls du schreist. Ich garantiere dir aber, dass du es nicht miterleben wirst, dass einer dieser Aufpasser da draußen hier eintrifft. Ich werde mich jetzt sehr klein machen und du wirst den Wagen wieder auf die Straße bringen und dorthin fahren, wohin ich dich dirigiere. Schüttel die Idioten da draußen ab. Erzähle denen, dass du zum Essen fährst und dass sie weiter auf das Haus achten sollen. Also los, mein Freund.«

Noch einen Moment blickte Richter Ludwig auf den großen Kerl, dessen Gesicht weitestgehend von einem dichten schwarzen Bart verdeckt wurde. Nicht einen Augenblick zweifelte Ludwig daran, dass es der Kerl ernst meinte mit seinen Drohungen. Der hatte es an den Posten vorbei in die Garage geschafft, was die Ernsthaftigkeit seines Unternehmens unterstrich. Wie zu erwarten war, ließ der Fahrer des Zivilwagens den Motor an, um dem Richter zu folgen. Als Ludwig direkt neben ihm anhielt und durch das heruntergelassene Fenster sein Vorhaben ankündigte, zuckte der

Mann nur mit den Schultern und stellte den Motor wieder aus. Noch im Wegfahren erkannte Ludwig das Aufglühen einer Zigarettenglut. Er schrak zusammen, als der Eindringling wieder in voller Größe neben ihm auftauchte und mit tiefem Bass seine Anweisungen gab.

»Wir haben eine längere Fahrt vor uns. Das Ziel wird dir bekannt vorkommen. Hier, sieh auf die Karte. Ich muss dir den Weg ja nicht erklären, den bist du oft genug gefahren. Ich will bis dahin keinen Mucks von dir hören, sonst schneide ich dir die Zunge aus deinem verfluchten Maul.«

Die Dunkelheit hatte den Waldweg längst eingefangen, als die Scheinwerfer des Volvos wie Finger die Finsternis durchschnitten. Trotz der Regenschleier, die der Wind vor sich hertrieb, erkannten sie endlich das unbeleuchtete Haus. Der Wagen schlitterte einige Meter auf dem glitschigen Untergrund und kam schließlich vor den Treppenstufen zum Stehen, die hoch zum Eingang führten. Immer noch schwiegen beide Männer. Dem dunkelbärtigen Mann war das einsetzende Zittern des Richters nicht entgangen, rang ihm sogar ein teuflisches Lächeln ab.

»Willst du nicht aussteigen? Der Schlüssel liegt wie immer unter dem kleinen Zwerg auf der Fensterbank. Lass uns feiern gehen. Ich denke, dass die eine oder andere Flasche Champagner noch in der Kühlung liegt. Wir haben bestimmt viel Spaß miteinander. Eigentlich wollte ich deine ehemaligen Kameraden auch einladen, doch die waren heute verhindert. Aber ich denke, dass es auch so schön wird und wir in Erinnerungen schwelgen können. Beweg dich, bevor ich dir Beine mache!«

Richter Ludwig verließ den Wagen und sprang prompt in eine Schlammpfütze, in der er fast ausgeglitten wäre, hätte er nicht im letzten Moment Halt an dem Außenspiegel gefunden. Vor der Front des mächtigen Volvos wartete bereits sein Entführer mit ausdrucksloser Miene. Ohne weitere Reaktion beobachtete er, wie Ludwig den Schlüssel unter dem besagten Gartenzwerg hervorkramte und die Tür zur Jagdhütte öffnete. Sicher fand er den Lichtschalter und schloss für einen Augenblick die Augen zu Schlitzen, um sie an die Helligkeit zu gewöhnen. Noch immer lag eine Duftmischung aus abgestandenem Essen und Alkohol in dem Raum, der ansonsten relativ aufgeräumt wirkte. Richter Ludwig wurde in den Raum gestoßen, fiel fast über die Kante des hochflorigen Orientteppichs. Die Stimme hinter ihm hielt ihn zurück, als er sich auf einen Stuhl am langen Tisch setzen wollte.

»Nicht dort, mein Freund. Nimm den bequemen Ohrensessel. Wir wollen es doch bequem haben, wenn wir uns austauschen. Und komm gar nicht erst auf den Gedanken, zum Waffenschrank zu laufen. Du wirst weder die Jagdgewehre noch die Armbrust erreichen, bevor ich dir mein Messer in den Rücken gerammt habe. Wir wollen doch wie halbwegs zivilisierte Menschen miteinander reden. Du wirst mich bestimmt mit deinen Geschichten gut unterhalten.«

Ganz langsam, den Blick weiterhin auf seinen Entführer gerichtet, ließ sich Richter Ludwig in den Ohrensessel sinken. Ihm gingen tausend Bilder durch den Kopf, die er mit denen von Verurteilten abglich, die er in den letzten Jahren vor seinem Richterpult vorgefunden hatte. Keines glich auch nur annähernd dem des Mannes vor sich.

»Was wollen Sie eigentlich von mir? Ich kenne Sie nicht. Wenn Sie glauben, dass Sie jemanden durch meine Entführung aus dem Gefängnis freipressen können, haben Sie sich gewaltig geirrt. Das hat in Deutschland noch niemand geschafft. Das gibt es nur in amerikanischen Actionfilmen. Oder wollen Sie Geld? Dazu hätten wir diese weite Fahrt nicht unternehmen müssen. Der Safe steht zu Hause. Also, wo geht die Reise hin?«

Mit jedem Wort gewann Richter Ludwig mehr an innerer Sicherheit zurück, die man von ihm gewohnt war. Er galt als knallharter Gesetzesvertreter und war gefürchtet wegen seiner strikten Linie bei der Verfolgung der Gesetze.

»Ja, genau das habe ich von dir gierigem Geldsack erwartet. Alles, was in deinem beschissenen Leben passiert, dreht sich entweder um Geld oder um Perversitäten. An das Nächstliegende denkst du gar nicht, du abartiges Schwein. Es macht mir die Sache leichter, wenn du von vornherein erkennst, dass es diesmal nicht nur um Knete geht. Dein verdammtes Geld hat schon genug angerichtet. Es hat deinen Geist verwirrt, ihn pervertiert. Allein das wird uns heute Nacht beschäftigen. Ich will dir zeigen, was deine vielen Opfer empfunden haben, wenn du ihnen das Fleisch von den Knochen genagt hast.«

Als hätte ihn jemand unter Strom gesetzt, so gerade richtete sich Ludwig in seinem Sessel auf. Genau in diesem Augenblick wurde er sich dessen bewusst, dass sich dieser Mann auf einem Rachefeldzug befand, der ihn, dem angesehenen Richter, das Leben kosten konnte. Verzweifelt suchte er nach einer Lösung, einem Ausweg aus dieser misslichen Lage. Geld schied scheinbar aus, darüber war er sich im

Klaren. Gewalt konnte eine Lösung sein, obwohl ihm der Gegner in hohem Maße überlegen war. Es schien sich um einen kampferprobten, durchtrainierten Kämpfer zu handeln, gegen den er nicht die kleinste Chance besaß. Er musste unbedingt in die Küche kommen, in der er diverse Gerätschaften wusste, die selbst diesem Gegner den Garaus bereiten würden. Doch es hieß in diesem Moment erst einmal, Zeit zu gewinnen und seinen Gegner in Sicherheit zu wiegen. Sein Blick fiel zufällig auf die rechte Hand des Mannes, was die Hoffnung auf einen guten Ausgang erheblich wachsen ließ. Die lederne Hand hielt der Kerl immer leicht angewinkelt vor dem Leib, als wollte er diesen Arm schonen. In Ludwig flammte Hoffnung auf, ließ sogar ein überhebliches Lächeln auf sein Gesicht zurückkehren, was dem großen Mann nicht entging.

»Glaubst du wirklich, dass es irgendetwas an deiner Lage ändert, du Bestie? Ja, ich besitze eine Prothese. Das hast du richtig erkannt. Doch verirre dich nicht darin, dass ich dir deshalb unterlegen sein könnte. Bevor wir uns unterhalten, möchte ich die Etikette nicht verletzen. Darf ich dir etwas zu trinken anbieten? Ich genehmige mir ein Glas Champagner zur Feier des Tages. Ich denke, dass auch du unser Gespräch stilvoll genießen möchtest. Finde ich das Gesöff immer noch in der Küche im Kühlschrank? Bleib bitte, wo du bist. Ich bin in wenigen Sekunden wieder bei dir.«

Tatsächlich erschien der Mann schon nach wenigen Augenblicken wieder mit zwei Flaschen unter dem Arm und einer im Licht glänzenden Machete. Richter Ludwigs Gesicht verlor jegliche Farbe, erstarrte zur ängstlichen Maske. Seine Augen verfolgten jede Bewegung seines

Gegners, vor allem dieser gewaltigen Waffe. Keiner wusste besser als er, welche Wunden diese Waffe schaffen konnte, zumal sie scharf wie eine Rasierklinge war. Darauf hatte er immer großen Wert gelegt. Sein Erschrecken war groß, als ein kräftiger Hieb mit der Machete den Verschluss der Champagnerflasche, begleitet von einem kräftigen Knall, durch die Luft wirbeln ließ. Nur mit Mühe konnte er verhindern, dass sich seine Blase unfreiwillig entleerte. Das Lächeln schien eingefroren, als der große Kerl mit dem gefüllten Glas auf ihn zukam. Die Machete lag jetzt auf dem Tisch. Ludwigs Finger zitterten leicht, als er das Glas ergriff.

»Geht es dir nicht gut? Du siehst etwas mitgenommen aus. Eigentlich müsstest du dich doch hier wie zu Hause fühlen – es gehört dir doch hier alles, oder irre ich mich da?«

Richter Ludwig verschüttete fast sein Getränk, so sehr brachte ihn die Situation aus der Fassung. Er war es nahezu ein Leben lang gewohnt, sich immer in der Führungsrolle zu bewegen. Widerspruch wurde niedergeschlagen, fand somit nicht statt. *Was erlaubte sich dieser Krüppel? Wusste er nicht, wen er vor sich hatte?*

Wieder baute sich in Ludwig Widerstand auf, ließ ihn das sagen, was er Sekunden später bereuen sollte.

»Jetzt lassen Sie uns endlich dieses alberne Spiel beenden, das Sie sowieso nicht gewinnen können. Ich bin Richter Ludwig. Man wird mich schon jetzt vermissen und eine Suche starten. Die Behörden wissen, dass ich diese Hütte mein Eigen nenne. Spätestens morgen früh wird hier Polizei auftauchen und dem Spuk ein Ende bereiten. Sie haben jetzt noch die Gelegenheit, halbwegs schadlos aus der Sache herauszukommen. Ich werde aussagen, dass Sie mich nicht angefasst haben und alles endet möglicherweise mit einer Bewährungsstrafe.«

Richter Ludwig sah die Lederhand nicht einmal kommen, bevor sie seitlich auf seinem Hals landete. Da sie die Halsvene hart getroffen hatte, verlor er augenblicklich die Besinnung. Als er wieder aufwachte, musste er sich den Champagner aus den Augen reiben. Der Gegner hatte ihm diesen ins Gesicht geschüttet.

»Oh, Verzeihung bitte. Das ist mir ja noch nie passiert. War`s das jetzt mit der Bewährungsstrafe, Richter Ludwig? Nun muss ich wohl doch ins Gefängnis. Doch lassen wir das einmal zurückstehen. Wir wollten doch plaudern. Erzählen Sie mir von Ihren Festen, die Sie hier einmal im Jahr abhielten. Habe so viele verschiedene Varianten darüber gehört, dass ich jetzt doch sehr neugierig geworden bin. Sie sollen hier sogar einen Folterkeller haben. Das ist doch bestimmt erstunken und erlogen. Oder etwa nicht? Da werden schnell mal Tatsachen verwischt oder verändert. Wissen Sie was? Wir sehen einfach mal nach. Sie kennen sich hier besser aus als ich – gehen Sie bitte vor.«

Als Ludwig keine Anstalten machte, sich zu erheben, riss ihn eine stahlharte Hand aus dem Sessel und schleuderte ihn mehrere Meter weit durch den Raum. Kaum hatte er sich hochgerappelt, stand sein Gegner schon hinter ihm. Der Richter musste sich am Geländer festhalten, um nicht die Treppe hinunterzustürzen. Im Licht der dürftigen Beleuchtung waren die dunklen, bedrohlich wirkenden Gitter der einzelnen Zellen zu erkennen. Der Fremde ging näher heran und leuchtete den Boden ab. Vor einer großen, eingetrockneten Lache blieb er stehen.

»Sind das hier Samenflecken? Und das hier könnte doch Blut sein. Oder was denken Sie? Ich finde das schon aufregend hier. Das ist sogar als furchterregend zu bezeichnen. Diese Lederriemen hier an der Wand – wofür hat man die benutzt? Also, ich möchte da nicht dranhängen. Das habe ich zuletzt in einem alten, verlassenen Gefängnis in Australien gesehen. Dort hat man die Gefangenen gefoltert. Aber wir befinden uns doch hier in Deutschland. Haben Sie hier etwa Sklaven gehalten, Sie verdammter Drecksack? Oder waren das eventuell sogar ...«, hier machte der Mann eine bedeutsame Pause. »... waren es Kinder? Sie werden doch wohl keine Kinder gequält haben. Oder doch?«

Ludwig hatte sich währenddessen in eine Ecke der Zelle gedrängt, zuckte zusammen, als ihn der Mann anschrie.

»Ich habe dich was gefragt, du mieser Mordgeselle. Gib mir gefälligst eine Antwort!«

Jetzt sank der Richter mit einem Jammerlaut auf die Knie und begann zu weinen. Sein Körper gehorchte ihm nicht mehr, schüttelte sich in wilden Zuckungen. Wieder riss ihn eine kräftige Faust hoch und stieß ihn gegen die Wand.

»Haben deine Opfer, ich meine diese Kinder, auch in diesen Schlingen vor dir gehangen, als du sie zerschnitten hast? Sage es mir endlich. Ich will es jetzt und hier wissen.«

»Nein, nein, nein. Es war nicht hier. Oben – es war oben in der Küche. Ich habe hier unten niemanden getötet. So glauben Sie mir doch endlich.«

Wie einen Sack zog der Fremde den schlotternden Körper hinter sich her, die Treppe hinauf und geradewegs zur Küche. Dort ließ er ihn einfach liegen und zog mehrere Schubladen auf. Den Inhalt schüttete er über den Boden.

Angewidert blickte er auf Werkzeuge, die er eher in einer Chirurgie vermutet hätte. Große und kleine Skalpelle, Knochensägen und Zangen, deren Funktionen er nur erahnen konnte. Jetzt hatte das Gesicht des Entführers jegliche Menschenähnlichkeit verloren, der Wahnsinn machte sich darin breit. Wie ein Strafe erwartendes Kind hatte sich Richter Ludwig auf dem Boden zusammengerollt, weinte nun hemmungslos. Der penetrante Geruch von Fäkalien und Urin breitete sich im Raum aus.

»Hier war dein Reich? Hier hast du die Kinder gequält?«

»Ich habe keine Kinder gequält, glauben Sie mir das bitte«, wimmerte das Wesen, das zitternd auf der Erde lag und die Beine immer wieder nach allen Seiten ausstreckte. Erneut fuhr er zusammen, als diese sich überschlagende Stimme durch die Küche hallte.

»Nein, du hast sie nicht nur gequält – du hast sie gefressen, du verfluchtes Monster. Du hast meine Schwester Stück für Stück gefressen. Sieh sie dir an. Sieh her, du dreckiges Tier. Das war sie – das war meine kleine Schwester.«

Das Foto hielt er dicht vor das Gesicht des Richters, der mit unruhigen Augen darauf stierte.

»Erkennst du sie wieder? Sie war noch so jung und sie ... sie erwartete ein Kind. Du hast ihr ungeborenes Kind gefressen. Dafür wirst du bluten. Du wirst schlimmer leiden als sie.«

Bewaffnet mit einer Knochensäge näherte er sich dem Richter. Dessen Gesicht war von Wahnsinn und Angst gezeichnet. Die irren Schreie des Gepeinigten hallten durch den unschuldigen Wald, wurden jedoch vom ständig niederprasselnden Regen verschluckt.

24

Reinder und Rita Momsen trafen gleichzeitig vor Liebigs Büro ein, wobei Reinder der Kollegin den Vortritt gab. Sie konnten sich denken, welcher Grund vorlag, um sie von ihrer Arbeit wegzuholen. Dennoch wollte sich Rita nicht so ohne Weiteres geschlagen geben. Sie saß gerade und stolz auf ihrem Stuhl und blickte dem Hauptkommissar fest in die Augen. Ungläubig blickten Momsen und Reinder auf die Ausdrucke, die Liebig ihnen entgegenhielt. Mit einem gewissen Erstaunen lasen sie auf dem Kopf der ersten Seite groß und deutlich die Überschrift *Vermisstenliste*. Bevor sie sich einig wurden, wer sich dazu äußern sollte, ergriff Peter Liebig das Wort.

»Ich darf euch beiden nun die Aufgabe übertragen, diese Listen durchzugehen. Ihr werdet den Grund für die Suche sicher besser kennen als ich. Habt ihr Schlauberger wirklich geglaubt, dass mir euer erneuter Ausflug nach Bochum verborgen bleiben würde? Ich habe mir vorgenommen, mich nicht darüber aufzuregen, dass ein so erfahrener Kollege wie du, Reinder, mit einer jungen, unerfahrenen Kollegin ohne eine Nachricht zu hinterlassen auf Recherchetour geht.«

»Das war meine Schuld. Ich habe Reinder ...«, funkte Rita dazwischen.

»Halt die Klappe, jetzt rede ich! Ist euch auch nur eine Sekunde in den Sinn gekommen, dass wir hier hätten annehmen können, dass der Mörder ein weiteres Opfer gefunden hat? Das muss euch doch der normale Menschenverstand vorgeben, dass man sich in der Situation, in der wir uns alle befinden, abmeldet oder zumindest eine Zwischenmeldung absetzt. Wir sind ein Team, verdammt noch mal. Da stimmt man sich über Aufgaben ab. Jetzt geht mir aus den Augen und ackert die Listen durch. Aber, Moment noch. Erst will ich wissen, was euer doch so geheimer Besuch an Erkenntnissen hervorgebracht hat.«

Beide wechselten einen Blick, bevor Reinder die Aufgabe übernahm und ausführlich die Ergebnisse und Erkenntnisse darstellte. Peter Liebig stellte die eine oder andere Zwischenfrage.

»Das hört sich interessant an. Jetzt erst verstehe ich, warum die Liste ausschließlich die Namen von Kindern enthält. Hatte mich schon darüber gewundert. Und ihr glaubt wirklich, dass unsere Sache mit einem Menschenhändlerring in Bochum zusammenhängt? Das wäre schlimm. Ich werde mit den entsprechenden Kollegen in Bochum reden, damit wir die Ermittlungen zusammenlegen und besser koordinieren. Ihr könnt schon mal ...«

Das Klingeln des Telefons unterbrach Liebigs Anweisung. Als er den Hörer abnahm, deutete er den beiden Besuchern an, dass sie noch warten sollten. Die beobachteten voller Sorge die Veränderung im Gesicht ihres Sokoleiters, der aufmerksam zuhörte und kaum ein Wort sprach. Eine harte Kerbe bildete sich seitlich der Lippen, als er die Nachricht an Momsen und Reinder weiterleitete.

143

»Richter Ludwig ist verschwunden. Das Haus ist leer. Die Idioten vor der Tür haben ihn gestern am späten Nachmittag zum letzten Mal gesehen, als er mit dem Wagen wegfuhr und denen sagte, dass sie vor dem Haus warten sollten. Bin ich denn nur noch von Schwachköpfen umgeben? Die hatten die Aufgabe, jeden Schritt des Mannes zu überwachen. Da lassen die sich einfach abhängen. Ich fasse es nicht.«

Mehr zu sich selbst stellte er laut die Frage: »Wohin könnte Richter Ludwig gefahren sein?«

Rita war plötzlich hellwach und brachte die ersten Vorschläge: »Ich denke, dass die Fahndung nach seinem Wagen schon laufen wird. Der Kontakt zur Tochter wird wohl auch bereits hergestellt worden sein. Was bleibt uns noch? Wir sollten versuchen, herauszufinden, ob es Wohnungen, Immobilien oder irgendwelche Wochenendhäuser gibt, die ihm gehören. Es besteht ja auch die Möglichkeit, dass er nach dem Erlebten das Bedürfnis hatte, allein zu sein, nachzudenken. Ein möglicher Suizid ist für mich ebenfalls denkbar. Vielleicht kann uns die Tochter da helfen. Die müsste doch über solche Zufluchtsorte informiert sein. Dürfen wir zwei das übernehmen?«

Liebig schüttelte energisch den Kopf und tippte auf die Vermisstenlisten.

»Ihr zwei kümmert euch um die verschwundenen Kinder. Ich will eine Tabelle, getrennt nach Geschlecht, Alter, Herkunft, Familienverhältnisse, mögliche Freunde und so weiter. Ich werde aber das Gefühl nicht los, dass alles irgendwie mit dem Foto zusammenhängt. Während ich mit Spiekermann unterwegs bin, versucht ihr herauszufinden, was das im Hintergrund des Bildes ist. Es sieht aus wie eine

Hütte, ein Wochenendhaus. Ich brauche schnellstmöglich davon eine Kopie. Los, auf den Scanner damit! Ich will das Foto der Tochter vorlegen.«

Minuten später eilte Liebig in Begleitung Spiekermanns aus dem Präsidiumsgebäude, um in seinen Passat zu steigen. Keiner von beiden bemerkte den bärtigen Mann, der auf der anderen Straßenseite auf einem Mauervorsprung saß und die Szene beobachtete. Besondere Aufmerksamkeit gönnte er jedoch dem darauffolgenden Geschehen. Eine junge Frau folgte winkend den beiden Männern und reichte dem Fahrer eine Mappe durch das offene Fenster. Ein zynisches Lächeln zeigte sich auf dem Gesicht des Beobachters, als er bemerkte, dass der Fahrer die Hand der jungen Frau ungewöhnlich lange festhielt. Eine Feststellung, die sich tief bei ihm einprägte. Dabei fiel ihm ein, dass er dieses Pärchen schon vor Tagen beobachtet hatte.

Der Anruf in der Zentrale wurde sofort ins Morddezernat durchgestellt.

»Hier ist ein Anrufer, der unbedingt zum Leiter eurer Abteilung durchgestellt werden möchte. Übernehmt ihr den?«

»Klar, stellen Sie durch.«

»Hauptkommissar Reinder. Was kann ich für Sie tun? Nennen Sie mir zuerst Ihren Namen, Ihre Adresse und Ihr Anliegen.«

»Mein Name ist Richard Greiner. Ich wohne in der Albertstraße 44. Ich habe etwas zu den schrecklichen Morden an den Frauen zu erklären. Sind Sie der verantwortliche Sokoleiter?«

Reinder drückte geistesgegenwärtig die Taste, die das Aufnahmegerät aktivierte. Gleichzeitig schrieb er die Rufnummer auf, die er im Display erkannte.

»Es tut mir leid, aber Hauptkommissar Liebig ist außer Haus. Sie müssten schon mit mir vorliebnehmen. Was gibt es denn so Dringendes?«

Der Mann mit der tiefen Stimme machte an dieser Stelle eine kurze Pause, als müsse er sich entscheiden, ob er weitersprechen wollte. Plötzlich tönte der Bass wieder durch die Leitung.

»Das, was ich zu berichten habe, kann ich nur ihm sagen. Es betrifft die Kollegin, die ihn häufig begleitet.«

»Wenn Sie die Kommissarin Momsen meinen, muss ich Ihnen sagen, dass auch die außer Haus ist. Kommen Sie doch einfach vorbei, damit wir uns unterhalten können. Ich stehe Ihnen gerne zur Verfügung.«

Als Rita ihren Namen hörte, wurde sie neugierig und kam um den Schreibtisch herum, um ebenfalls auf das Display zu schielen. Reinder hatte auf Lauthören gestellt, sodass jeder im Raum dem Gespräch folgen konnte. Um ihn herum hatte sich mittlerweile eine Traube aus Kollegen gebildet, die alle spürten, dass sich hier etwas Besonderes tat. Das Freizeichen zeigte jedoch jedem, dass der Teilnehmer aufgelegt hatte. Rita fuhr sich mit der Hand durch die Haare.

»Was war das denn? Der wollte dem Chef was über mich erzählen? Ist das ein Spanner, der abends beim Duschen Fotos mit dem Tele macht, während ich ahnungslos bin? Total verrückt. Kann mal einer den Anschluss checken?«

»Habe ich schon«, meldete sich eine Stimme im Hintergrund. »Das ist eine Telefonzelle auf der Rüttenscheider

Straße, gar nicht weit von hier. Der wird schon längst über alle Berge sein. Da brauchen wir niemanden mehr hinschicken.«

Während sich das Team immer wieder aufs Neue die Aufnahme anhörte, saß Rita nachdenklich am Schreibtisch und grübelte. Reinder beobachtete die Kollegin mit Sorge, denn sie schien die gleichen Gedanken zu haben wie er. Seine Vermutung ging in die Richtung, dass jemand lediglich herausfinden wollte, wer den Fall bearbeitete, möglicherweise ihm, dem Täter selbst, im Nacken saß. Liebig stand womöglich auf seiner Liste. Reinder wurde aus seinen Gedanken gerissen, als er Ritas leise gesprochenen Worte hörte.

»Der hat eine ganz unangenehme Stimme. Das war der Mörder – da bin ich mir sicher. Ein Reporter kann das nicht gewesen sein, der hätte einfach nur in der Pressestelle anrufen brauchen. Nein, das war diese Bestie. Ich muss Peter warnen – ich meine Hauptkommissar Liebig.«

Reinder senkte die Stimme, sodass niemand außer Rita ihn verstehen konnte.

»Hören Sie zu, Rita. Vor mir müsst ihr euch nicht verstellen. Ich weiß schon seit einigen Tagen, dass da was zwischen euch läuft. Und ich vermute, dass es hier sogar die meisten Kollegen wissen, zumindest ahnen. So wie ihr euch anschmachtet, bleibt das nicht lange ein Geheimnis. Allerdings weiß Kriminalrat Rösner noch nichts davon. Wenn es nach mir geht, wird das auch so bleiben. Doch wenn er es erfährt, könnte es möglicherweise dazu führen, dass Sie versetzt werden. Aber das ist im Moment noch sekundär. Rufen Sie den Chef an und sagen Sie ihm, was passiert ist.«

Rita verfolgte mit offenstehendem Mund alles, was Reinder ihr anvertraute. Sie hatte wirklich daran geglaubt, dass keiner der Kollegen auch nur die geringste Ahnung hatte. Sie kam sich von diesem Moment an so vor, als würden permanent tausend Augen jeden Schritt von ihr verfolgen.

Warum schäme ich mich eigentlich deswegen? Ist das so außergewöhnlich? Scheinbar ja. Scheiß drauf.

Sie wählte die Nummer des Sokoleiters und berichtete über die Neuigkeiten, wobei sie die Offenbarung Reinders unerwähnt ließ. Die Sisyphusarbeit mit den Vermisstenlisten lenkte sie und Reinder in den folgenden Stunden von dem Thema Liebesverhältnis ab. Allerdings nahmen sie sich vor, diese Arbeit zu einem erfolgreichen Ende zu bringen, entgegen der Aufgabe, die Sisyphus von den Göttern der griechischen Unterwelt auferlegt wurde. Ihnen sollte der Stein nicht wieder den Hang herunterrollen, wenn sie fast am Gipfel angelangt waren.

25

Rita gefiel die Tatsache nicht wirklich, dass sich Peter Liebig heute Abend mit Freunden traf, die vor Jahren mit ihm zusammen eine Fußballelf gebildet hatten. Viel lieber hätte sie sich mit ihm auf die Couch gekuschelt und zum gefühlt zehnten Mal den Schmachtstreifen *Wie ein einziger Tag* im Fernsehen reingezogen. Ryan Gosling gehörte seit der Erstausstrahlung zu ihren Lieblingsschauspielern. Sie genoss den Rosé, der schon seit Wochen darauf wartete, endlich getrunken zu werden. Der Nachrichtensprecher verwies gerade auf die nun folgende Wettervorhersage, als Rita das zaghafte Klopfen an der Wohnungstür vernahm.

Gerade jetzt muss die Zicke von oben mich stören. Was hat sie wohl diesmal beim Einkaufen vergessen? Das Päckchen Vanillezucker von letzter Woche hat sie auch noch nicht wieder zurückgebracht.

Das Weinglas wechselte aus Ritas Hand auf den Tisch, während Rita die Beine von der Couch schwang und barfuß durch die Diele tippelte. Es war mehr ein Reflex, der sie versuchen ließ, die Tür sofort wieder zuzuschlagen. Der Fuß, der sich zwischen Tür und Zarge schob, verhinderte das. Ein kräftiger Schubs beförderte Rita gegen die Rückwand der Diele. Bevor sie überhaupt reagieren konnte, legte sich eine stahlharte Hand um ihren schlanken Hals und drückte ihr fast die Luft weg.

»Ich will dir nicht wehtun, Mädel. Solltest du aber schreien, drücke ich dir den Kehlkopf bis zum Halswirbel. Überlege dir also gut, was du jetzt tun wirst. Ich will nur mit dir reden und anschließend einen kleinen Ausflug machen. Wirst du friedlich sein?«

Ritas kleine Hände hatten sich auf die Pranken des bärtigen Mannes gelegt, versuchten, sie zu lockern. Wie Stahlklammern lagen sie weiter um ihren Hals. Mit den Augen signalisierte sie ein Ja, woraufhin der Riese den mörderischen Druck reduzierte. Kurz darauf verschwanden die Sterne, die vor Ritas Augen einen wilden Tanz aufgeführt hatten. Mit dem Absatz stieß der Fremde die Tür ins Schloss und schubste sein Opfer Richtung Wohnzimmer, wo jetzt die Namen der Schauspieler im Vorspann gezeigt wurden.

»Ausmachen!«, war der knappe Befehl des Eindringlings. Die eintretende Stille wurde lediglich vom stoßweisen Atmen Ritas unterbrochen, die genau wusste, wen sie vor sich hatte. Genau das und die Stimme des Mannes flößten ihr eine enorme Angst ein. Die Gedanken rasten durch ihren Kopf, suchten verzweifelt nach einem Ausweg. Sie wusste vom ersten Moment an, dass der Fremde bei ihr eingedrungen war, um sein perfides Werk fortzusetzen und sie grausam zu töten. Ein Gedanke dominierte vor allen anderen: *Lass es bitte schnell geschehen. Ich will nicht lange leiden müssen.*

Gleichzeitig klammerte sie sich an die Hoffnung, dem Täter und damit dem sicheren Tod, auf welche Art auch immer, entkommen zu können. Jetzt kam aus einer anderen

Ecke des Verstandes: *Du schaffst das, Rita. Halte den Kerl hin. Rede mit ihm.* Immer wieder versuchten ihre Lippen, Worte zu formen, die aber tonlos im Mund verblieben. Ihre Augen verfolgten jede Bewegung des Mannes, der sich gewissenhaft in der Wohnung umsah, ohne sie aus den Augen zu lassen. Endlich gelang es Rita, die stärkste Angst zu unterdrücken, den Puls wieder auf einen halbwegs erträglichen Rhythmus zu reduzieren. Doch was fehlte, war die Fähigkeit, einen Satz zu formulieren, der Sinn ergab. Alles, was ihr einfiel, wirkte für sie albern und unangemessen. *Verdammt, Rita, du bist doch sonst so schlagfertig. Was ist mit dir? Das ist doch auch nur ein Mensch, ein Mann. Erinnere dich an deine Ausbildung. Das hast du doch trainiert.* Der Bass des Eindringlings unterbrach Ritas Gedanken, die eh nur als Fragmente umherirrten.

»Ich sehe es dir an. Du weißt, wer ich bin. Siehst du – und ich weiß, dass du die Schlampe von diesem Hauptkommissar bist, der immer noch glaubt, mich erwischen zu können. Wir beide werden diesem Liebig beweisen, wie sehr er sich in diesem Punkt irrt. Jeden von euch kann ich morgen am Tag auslöschen und niemand wird jemals dahinterkommen, wer es war.«

Die Zeit dieser Ansprache gab Rita die Zeit, sich etwas zu beruhigen und ihre Gedanken zu sortieren. Sie versteifte sich auf die Tatsache, dass der Mann sie noch immer nicht getötet hatte. Das wertete sie als gutes Zeichen. Es gab ihr Zeit, nach einer Lösung zu suchen. Leicht wollte sie es dem Kerl nicht machen, obwohl sie sich nur wenige Chancen ausrechnete, diesen Muskelberg besiegen zu können. Die geschmeidige Art, wie er sich bewegte, ließ erkennen, dass es sich um einen durchtrainierten Kämpfer handelte. Ihr fiel genau in diesem Augenblick die Lederhand ins Auge, die die These der Soko bestätigte, dass sie es mit einem Täter zu tun hatten, der zumindest körperlich leicht eingeschränkt war. Das konnte eine minimale Chance sein. Sie versuchte, das Gespräch mit dem Mörder als Ablenkung zu nutzen.

»Ich versuche, mir gerade vorzustellen, welchen Zweck Ihr Besuch bei mir erfüllen könnte. Mein Tod allein kann doch keinen wirklichen Sinn machen. Werden Sie mir verraten, auf was Sie mit diesem Unternehmen hinarbeiten?«

Als hätte der Mann die Frage einfach nicht wahrgenommen, hielt er ihr die offene linke Hand entgegen, auf die Rita verständnislos blickte.

»Dein Telefon!«

Ritas Hand wies auf das Smartphone, das sie auf dem Sideboard deponiert hatte. Mit Schrecken musste sie mitansehen, wie das teure Diensttelefon unter seinem Schuh das Leben aushauchte. Achtlos stieß er die Einzelteile durch das Zimmer. Die Kommunikation mit dem Eindringling beschränkte sich im Augenblick auf kurze, knappe Anweisungen. Sie zuckte zusammen, als sie endlich verstand, was der Kerl als Nächstes von ihr verlangte.

»Zieh dir was über, damit wir hier verschwinden können. Du fährst. Das ist doch dein Mini Cooper vor der Tür, nicht wahr?«

Mehr als ein stummes Nicken brachte Rita nicht zustande. Sie verfluchte sich innerlich dafür, dass sie nicht in der Lage war, ihre Angst endgültig zu besiegen. Oft hatte sie solche ähnlichen Szenarien in Gedanken durchgespielt und ständig die Lösung des Problems souverän gefunden. In der Realität baute sich vor ihr eine gewaltige Sperre auf, die es nicht gestattete, logisch zu denken und zu handeln. Dafür gab es einfach keine Routine oder Vorschrift. Wieder einmal folgte sie brav den Anweisungen des Mannes in der Hoffnung, dass sie Zeit gewinnen konnte und vielleicht auf der Fahrt – wo auch immer die hinging – einen Fluchtversuch starten könnte. Erstaunt beobachtete sie, dass der Mann ihr Weinglas in einem Zug leer trank und wieder vorsichtig auf dem Tisch abstellte. Die Entfernung zur Wohnungstür schätzte sie auf etwa sechs Meter, die zum Gegner auf nur drei. Ihren Gedanken konnte sie nicht zu Ende denken. Die Worte des Bärtigen schockierten sie.

»Denke erst gar nicht darüber nach, Kleine. Du wirst tot sein, bevor du die Tür oder die Erde berührst. Warum fürchtest du dich so sehr? Habe ich dir bisher auch nur ein einziges Mal den Tod angedroht? Provoziere mich nur nicht, das rate ich dir nur. Und jetzt los.«

Immer wieder blickte Rita ängstlich auf die bedrohliche Gestalt, die neben ihr in dem kleinen Auto saß und deren Kopf bis nahe an das Verdeck heranreichte. Immer wieder bekam sie neue Anweisungen von dem Mann, der jetzt ein großes Jagdmesser in den Händen hielt, mit dem er spielerisch Kerben in die Armatur ritzte. Schon dafür hätte sie ihn töten können, wagte jedoch keinen Mucks zu äußern. Die Fahrt führte die beiden über die A40, die Abfahrt Wickenburg und an dem Friedhof vorbei, auf dem die Toten geschändet worden waren. Sie atmete auf, als sie den Südwest-Friedhof endlich hinter sich gelassen hatten und Richtung Mülheimer Flughafen fuhren. Als sie in die Senke der Raadter Straße einfuhren, bekam sie im letzten Moment die

Anweisung, links in die Eststraße einzubiegen. Der Mini quittierte das mit einem empörten Reifenquietschen. Endlich standen sie vor einem Haus, das Rita, aus welchen Gründen auch immer, Angst einflößte. Es wirkte irgendwie unbewohnt. Immer noch lag die Dunkelheit der Nacht über den Wiesen und verlieh der Landschaft etwas Geisterhaftes. Der Putz an dem sicher aus den Sechzigern stammenden Gebäude fehlte komplett, wurde teilweise von wildem Efeu ersetzt, das jedoch nichts am Gesamteindruck änderte. Misstrauisch besah sich Rita das Gelände, wobei ihre flatternden Pupillen an dem verfallenen Anbau hängen blieben. Er verströmte eine unangenehme Atmosphäre, die Rita nicht beschreiben konnte. Wieder war sie da, fiel wie ein Raubtier über sie her – die Angst. Automatisch fuhr das Tor einer Wellblechgarage hoch, in die sie der Fremde einfahren ließ. Er selbst war zuvor ausgestiegen. Den Gedanken, jetzt einfach rückwärts zu setzen und über die Wiesen die Flucht zu ergreifen, kam nur für einen Augenblick. Das Blitzen der mächtigen Klinge in der Hand des Killers nahm ihr die Entscheidung ab. Als sie das Fahrzeug verließ, fuhr das Tor wieder fast geräuschlos herunter und nahm Rita den letzten Blick auf ihr geliebtes Auto und damit auch auf die scheinbar einzige Chance, entfliehen zu können. Fünf Stufen waren es noch, die sie in Freiheit verbringen durfte. Die verwitterte Haustür schloss sich hinter ihr und dem perversen Peiniger. Sie starrte in die absolute Dunkelheit, in der der unbarmherzige Tod auf sie lauerte.

26

Das Ehepaar Rascher-Ludwig stand bereits in der Tür, als Liebig und Spiekermann die Auffahrt zum Haus hinauffuhren. Die Anspannung war ihnen unschwer anzusehen.

»Haben Sie ihn mittlerweile gefunden, oder hat er sich gemeldet? Sein Telefon ist ausgeschaltet, Herr Hauptkommissar. Aber kommen Sie erst einmal herein.«

Spiekermann und Liebig sahen sich in dem schmucken Haus um, das eine schon fast kalte Ausstrahlung besaß, woran auch die vielen Gemälde an den Wänden nichts Wesentliches ändern konnten. Für Liebigs Geschmack fehlten in diesem submodernen Gebäude die warmen Töne, das kalte Weiß war übermächtig vertreten. Beide setzten sich auf die – wie sollte es auch anders sein – weiße Ledergarnitur und warteten darauf, dass Lilian Rascher-Ludwig endlich ihr Kind Sarah beruhigt hatte, das unentwegt geschrien hatte. Ludwigs Schwiegersohn Rainer Rascher-Ludwig kümmerte sich währenddessen um die zwei Mineralwasser, die die Ermittler dankend entgegennahmen.

»Es tut uns sehr leid, dass wir bisher noch nichts über den Verbleib Ihres Vaters berichten können. Aber wir hoffen, dass Sie beide uns eventuell Hinweise liefern könnten, wohin er sich zurückgezogen haben könnte«, eröffnete

Liebig das Gespräch. Rainer hatte sich hinter seiner Frau Lilian platziert, um ihr die Hände auf die Schultern zu legen. *Die Darstellung einer intakten, stimmigen Familie*, dachte Liebig und schmunzelte. Viel zu oft musste er erleben, dass gerade hinter diesen Fassaden vieles im Argen lag und nur der Schein gewahrt wurde. Rainer Rascher-Ludwig strahlte eine aufgesetzte Autorität aus, wie sie für Geschäftsmänner typisch war, die ihren Erfolg auf die Vorarbeit anderer, häufig des Vaters aufgebaut hatten. Seine dandyhafte Kleidung, sein gegeltes Haar unterstrich diesen Eindruck. Liebig verdrängte diese Voreingenommenheit und konzentrierte sich auf den Grund ihres Besuches.

»Wir haben den Verdacht, dass er sich an diesem Abend verabredet haben könnte. Das geschah jedoch nicht über sein Smartphone, weil wir die Verbindungen vom Tage nachverfolgen konnten. Er hat das Gerät gestern nicht benutzt. Über seinen Dienstapparat hat er lediglich Telefonate innerhalb der Behörde geführt. Außerdem war sehr auffällig, dass er sich nach Aussage unserer Leute, die vor dem Haus postiert waren, nur wenige Minuten in der Garage aufhielt, um dann sofort wieder wegzufahren. Warum tut man das, ohne zuvor das Haus zu betreten? Der Verdacht liegt nahe, dass er dazu gezwungen wurde und der Täter sich schon in der Garage befand. Ich weiß«, fuhr Liebig fort, »dass es nur ein Verdacht ist, aber sein schnelles Verschwinden erklären könnte. Und warum sonst sollte er seine Beschützer bewusst zurücklassen?«

»Dass es sich um Idioten handelt, muss ich ja nicht gesondert erklären, meine Herren. Personalschutz stelle ich mir irgendwie anders vor.«

Mit diesem Vorwurf hatte Liebig schon gerechnet und überging den mit einer weiteren Frage.

»Ich habe hier ein älteres Foto Ihres Vaters, Frau Rascher-Ludwig. Sicher kennen Sie die Männer darauf. Worauf es uns aber hauptsächlich ankommt, ist das Haus, das wir im Hintergrund etwas unscharf erkennen können. Gab es irgendwelche Rückzugsorte für Ihren Vater, an dem er Ruhe suchte, wohin es ihn trieb, wenn der Alltagsstress ihn zu übermannen drohte?«

»Der Schwiegervater kannte solche Situationen nicht, meine Herren. Er wusste sich im Alltag durchzusetzen. Meine Frau ...«

Hier unterbrach ihn Spiekermann und fuhr den Mann etwas lauter an, als er es wohl beabsichtigt hatte.

»Die Frage ging für meine Begriffe direkt an Ihre Frau. Ich denke, dass sie ohne Weiteres dazu in der Lage ist, diese auch selbst zu beantworten. Sollten wir Ihre Meinung hören wollen, werden Sie es früh genug erfahren. Bitte, Frau Rascher-Ludwig.«

Liebig hatte es gelernt, innerlich zu lachen, ohne dass sein Gegenüber es bemerkte. Das war einer dieser Augenblicke, als der Schwiegersohn die Luft anhielt und sich die Hand der Ehefrau beruhigend auf seine legte. Ihre Stimme klang ruhig, als sie das Foto entgegennahm und genau betrachtete.

»Die Männer kenne ich flüchtig. Sie trafen sich häufig mit meinem Vater zur gemeinsamen Jagd in unserer Jagdhütte. Allerdings gab es kaum Besuche in unserem Haus, da Mutter sie ...«, hier legte Lilian eine Pause ein und schluckte, »... nicht gerne im Haus haben wollte. Aus für mich nie klaren Gründen empfand sie die als unangenehm. Ich muss zugeben, dass es mir ähnlich erging. Ihr Gehabe war widerlich. Sie sahen mich auch immer so seltsam an. Daher vermied ich es auch, dass sie mich berührten. Mutter schickte mich sogar immer in mein Zimmer, wenn sie wusste, dass die sich angesagt hatten.«

»Könnten Sie uns denn auch beschreiben, wo wir diese besagte Hütte finden können? Es ist nur eine kleine Spur, aber es ist immerhin eine. Gab es sonst noch Wohnungen, die Ihrem Vater gehören?«

Spiekermann bohrte nach und beobachtete Lilian, wie sie einige Zeilen auf einen Zettel notierte und ihm reichte.

»Da gibt es wohl noch zwei Mietshäuser, in denen aber sämtliche Einheiten meines Wissens nach vermietet sind. Aber darüber kann Ihnen mein Mann mehr sagen. Er verwaltet diese innerhalb unserer Firma.«

»Das wird sicher nicht nötig sein, liebe Frau Rascher-Ludwig. Aber danke für den Hinweis auf das Jagdhaus im Sauerland. Ich lasse dort nach Ihrem Vater suchen. Das war im Augenblick alles. Über mögliche Ergebnisse unterrichten wir Sie sofort. Und bitte – sollte sich Ihr Vater melden, gehen wir davon aus, dass Sie sich sofort an uns wenden. Noch einen schönen Tag. Wir finden hinaus, Danke für Ihre Hilfe.«

Das Ehepaar Rascher-Ludwig blieb nachdenklich zurück. Noch bevor Liebig und Spiekermann die Haustür schlossen, vernahmen sie das Schreien von Sarah und die beruhigenden Worte ihrer Mutter.

»Ein unsympathisches Arschloch, dieser Schwiegersohn. Damit hat sich die Tochter einen Spinner ins Haus geholt«, befreite sich Spiekermann von seiner aufgestauten Wut gegen den Hausherrn. Liebig ließ das unkommentiert und reichte Spiekermann den Zettel mit der Adresse.

»Lassen Sie das Haus von den Kollegen in Gerolstein überprüfen. Ich denke zwar nicht, dass es was bringt, aber wir dürfen nichts unversucht lassen. Und ich bin mal gespannt, ob die Durchsicht der Listen was brachte. Reinder und Momsen dürften schon erste Ergebnisse haben.«

Die beiden Ermittler waren bereits etliche Kilometer gefahren und Spiekermann hatte mit der Gerolsteiner Wache gesprochen. Die Fahrt verlief schweigend, bis er den prüfenden Blick seines Chefs auf sich spürte. Schließlich fasste er allen Mut zusammen.

»Chef, darf ich Sie mal was fragen? Wir arbeiten nun schon so lange zusammen und sollten uns ganz gut kennen. Da ist etwas, was ich loswerden möchte.«

»Raus damit, Spiekermann, ich beiße nicht.«

»Die Kolleginnen und Kollegen munkeln zwar nur darüber, ich bin mir aber sicher, dass da was dran ist. Ich meine das mit Ihnen und Rita. Ich kann ja gut verstehen, dass Sie das vor allen verbergen möchten, aber das ist mittlerweile so offensichtlich ... ich meine, so wie Sie Rita ansehen. Ich finde es langsam fast peinlich, wie Sie darauf achten, Rita im Dienst mit Sie anzusprechen und wenn Sie beide alleine sind, heißt es Du. Die Mannschaft ... darf ich das sagen? ... lacht schon darüber.«

Minutenlang herrschte wieder Stille im Auto. Als Spiekermann schon glaubte, dass er ganz tief in ein Fettnäpfchen getreten war, kam die kurze Frage, des Chefs: »Soso, man lacht also bereits über mich? Und ich Idiot habe bisher nichts davon gemerkt. Ganz toll, Leute. Ganz toll. Weiß Rösner auch schon davon?«

»Um Gottes willen, nein. Der spürt so was doch nicht. Und keiner wird darüber reden, solange Sie es nicht selbst tun. Rösner lebt doch in einer anderen Welt und merkt nichts mehr.«

Der strafende Blick Liebigs brannte förmlich auf Spiekermanns Gesicht. Die entsprechende Predigt kam postwendend.

»Jetzt tun Sie dem Mann wirklich unrecht. Rösner vermittelt zwar einen recht naiven Eindruck, hat sich aber in der Vergangenheit durch seine Scharfsinnigkeit ausgezeichnet. Und denken Sie mal zurück. Rösner hat oft genug den Kopf beim Alten hingehalten, wenn wir an den Vorschriften vorbeigehandelt haben. Der steht immer voll hinter seinen Leuten. Wir hätten es schlimmer treffen können. Und ich will das mal einfach darstellen. Manchmal ist es ganz praktisch, wenn sich ein Vorgesetzter nicht in alles einmischt.«

Die Freisprechanlage meldete sich im Wagen. »Hier ist Reinder. Könnte es sein, dass Frau Momsen heute Morgen mit euch zu der Befragung gefahren ist?«

»Warum fragst du das?«, antwortete Spiekermann.

»Die Kollegin ist bis jetzt nicht hier eingetroffen. Auf Anrufe reagiert sie ebenfalls nicht. Die Leitung ist tot.«

Spiekermann wurde in den Sitz gepresst, als der Passat beschleunigte und sich das Gesicht des Fahrers verhärtete. Stahlklammern umfassten das Lenkrad.

27

»Was haben wir? Sofort alle in den Besprechungsraum!«

Liebig marschierte mit verschlossener Miene geradewegs durch die Büroräume und setzte sich an den Kopf des Tisches. Reinder war einer der wenigen, die es wagten, ihm gerade in die Augen zu sehen. Er war es auch, der den Bericht ablieferte.

»Wir haben noch bis zehn Uhr gewartet, da wir ja nicht wussten, ob sie noch was Privates zu erledigen hatte. Als ich sie anrufen wollte, war da nichts. Keiner von uns schaltet sein Telefon ab, das wissen wir alle. Ich habe einen Wagen bei ihr zu Hause vorbeigeschickt. Der Mini fehlt auch. Ich habe mir gedacht, selbst wenn sie einen Unfall hatte, muss ihr Telefon reagieren. Eine Ortung ist derzeit unmöglich. Was sollen wir tun? Soll ich den Wagen suchen lassen?«

»Raus mit der Meldung, Reinder«, kam kurz und knapp die Anweisung, woraufhin sich der Kollege an seinen Schreibtisch begab, um die Meldung durchzugeben. »Und ich will, dass alle möglichen Webcams in der Stadt an den Kreuzungen ab gestern Abend bis jetzt überprüft werden. Beginnt mit denen, die rund um Ritas Wohnung liegen. Sie muss irgendwo gefilmt worden sein. Keiner kann sich einfach in Luft auflösen.«

Die älteren Kollegen unter ihnen erinnerten sich an diesen Gesichtsausdruck des Chefs. Genau so hatte er reagiert, als man damals seine Frau tot und brutal vergewaltigt in der Wohnung fand. Niemand wollte jetzt anstelle des Täters sein. Das Telefon auf Liebigs Platz summte unentwegt, bis Spiekermann den Anruf entgegennahm, der alles verändern sollte.

»Chef? Können Sie mal kommen. Ich habe einen Kollegen aus Gerolstein in der Leitung. Es ist wichtig.«

Energisch, fast verärgert riss Liebig seinem Stellvertreter das Telefon aus der Hand.

»Liebig. Was gibt es so Dringendes? Ich bin in einer Besprechung. Fassen Sie sich kurz, damit ...«

Die nächsten Worte blieben ihm im Hals stecken. Stumm hörte er zu, unterbrach nur selten. Als er auflegte, blickte er in gespannte Gesichter. Jeder von ihnen wusste, dass etwas Schreckliches passiert sein musste. Die Angst um Rita Momsen lähmte jeden klaren Gedanken. Viel zu langsam in den Augen der Anwesenden, setzte sich Peter Liebig wieder an seinen Platz am Tisch und schien angestrengt nachzudenken.

»Sie haben Dr. Ludwig gefunden. Tot. Aber das ist noch nicht alles, Leute. Da in der Gegend zur gleichen Zeit eine Hundestaffel trainierte, haben die Tiere ein Massengrab mitten im Wald unweit der Jagdhütte gefunden. Die sind gerade dabei, die gesamte Umgebung abzusperren und das Grab auszuheben. Nur damit das für uns klar ist. Die Leichen darin scheinen schon lange darin zu liegen und dürften unseren Täter kaum betreffen. Trotzdem vermute ich, dass die Taten in einem Zusammenhang stehen.«

Liebig wartete die aufkeimende Unruhe ab und klopfte schließlich auf den Tisch.

»Wir gehen folgendermaßen vor. Ich werde mit Reinder hier weiter die Suche nach Rita vorantreiben. Spiekermann, Sie telefonieren mit den Kollegen vor Ort und bieten denen unsere Hilfe an. Sie schnappen sich drei Kollegen und fahren los nach Gerolstein. Ich will, dass Sie Dr. Schiller mitnehmen, damit wir einen Spezialisten vor Ort haben. Die Genehmigungen zum Einsatz dort unten hole ich mir noch beim Oberstaatsanwalt. Das dürfte kein Problem sein, da es sich um den Tod eines Essener Richters handelt. Fahrt erst einmal los. Ich will über jede Neuigkeit informiert werden – ist das klar. Ab mit euch! Ich habe zu tun.«

Nun, da die Jagdhütte von der Morgensonne in ein freundliches Licht getaucht wurde, hätte sie Sehnsüchte nach Ruhe und Erholung wecken können. So ging es auch den Ankömmlingen aus der Einkaufsmetropole Essen, die den Waldweg entlangfuhren und von einem Polizeiposten aufgehalten wurden. Als man die Identität von Spiekermann und Begleiter festgestellt hatte, hob der Beamte das Absperrband und ließ die Kripoleute vorfahren. Ein Gewirr von Uniformierten und bellenden Hunde schuf die Atmosphäre, die an ein Filmset erinnern könnte. Die fünf Insassen, Spiekermann voran, näherten sich dem Eingang und trafen dort wieder auf einen Posten, der sich ihnen in den Weg stellte. Abermals half hier der Dienstausweis, um durchgelassen zu werden.

»Wo finde ich die ermittelnde Kommissarin, eine gewisse Elke Matuschat?«, wollte Spiekermann wissen.

»Die finden Sie entweder im Keller oder an dem Grab draußen«, war die ausweichende Antwort des Polizeimeisters. Spiekermann drehte sich wieder um und betrachtete den Beamten leicht irritiert.

»Welchem Ort würden Sie denn eher eine Chance geben? Ich muss zugeben, dass uns eine korrektere Auskunft in der Sache dienen würde. Es erspart das Suchen erheblich.«

Erst jetzt schien der Polizeimeister bemerkt zu haben, wie unprofessionell er die Antwort vorgetragen hatte. Seine Gesichtsfarbe spiegelte diese Erkenntnis deutlich wider. Er machte sich auf den Weg in den Keller, wurde aber von Dr. Schiller aufgehalten.

»Ist schon gut, junger Mann. Wir finden den Weg auch ohne Führer. Ich vermute, dass es dort hinten in den Keller geht. Sollte die Frau Kommissarin auftauchen, können Sie ihr ja sagen, dass die Kollegen aus Essen bei der Leiche des Richters sind. Ich danke Ihnen für Ihre Aufmerksamkeit.«

Der Abgang zu den Kellerräumen war jetzt hell ausgeleuchtet, was den drei Quarzlampen zu verdanken war, die die Spurensicherung aufgestellt hatte. Die fünf Besucher versuchten das Bild, welches sich ihnen offenbarte, zu verarbeiten. Die Kellerräume vermittelten den Eindruck eines Folterkellers aus dem tiefsten Mittelalter. Vier vergitterte Zellen, in denen Metallhaken in die Wände eingelassen waren, erzeugten Bilder von Menschen, die dort einst auf den Tod durch Folterung warteten. Keinen hätte es verwundert, hier unten auch Kohleschalen und Streckbänke vorzufinden. Dr. Schiller marschierte auf die letzte Zelle zu, in der er einen menschlichen Körper auf dem Boden liegen sah, umgeben von aufgestellten Marken der Spurensicherungen.

Lange stand Schiller vor dem Korpus, in dem man noch mit viel Fantasie Richter Ludwig erkennen konnte. Um ihn herum Blutlachen, Fäkalien und Erbrochenes. Selbst dem abgebrühten Rechtsmediziner verursachte dieser Anblick ein unangenehmes Gefühl im Magen.

Dr. Schiller stellte seinen Koffer direkt neben der geöffneten Gittertür ab und näherte sich dem zerstückelten Körper des Juristen. Dabei fiel sein Blick auf die Zellenwand, an der jemand scheinbar mit dem Blut des Toten geschrieben hatte. Er trat näher heran, um besser lesen zu können.

Wer richtet, der wird selbst gerichtet. Deine Taten sind nun gesühnt.

»Was könnte das bedeuten, Dr. Schiller?«, wollte Spiekermann wissen, der zögernd in die Zelle getreten war. Gleichzeitig fotografierte er die Inschrift mit dem Smartphone.

»Ich muss zugeben, dass ich damit meine Probleme habe. Da wäre Dr. Afarid der kompetentere Ansprechpartner. Schon häufig habe ich Opfer von Gewalttaten angetroffen, an denen Verletzungen vorgenommen wurden, die denen derjenigen ähneln sollten, die zuvor von ihnen selbst getötet wurden. Quasi ein Racheakt, indem man dem Mörder gleiches zufügt, was er zuvor Unschuldigen antat. Wenn ich mir allerdings das hier ansehe, wage ich mir nicht vorzustellen, was Ludwig zuvor ... Nein, Spiekermann, das ist nicht möglich. Vergessen Sie diese These. Schauen Sie sich nur einmal an, was der Täter mit großer Wahrscheinlichkeit mit dem Seitenschneider angerichtet hat. Er hat dem Richter große Fleischfetzen herausgeschnitten und sie ihm teilweise sogar in den Mund gestopft. Der Hammer, den Sie dort hinten auf der Pritsche finden, diente wohl dem Zweck, ihm die einzelnen Knochen zu zertrümmern. All das sind jedoch Verletzungen, die nicht zwangsweise zum Tod geführt haben. Es besteht die Gefahr, dass, wenn Sie so was bei lebendigem Leib ertragen müssen, der Verstand kollabiert. Die Schmerzen jedoch bleiben. Warten Sie, Spiekermann.«

Schiller war etwas aufgefallen, was er sofort untersuchen wollte. Er bückte sich und schob mit seinen handschuhgeschützten Fingern die Lippen des Toten auseinander.

»Ich habe es schon vermutet anhand der eingefallenen Lippen. Der Täter hat dem Richter die Zähne entfernt. Er hat sie ihm allerdings nicht eingeschlagen, wie man es vermuten könnte, sondern sie einzeln gezogen. Die liegen hier überall verstreut herum. Wahrlich kein Vergnügen. Wie viel Hass muss diesen Mann angetrieben haben, um so was anzurichten?«

»Was glauben Sie, wann der Mann gestorben ist?«, erklang es vom Treppenabsatz. Gestellt wurde diese Frage von einer Frau, die kaum größer sein durfte als Schiller. Auf den ersten Blick hätte man sie für eine jüngere Ausgabe von Miss Marple halten können. Ihre schon angegrauten Haare hatte sie im Nacken zu einem Dutt gesteckt. Beide Hände versteckte sie in den Taschen ihres Trenchcoats, der so gar nicht zum Erscheinungsbild einer Frau passte. Obwohl ihr Gesicht schon die Falten eines erfüllten Lebens aufwies, wurde es durch lachende Augen wieder verjüngt, was sehr sympathisch wirkte,

»Ich nehme an, dass ich es mit Kommissarin Matuschat zu tun habe. Wir haben uns während Ihrer Abwesenheit schon ein wenig umgesehen. Es stört Sie hoffentlich nicht. Es ist schließlich Ihr Tatort.«

»Nein, ganz und gar nicht. Ich muss zugeben, dass wir es bisher hier in der Gegend fast nur mit Laden-, Fahrrad- und Autodiebstahl zu tun haben. Der letzte Mord liegt vor meiner Zeit. Da hilft es sicher, wenn wir die Hilfe von Profis bekommen. Im Ruhrgebiet wird es sicher blutiger zugehen, nehme ich zumindest an.«

Schiller schmunzelte, als er der Kommissarin mit ausgestreckter Hand entgegenging. Tatsächlich befanden sich die beiden Kleingewachsenen auf einer Höhe. Nachdem er den Rest der Essener Abordnung vorgestellt hatte, ging er auf die Bemerkung Matuschats ein.

»So ganz daneben liegen Sie mit Ihrer Annahme sicher nicht, zumal wir derzeit einen Serienmörder im Fokus haben, der vorrangig Vertreter der Strafverfolgungsbehörden und Polizisten tötet. Unser Interesse ist nicht ohne Grund vorhanden, wenn wir diesen Mord betrachten. Erstens ist der Richter aus unserer Stadt und zweitens verfolgen wir mit Interesse den Fund im Wald. Ich wäre Ihnen dankbar, wenn wir später dieses ominöse Sammelgrab aufsuchen dürften. Außerdem wäre ich Ihnen dankbar, wenn wir den Leichnam des Richters in Essen untersuchen dürften. Meine rechtsmedizinische Abteilung besitzt größte Erfahrung im Bereich der Leichenbeschauung. Wenn Sie hier nur Eierdiebe haben, wird der Erfahrungsschatz, so vermute ich einmal, recht bescheiden ausfallen.«

Trotz der Nähe der Leiche musste Matuschat lachen und stieß dem Mediziner die kleine Faust spielerisch in die Seite. Hier hatten sich zwei Seelenverwandte gefunden.

»Ich denke, dass wir das geregelt bekommen, zumal sich ja schon im Vorfeld der Essener Oberstaatsanwalt eingeschaltet hatte. Nehmen Sie den Richter mit, damit wir hier aufräumen können.«

Spiekermann, der sich in der Nähe aufhielt und dem Gespräch gefolgt war, hatte Schwierigkeiten, dem für seine Begriffe recht derben Humor Matuschats zu folgen. Er machte sich bemerkbar.

»Da gibt es noch dieses Massengrab, Frau Kollegin. Wäre es möglich, dass wir das im Anschluss aufsuchen könnten? Sie müssen wissen, dass wir im Präsidium derzeit damit beschäftigt sind, Listen von vermissten Kindern durchzugehen. Die Wahrscheinlichkeit ist recht groß, dass wir in diesem Grab die eine oder andere Lösung finden und einzelne Akten möglicherweise schließen können.«

»Das ist kein Problem«, entgegnete *Miss Marple*, die immer noch die Lockerheit in den Augen hatte. »Sofern der Herr Doktor hier mit der Erstbeschauung fertig ist, könnten wir uns auf den Weg machen. Das sind höchstens fünfhundert Meter von hier.«

28

»Ist es möglich, dass Sie die Hunde weiter von dem Grab entfernt halten? Die werden sich die Lunge aus dem Hals bellen, solange sie diesen Geruch in der Nase haben. Und ich muss zugeben, dass mich dieser Lärm stört. So dankbar ich den Tieren für diesen Fund bin, so kann ich dem Theater jetzt nichts mehr abgewinnen.«

Dr. Schiller war auf die Leiterin der Hundestaffel zugegangen und hatte sie um Verständnis für diese Maßnahme gebeten. Statt sich darüber aufzuregen, nickte die Frau freundlich und gab entsprechende Anweisungen. Angemessene Stille trat rund um den Fundort ein, der in einer kleinen Senke des dichten Laubwaldes lag. Nur hin und wieder konnte man noch vereinzeltes Bellen der abziehenden Hundemeute vernehmen, das schließlich gänzlich verstummte. Wäre dieser durchdringende Gestank von verwesendem Fleisch nicht gewesen, hätte man vermuten können, dass sich die Männer an einer wilden Müllhalde befinden, die mitten im Wald angelegt worden war. Etliche Müllbeutel stapelten sich in einer Grube, die vor dem Fund von Waldboden sorgfältig bedeckt worden war. Diejenigen, die hier entsorgt hatten, hatten sich zwar große Mühe mit den Plastiksäcken gegeben, jedoch die empfindlichen Nasen von Spürhunden unterschätzt. Schiller stellte sich in die Mitte der kleinen Lichtung und bat um Aufmerksamkeit.

»Die oberste Schicht an Erde wurde ja bereits abgetragen, da wir ja sonst gar nicht an die Säcke herangekommen wären. Danke dafür, liebe Kollegen. Ich hätte dennoch eine Bitte, meine Herren. Ich weiß nicht, ob es Ihnen schon aufgefallen ist, aber wir erkennen schon an der Anordnung der Säcke, dass sie zu unterschiedlichen Zeitpunkten deponiert wurden. Außerdem haben die oder der Täter verschiedene Fabrikate benutzt. Das lässt darauf schließen, dass wir bei den Leichen auch unterschiedliche Todeszeitpunkte voraussetzen können, ja sogar müssen. Mir drängt sich der Eindruck auf, dass die Säcke immer in Vierergruppen gestapelt wurden. Wenn Sie also so nett wären, wenn die Säcke herausgeholt werden, diese auch immer getrennt voneinander abzulegen. Das wird uns Rechtsmedizinern die Sache erheblich erleichtern, den tatsächlichen Todeszeitpunkt besser zu bestimmen. Es ist so schon schwer genug, da die Opfer weitestgehend von der Luftzufuhr abgeschnitten wurden. Der Verwesungsprozess ist dadurch ein völlig anderer, als wenn man sie im Freien gefunden hätte. Allerdings werden die Körperteile, so hoffe ich wenigstens, komplett sein. Außerdem gab es keinen Tierfraß. Ich danke Ihnen. Lasst uns anfangen.«

Mittlerweile hatten sich alle Helfer einen Mundschutz übergezogen und Salbe unter die Nase gestrichen. Aus dem einen oder anderen undichten Beutel trat ein bestialischer Geruch aus. Nach einer halben Stunde konnten Schiller und seine Kollegen der Soko auf insgesamt fünfzehn Säcke blicken, die man vorsortiert hatte. Schillers Vermutung war eingetroffen, dass es sich jeweils um vier Menschen handelte, die zeitgleich verbuddelt worden waren. Die einzige Ausnahme gab es bei der obersten Lage. Hier fehlte ein Sack. Einer der Helfer, der schon sehr früh am Grab eingetroffen war, meinte erkannt zu haben, dass diese Grube frische Spuren einer Öffnung aufwies, was er jedoch als rein subjektiven Eindruck relativierte. Alle bis auf Spiekermann traten zurück, als Dr. Schiller den Sack weiter öffnete, der schon zuvor von den Polizisten aufgeschnitten worden war. Der wendete sich jedoch einen Moment ab, da ein Schwall an Körperflüssigkeit aus dem Schnitt austrat und sich eine unangenehme Wolke an Verwesungsgeruch ausbreitete. Was in dem Sack zum Vorschein kam, ähnelte einem Jungen mit relativ kurzen Haaren. Jetzt trat auch Spiekermann wieder näher heran und betrachtete erstaunt den Inhalt des Sackes.

»Ich habe wirklich gedacht, Dr. Schiller, dass die Leichen besser erhalten wären. Schließlich sind sie doch so gut wie luftdicht verpackt. Der Junge scheint mir aber zum größten Teil verwest und von Insekten befallen.«

Schiller ließ sich neben dem Müllbeutel auf einen Baumstumpf nieder und klärte den Kommissar über seinen Irrtum auf.

»Da, mein Lieber, irren Sie sich genauso wie viele meiner jungen und unerfahrenen Kollegen. Die Fäulnis, Verwesung und Autolyse finden trotz der Verpackung statt. Zum einen ist ja eine Restmenge Sauerstoff vorhanden, sodass Mikroorganismen, die für die Verwesung verantwortlich sind, *arbeiten* können. Die brauchen Sauerstoff für ihren Stoffwechsel. Zum anderen gibt es Mikroorganismen, die für ihren Stoffwechsel keinen Sauerstoff benötigen. Diese Letzteren sind für Fäulniserscheinungen zuständig. Hinzu kommen die autolytischen Prozesse. Körpereigene Enzyme stellen ja mit dem Tod ihre Arbeit nicht ein – der Magen verdaut sich quasi selbst. Dabei bildet sich natürlich auch Fäulnisflüssigkeit. Die Müllsäcke verzögern die tierische Besiedlung, verhindern können sie es nicht.

Aber so ganz unrecht haben Sie wieder nicht, Spiekermann. Die unterbrochene Sauerstoffzufuhr verändert den gesamten Prozess schon erheblich und macht die Todeszeitbestimmung schwieriger.«

Auch Umstehende waren der Erklärung des Mediziners interessiert gefolgt. Matuschat war es, die jetzt ebenfalls näher herantrat.

»Das letzte Mal, dass ich eine derartige Leiche zu Gesicht bekam, war damals in der Ausbildung, als wir in die Rechtsmedizin mussten. Da wollte keiner von uns gerne rein. Aber das nur am Rande. Können Sie denn jetzt schon sagen, zumindest annähernd, wie lange das Kind schon in dem ... in diesem Beutel liegt?«

Schiller hatte die Leiche des Jungen jetzt komplett freigelegt und wies spontan auf eine Stelle im Rücken des Kindes.

»Nein, Frau Matuschat, das kann ich hier und heute nicht mit ruhigem Gewissen. Eine seriöse Bestimmung ist erst nach näherer Untersuchung im Institut möglich. Dort verfügen wir über ein nötiges Labor und Instrumente. Was ich aber schon jetzt bestimmen kann, ist zumindest die Todesursache. Dem Kind wurde in den Rücken geschossen. Ich habe das Geschoss herausgeholt. Hier ist es. Was zuvor mit ihm geschah, werde ich erst in Essen sagen können. Ich will nicht hoffen, dass er missbraucht und anschließend entsorgt wurde. Was mich stutzig macht, ist die Tatsache, dass die Einschusswunde tatsächlich im Rücken liegt. Wer macht denn so was?«

Spiekermann nahm das seltsame Geschoss an sich und betrachtete es von allen Seiten.

»Ich will mich da nicht zu hundert Prozent festlegen, aber ich würde sagen, dass ich einen Bolzen in der Hand halte, der von einer Armbrust abgefeuert wurde. Das ist wirklich seltsam. Damit schießt doch heute kaum noch einer auf Wild.«

Das Gerücht, dass im Gerolsteiner Wald etliche Kinderleichen gefunden wurden, machte recht schnell die Runde und verschreckte die umliegend wohnende Bevölkerung. Die Medien stürzten sich auf die Geschehnisse und verbreiteten die schlimmsten Horrorszenarien. Noch in der Abendausgabe der Boulevardpresse erschienen Bilder der in der Nähe liegenden Jagdhütte.

Open Seasons im Horrorwald war die Titelzeile eines Blattes. Die Jagdhütte wurde abgebildet und als Treffpunkt perverser Kindermörder dargestellt. Der Leichentransport nach Essen konnte indes absolut unauffällig durchgeführt werden. Schiller und sein Assistent Maaßen sahen stressigen Tagen entgegen.

29

Spiekermann spürte sofort beim Eintreten, dass die Stimmung an diesem Morgen auf dem Tiefpunkt angelangt war und mit Liebig kaum ein Wort gewechselt werden konnte, das nicht von Emotionen geprägt war. Seinen Bericht hörte er sich mit unbewegtem Gesicht an. Erst als sein Stellvertreter erwähnte, dass es sich bei der obersten Lage um einen Fund von nur drei Leichen handelte, wurde er aufmerksamer.

»Was meint Schiller dazu?«

»Dazu hat er sich nicht geäußert. Mich machte es auch stutzig, dass da erst vor kurzer Zeit jemand gebuddelt hat. Entweder war es der Mörder selbst oder jemand, der genau wusste, was da passiert ist«, stellte Spiekermann fest. »Hat da etwa jemand eine Leiche geklaut? Wenn ja, warum?«

»Soll ich Ihnen sagen, was ich glaube, Spiekermann? Da ist eine große Sauerei passiert. Ich meine in dieser Jagdhütte. Die Pressefuzzis liegen wohl verdammt richtig. Da hat sich meiner Meinung nach regelmäßig eine Gruppe abartig veranlagter Kerle getroffen und die perversen Leidenschaften ausgelebt. Diese Typen, ich spreche von dem ermordeten Reinhold und dem Scheißrussen Fedor, haben denen die Kinder besorgt. Wenn die ihren Trieb ausgelebt haben, kam sicherlich Teil zwei der Veranstaltung. Haben Sie jemals von dem Film *Open Seasons – Jagdzeit* gehört. Da spielte, wenn ich mich richtig erinnere, dieser Peter Fonda mit. Die haben sich auch Menschen zur Hütte bestellt, nur um sie anschließend in der Wildnis zu jagen. Eine perverse Belustigung für reiche Säcke. Und jetzt erklärt sich auch das Foto. Da hat wohl jemand von gewusst und alle Beteiligten ausgelöscht. Ich befürchte, dass derjenige nun in einen Racherausch gekommen ist und sich an alle möglichen Gesetzesvertreter heranmacht, sie quasi pauschal für etwas bestrafen möchte, was man einem Kind angetan hat. Ob es sein Kind war oder auch nur eine Verwandte – das werden wir erst erfahren, wenn wir wissen, wer in dem vierten Sack lag. Ich habe mich darüber mit Dr. Afarid unterhalten. Der stimmt mir zu.«

Lange betrachtete Spiekermann seinen Chef, bevor dieser darauf aufmerksam wurde.

»Was? Warum starren Sie mich so an?«

Spiekermann nahm all seinen Mut zusammen.

»Chef, wir reden hier über die toten Kinder, was schlimm genug ist. Lassen Sie uns doch über die Lebenden sprechen. Mit keinem Wort habe ich bisher von Ihnen erfahren können, was mit Rita ist. Wollen Sie es totschweigen? Haben Sie, gerade Sie, das Mädel bereits aufgegeben? Ich jedenfalls werde das niemals – nicht bevor ich Gewissheit habe.«

Er fiel fast vom Stuhl, als die Faust des Hauptkommissars auf die Tischplatte donnerte. Alle in den Nachbarbüros sprangen von ihren Sitzen, als die donnernde Stimme des Dezernatleiters erschallte, dessen Faust sich um den Arm des Kollegen gelegt hatte.

»Unterstellen Sie mir niemals wieder, dass mir das Leben eines Mitarbeiters egal ist. Niemals wieder – haben Sie mich verstanden? Ich bekomme kein Auge mehr zu, seit sie verschwunden ist. Ich kann kaum noch atmen, wenn ich daran denke, was dieses Tier vielleicht mit ihr angestellt haben könnte. Das ist die Hölle. Und jetzt kommen Sie und unterstellen mir, dass mir das am Arsch vorbei geht. Oh Gott, wenn Sie wüssten, was in mir vorgeht.«

Als hätte jemand den Stecker gezogen, sackte dieser große Mann in sich zusammen und verbarg sein Gesicht in der Armbeuge, die er auf der Tischplatte abstützte. Spiekermann wusste in diesem Augenblick nicht, wie er sich verhalten sollte. Er stand auf und wollte sich aus dem Raum bewegen, als ihn die Stimme Liebigs aufhielt.

»Spiekermann, setzen Sie sich wieder – bitte. Es tut mir leid, dass ich ... ich meine, dass ich das gesagt habe. Ich weiß doch, wie Sie das gemeint haben und dass Sie Angst um Rita haben. Es geht ihr bestimmt gut. Er hat sie bestimmt nur entführt und bisher nicht angerührt. Er will etwas damit erreichen, da bin ich mir sicher. Wenn er Rita getötet hätte, wüssten wir es längst. Seine Morde hat er bisher immer spektakulär in Szene gesetzt. Rita lebt. Sie muss leben. Das ist sie mir auch verdammt schuldig – jetzt, wo ich sie ...«

An dieser Stelle brach er ab, da er die Hand seines Stellvertreters auf seiner spürte. Seine Worte trieben dem harten Soko-Leiter das Wasser in die Augen.

»Wir wissen das doch, Chef. Alle hier werden bei der Suche das Letzte geben und nicht eher ruhen, bis wir sie lebend wiedergefunden haben. Rita gehört ins Team und wird uns nicht im Stich lassen. Übrigens – haben die Auswertungen der Webcams was Brauchbares geliefert? Ist der Mini irgendwo aufgetaucht?«

Liebig fuhr sich nur kurz über die Augen und weckte seine verbliebenen Lebensgeister.

»In einer sehr kurzen Sequenz konnten wir einen Mini in der Nähe der Wickenburg ausmachen, wobei die Farbe durch die Nachtaufnahme nicht zweifelsfrei festzumachen ist. Es war ein heller Wagen, in dem zwei Personen saßen. Wir konnten weder Nummernschild noch die Gesichter klar erkennen. Auch die Fahndung verlief bisher ins Leere. Der Mann muss ein Phantom aus einer anderen Welt sein. Bisher haben wir doch noch jeden gekriegt. Der ist bestimmt der Satan persönlich.«

Ununterbrochen vervollständigte sich die Liste der DNA aller gefundenen Kinderleichen, sodass sie mit der DNA der vermissten Kinder abgeglichen werden konnte. Bis auf drei Fälle konnten alle abgeschlossen werden. Die Soko arbeitete sich ohne Unterlass durch die Familiengeschichten der Betroffenen und sortierte immer wieder klare Fälle aus. Für alle Ermittler stand zweifelsfrei fest, dass sie die Lösung des Falles bei den drei Jugendlichen finden würden, deren Körper sie bisher nicht gefunden hatten. Die Frage kam dennoch auf, ob es vielleicht einen zweiten Bestattungsort im Wald gab oder die Kinder einfach nur von zu Hause ausgebüxt waren und nicht gefunden werden wollten. Unerwartete Hilfe kam aus einer Ecke, mit der keiner von ihnen im Traum gerechnet hatte. Der Anruf sorgte für allgemeinen Tumult im Dezernat.

Aufgeregt zeigte Reinder, der den Anruf entgegennahm, auf den Apparat von Liebig, der sofort verstand und den Empfangs- und gleichzeitig den Lauthörenknopf drückte.

»Hauptkommissar Liebig, mit wem spreche ich?«

»Sie sprechen mit Sigmar Reisig. Ich habe gerade die Zeitung vor mir und lese den Artikel über die verschwundenen, ermordeten Kinder. Vielleicht kann ich Ihnen dabei helfen, dass diese Scheiße mit dem Morden endlich aufhört.«

Diese Bassstimme war allen Zuhörern im Büro nur zu gut bekannt. Keiner bewegte auch nur ein Glied. Alle Blicke richteten sich auf Liebig, der in diesem Augenblick erstaunlich ruhig wirkte. Bei ihm machte sich nun die Abgeklärtheit einer langen beruflichen Erfahrung bemerkbar. Längst lief die Rückwärtssuche, nachdem man die Telefonnummer im Display erkannt hatte. Liebig dehnte das Gespräch bewusst lange aus.

»Und wie glauben Sie uns helfen zu können? Sie haben meine volle Aufmerksamkeit, Herr Reisig. Kinder zu töten ist ja nun wirklich unmenschlich und zeugt von einer Niedertracht, die uns Polizisten besonders wütend macht. Erzählen Sie, ich bin ganz Ohr.«

Eine erstaunlich lange Pause entstand am anderen Ende, was bei den Zuhörern schon den Verdacht aufkommen ließ, der Anrufer hätte wieder aufgelegt. Plötzlich war sie wieder da, diese tiefe Stimme. Immer enger zog sich die Anzeige auf dem Display von Reinder, der verfolgte, wo sich der Anrufer letztendlich befand. In dem Augenblick, als der Mann wieder zu sprechen begann, warf Reinder still jubelnd die Hand hoch. Sie hatten ihn. Mit wenigen Schritten sprintete er ins Nachbarzimmer und wählte die Nummer des SEK. Der Showdown konnte beginnen.

»Wir müssen die Dinge getrennt betrachten, Herr Hauptkommissar. Da sind einmal die toten Kinder und auf der anderen Seite die getöteten Polizisten. Damit muss jetzt Schluss sein. Das kann ich nicht länger geschehen lassen. Schluss damit. Können wir uns treffen, damit ich Ihnen alles erzählen kann? Ich will so nicht weiterleben müssen, denn irgendwie fühle ich mich mitverantwortlich.«

Immer noch verstand es Liebig, seine Überraschung zu verbergen, was auf den Rest der Mannschaft nicht unbedingt zutraf. Niemand verstand diese Aktion des Killers. Erste Mutmaßungen wurden angestellt, dass er versuchen könnte, Liebig in eine Falle zu locken. Das Erstaunen vergrößerte sich noch, als der Anrufer genau die Adresse benannte, die groß auf Reinders Display blinkte.

»Das ist ein Vorschlag, Herr Reisig, mit dem ich leben kann. Macht es Ihnen etwas aus, wenn ich einen Kollegen mitbringe … so quasi als Zeugen für Ihre Aussage? Die Adresse kenne ich und wäre in spätestens zwanzig Minuten bei Ihnen. Machen wir das so?«

Nach einem knappen *Okay* klickte es nur kurz in der Leitung, bevor sie wieder tot war.

Peter Liebig stellte den Passat am Anfang der relativ unbelebten Straße ab, um in den Mannschaftswagen des SEK zu klettern. Am Leitstand fand er Kindermann, einen sehr erfahrenen Leiter dieser Einheit.

»Hör zu, Kindermann. Ich gehe mit Reinder rein. Ihr haltet euch im Hintergrund und greift erst ein, wenn ich euch das Zeichen dazu gebe. Mein Telefon bleibt eingeschaltet, sodass ihr jedes Wort mithören könnt, das wir in der Wohnung sprechen.«

»Das ist gefährlich, Liebig, da rate ich von ab. Wir können rein und das Schwein festnehmen, ohne dass jemand von euch gefährdet wird«, warf Kindermann ein.

»Das weiß ich doch auch. Aber wir dürfen nicht vergessen, dass in der Wohnung eine Geisel gefangen gehalten werden könnte. Eine Kollegin. Auf keinen Fall dürfen wir die Geisel gefährden. Deshalb sondiere ich erst alleine die Lage, bevor ihr zum Einsatz kommt. Wenn es da drin zum Schusswechsel kommt, erscheint ihr selbstverständlich ohne weitere Aufforderung. Haben wir uns verstanden. Keine Gefährdung der Geisel. Ich werde jetzt vorfahren und sehen, was da abgeht. Wir sehen uns später.«

Als Reinder und Liebig vor dem Mehrfamilienhaus ausstiegen, bemerkten sie mit geschultem Auge sofort die wartenden Gestalten, die nur auf den Einsatzbefehl warteten. Reinder fluchte leise, als er auf Grund der Klingelanlage erkennen musste, dass sich die Wohnung im zweiten Stock befinden musste. Leise gab er das an Kindermann weiter. Der Türsummer wurde schon nach dem ersten Klingeln betätigt, so als hätte der Mann schon neben der Wohnungstür gewartet. Liebig atmete noch ein letztes Mal durch und trat in den dunklen Flur. Hinter ihm betrat Reinder das Haus, der seinen Kugelschreiber zwischen den Türspalt klemmte, damit die SEK-Beamten nachrücken konnten. Mehrfach versuchte Peter Liebig, den Lichtschalter zu betätigen, was lediglich dazu führte, dass in der vierten Zwischenetage eine Lampe ihr trübes Licht verbreitete. Sie arbeiteten sich die

Stufen hoch, vorbei an graffitiverschmierten Hauswänden, bis sie endlich den großen Schatten in der Türöffnung erkannten. Beide Beamte hatten längst ihre Waffen durchgeladen und entsichert. Die Hände lagen auf dem Griff, bereit, jederzeit die tödliche Waffe auf den Feind zu richten.

»Sie sind ja überpünktlich. Kommen Sie rein in mein bescheidenes Zuhause. Ich gehe mal vor.«

Die Szene wirkte auf die beiden Männer absolut unwirklich, da sie sich auf gänzlich andere Umstände eingerichtet hatten. Immer wieder richteten sie ihren Blick in die Räume, an denen sie vorbeikamen und eine offene Tür vorfanden. Nichts wies derzeit darauf hin, dass sich eine weitere Person in der Wohnung befand. Sie erschraken lediglich, als eine Katze die Diele durchquerte, kurz bevor sie das Wohnzimmer erreichten. Der Geruch von Kohlessen lag immer noch in der Luft, das sich mit dem billigen Tabakrauch einer Pfeife vermischte. Nun im Licht der Deckenstrahler konnten sie erkennen, dass sie einem großgewachsenen und breitschultrigen Mann mittleren Alters gegenüberstanden, der ihnen scheinbar unbewaffnet einen Platz auf der durchgesessenen Ledercouch anbot. Ein Blick über die Einrichtung genügte, um zu erkennen, dass der Mann kein großes Einkommen sein Eigen nennen konnte. Das im *Gelsenkirchener Barock* eingerichtete Wohnzimmer ließ keine andere Einschätzung zu. In gespannter Aufmerksamkeit nahmen sie Platz und warteten ab, was dieser Dreckskerl geplant hatte. Sie mussten nicht lange auf eine Erklärung warten.

»Ich sagte ja schon, dass dieses sinnlose Töten endlich ein Ende haben muss. Jetzt trifft es Menschen, die an der Sache keine Schuld tragen. Dafür hat er aber den Blick verloren und gerät außer Kontrolle.«

Etwas in dieser Aussage ließ die beiden Kommissare aufhorchen. Die folgende Frage Reinders sorgte sogar für ein kurzes Auflachen ihres Gastgebers.

»Sie sprachen davon, dass ER den Blick für etwas verloren hätte. Sie sprachen von ER. Wer soll das sein? Kennen Sie den Täter?«

Das Lachen verstärkte sich noch, was bei Liebig für eine heftige Reaktion sorgte. Wieder einmal donnerte seine Faust auf die Fliesen, die in dem Holztisch eingelassen worden waren. Eine von ihnen quittierte das mit einem feinen Riss. Das Lachen ihres Gastgebers fror ein, als er die Stimme von Liebig hörte.

»Was finden Sie so lustig an der Sache? Sagen Sie es mir. Sind noch nicht genug Unschuldige gestorben? Was soll diese dämliche Geschichte mit dem Unbekannten, der all diese Schandtaten begeht? Reden Sie endlich Klartext, sonst werden Sie ...«

Reinders Hand hielt ihn zurück, bevor sich Liebig endgültig auf den Fremden warf. Sigmar Reisig war nur wenige Zentimeter zurückgewichen, stand jedoch wieder mit energischem Gesichtsausdruck vor den Kripoleuten.

»Ich will Ihnen helfen, Sie Arschloch. Haben Sie das immer noch nicht kapiert? Ich bin nicht der, den Sie suchen. Aber nur mit meiner Hilfe werden Sie in der Lage sein, meinen Bruder zu stoppen. Das ist Fakt, Sie benehmen sich wie ein jähzorniges Kind.«

30

Es passierte selten genug, aber Liebig war sprachlos. Erst nach Sekunden des Begreifens entspannte er sich und nahm die Hand von der Waffe. Auf alles war er vorbereitet, doch nicht auf dieses. Reinder, der die Neuigkeit erstaunlicherweise schneller verarbeitete, lehnte sich wieder zurück und zog den Kollegen mit.

»Das müssen Sie uns erklären, Herr Reisig. Waren Sie das nicht, der uns noch vor Tagen im Präsidium anrief? Warum wollen Sie Ihren Bruder plötzlich stoppen? Sie werden verstehen, dass bei uns ziemlich viele Fragen auf Antworten warten.«

»Klar verstehe ich das. Eine gewisse Zeit habe ich mir den Unsinn angehört, den mir Hagen auftischte. Immer wieder dieselbe Leier mit seinem angeblichen Rachefeldzug. Sie müssen wissen, dass er seit dem Unglück in Afghanistan nicht mehr so ganz sauber tickt. Als er die Hand und einen Kameraden verlor, ist bei ihm da oben was ausgerastet. Dass der aber seine Fantasien wahr machte, konnte ich nicht ahnen. Man erzählt oft Sachen, die ...«

An dieser Stelle unterbrach Liebig und beugte sich vor.

»Jetzt mal der Reihe nach, guter Mann. Vorausgesetzt, es gibt diesen ominösen Bruder wirklich, stellt sich mir die

Frage, warum Sie erst jetzt das schlechte Gewissen aufrüttelt. Dieser Hagen mordet schon seit Jahren – und Sie sitzen hier in Ihren heimeligen vier Wänden und schauen zu. Das glaube ich einfach nicht. Sie haben sich soeben mindestens zum Mitwisser, wenn nicht sogar zum Komplizen erklärt.«

Sigmar Reisig sprang auf und schob seinen Sessel dadurch so weit zurück, dass er polternd gegen den Schrank krachte. Gleichzeitig war Liebig ebenfalls aufgesprungen, sodass sich die beiden Kampfhähne Auge in Auge gegenüberstanden, nur vom Tisch getrennt. Reinder, der jeden Moment mit einer körperlichen Auseinandersetzung rechnete, riss Liebig zurück und hielt Sigmar Reisig auf Abstand.

»Halt, Leute, so geht das nicht. Lasst uns für eine Zeit lang das Kriegsbeil begraben. Es geht hier nicht um das eigene Ego, sondern um das Leben von Unschuldigen. Verdammt, setzt euch endlich wieder hin!«.

Die Luft im Raum knisterte förmlich, als sich die beiden Männer wieder setzten. Ihre hasserfüllten Blicke ließen wenig Hoffnung zu, dass hier eine lange Männerfreundschaft entstehen könnte. Liebig schüttelte energisch Reinders beruhigende Hand ab.

»Glaubst du diesem Kerl tatsächlich, dass er von alledem nichts wusste? Der lügt doch wie gedruckt. Und wer sagt dir, dass er diesen Bruder nicht doch erfunden hat?«

Reinder war anzumerken, dass ihm das Trotzige im Benehmen seines Kollegen nicht behagte. Er vermisste die Professionalität, die gerade jetzt gefordert war. Ohne auf die Bemerkung Liebigs einzugehen, richtete er die nächste Frage an Reisig.

»So ganz kann ich mich der Argumentation des Kollegen nicht entziehen. Aber fangen wir einmal ganz von vorne an. Wir wissen bisher, dass Ihr Bruder den Arm im Ausland verlor. Ich nehme an bei einem Einsatz der Bundeswehr. Was brachte ihn eigentlich dazu, diese Familien zu zerstören? Kannte er die irgendwoher, oder wurden die willkürlich ausgesucht?«

Scheinbar hatte sich auch Sigmar Reisig wieder halbwegs beruhigt. Er konzentrierte sich nun wieder auf die Beantwortung von Reinders Fragen. Mit seinem tiefen Bass schilderte er die Geschehnisse.

»Ich habe noch nicht erwähnt, dass wir nach dem Unfalltod unserer Eltern in einem Heim aufwuchsen, zusammen mit unserer kleinen Schwester Leonie. Als Hagen zwanzig wurde, verpflichtete er sich als Berufssoldat in eine Spezialeinheit. Dabei erlebte er die verschiedensten Auslandseinsätze, wobei er unter anderem im Kosovo und in Afghanistan eingesetzt wurde. Leonie war gerade einmal zwölf, als sie aus dem Heim ausbüxte und auf der Straße lebte. Ich, das heißt, wir haben sie völlig aus den Augen verloren, bis ... ja, bis sie uns von diesem Reinhold schrieb, der so toll war und für sie sorgte. Die war total verliebt in den Sack. Irgendwie geschah das alles gleichzeitig. Hagen kam verletzt und ohne seine rechte Hand zurück nach Deutschland, als ich gerade diesen Reinhold kennenlernte. Das war ein verfickter Zuhälter. Als ich das Leonie erklären wollte, ist die bald ausgerastet und abgehauen. Habe wochenlang nichts mehr von ihr gehört. Ich musste mich ja auch um Hagen kümmern den der Verlust seiner Hand und die Erlebnisse in dem beschissenen Afghanistan total verändert hatten. Der tickte nicht mehr richtig und zog sich Drogen rein.«

Peter Liebig kämpfte mit seiner Haltung, ihm dauerte das Gespräch schon viel zu lange.

»Und was hat dieses Geschwafel mit den Morden zu tun? Können wir langsam auf den Punkt kommen? Ich erinnere ungern daran, aber irgendein Schwein hält noch unsere Kollegin gefangen. Also?«

Reinder beobachtete Sigmar Reisig sehr gut und sah mit Sorge, wie sich seine mächtigen Fäuste wieder ballten. Er versuchte, dem Gespräch die Explosivität zu nehmen, indem er Liebig das Wasserglas reichte, das der wieder unbenutzt auf den Tisch knallte. Liebig war an der Grenze des Erträglichen angekommen. Gefährlich leise kamen seine Worte: »Wo ist dieses Schwein? Wo hält er Frau Momsen gefangen? Sagen Sie es hier und jetzt, sonst sitzen Sie in spätestens zwanzig Minuten vor dem Untersuchungsrichter. Man wartet schon gespannt auf denjenigen, der die Kollegen abschlachtet.«

»Ich habe damit nichts zu tun, verdammt. Vergessen Sie nicht, was diese Bullen mit Leonie gemacht haben«, schrie Sigmar Reisig verzweifelt.

Jetzt war Reinder hellwach und schrie zurück: »Dann kotzen Sie es doch endlich aus. Was ist passiert?«

Als hätte jemand den Schalter umgelegt, so verändert präsentierte sich dieser Riesenkerl. Seine Stimme klang fast weinerlich, als er das aussprach, was die beiden Kripoleute doch ein wenig erschütterte.

»Diese Scheißkerle, diese vier Bestien, haben unsere Schwester gekauft und in diese verdammte Jagdhütte schleppen lassen. Kein einziges Kind, das dort einmal landete, kam jemals zurück. Keines! Wir erfuhren viel zu spät davon und konnten Leonie nicht mehr da rausholen. Hagen war nicht mehr zu halten und ist wie Rambo durch diese Drecksbande gefegt. Wir, das heißt, Hagen, haben nur von diesem Russen erfahren, dass Leonie dort in Gerolstein gequält wurde und ...« Erst nach einer Pause fuhr er fort. »... und dass einer dieser reichen Monster Teile von ihr gefressen haben soll. Da war Hagen nicht mehr zu halten. Was dann passierte, wissen Sie ja. Als er drei Familien ausgelöscht hatte, suchte er lange nach dem Hauptschuldigen, diesem Dr. Ludwig. Erst jetzt scheint er ihn gefunden zu haben. Doch schlimm war, dass er in seinem Racherausch das Ziel aus den Augen verlor und sich plötzlich an allen rächen wollte, die irgendwie nach Gesetzeshüter rochen.«

Keiner im Raum sprach ein Wort. Nur das heftige Atmen Sigmar Reisigs war zu hören. Als Reisigs Katze um Liebigs Beine streifte, schrak dieser hoch und beförderte das Tier mit einem Tritt unter den Tisch. Mit einem empörten Fauchen verschwand sie wieder in einem anderen Raum.

»Wo finde ich Ihren Bruder jetzt? Den Rest der Geschichte können Sie uns erzählen, wenn wir Sie wieder aus der Zelle holen lassen. Ich gebe Ihnen fünf Sekunden, dann wird das SEK hier sein und Sie an den Haaren ins Gefängnis schleifen. Also? Ich höre. Eins, zwei ...«

»Ich würde mich an Ihrer Stelle beeilen«, schaltete sich Reinder dazwischen. »Ich kenne meinen Kollegen. Der spaßt nicht. Raus mit der Sprache. Wir müssen die Kollegin finden, bevor Ihr Bruder etwas tut, was er sicher bitter bereuen wird.«

187

Reisig hob abwehrend die Hände, als Liebig aufstand und vier sagte.

»Ist ja gut, ist ja gut, ich sage es euch. Aber es ist besser, wenn ich euch hinführe. Das findet man nicht so leicht.«

»Dann beweg ganz schnell deinen Arsch und komm mit«, schnauzte ihn Peter Liebig an, während er um den Tisch herumstampfte und Reisig am Arm mit sich zog. Im Hausflur trafen sie auf die wartenden SEK-Leute, die sich, nachdem alle das Haus verlassen hatten, auf die Fahrzeuge verteilten. Ein Polizeikonvoi bahnte sich mit eingeschaltetem Martinshorn den Weg durch die Stadt, Richtung Haarzopf. Schon weit vor der Stadtteilgrenze schalteten die Männer die Sirenen aus und näherten sich dem Ziel absolut unauffällig. Keiner von ihnen wollte sich vorstellen, was sie in diesem Haus erwarten könnte. Die Gegend rund um das in der Dämmerung liegende Haus wurde komplett abgeriegelt.

31

»Sie bleiben im Wagen bei dem Kollegen. Und ich rate Ihnen, ganz ruhig zu sein, da sämtliche Einsatzkräfte über die Taten Ihres Bruders im Bilde sind. Ein Fluchtversuch könnte zu unromantischen Reaktionen bei den Kollegen führen. Also die Füße schön ruhig halten, während wir Ihrem netten Herrn Bruder einen Besuch abstatten.«

Reinder konnte seine Erregung kaum beherrschen, als er Sigmar Reisig instruierte. Aus den Augenwinkeln beobachtete er, wie sich Liebig mit dem Einsatzleiter Kindermann absprach. Hinter jedem kleinen Strauch konnte das geschulte Auge die Bewegung von Männern erkennen, die darauf brannten, endlich den Mörder ihrer Kollegen und deren Familienmitglieder unschädlich machen zu können – tot oder lebendig. Das hatte sich bereits rumgesprochen. Für alle irritierend war die Tatsache, dass jetzt um kurz vor acht kein Licht brannte, mit Ausnahme einer schwachen Leuchte seitlich am Anbau. Alles, was jetzt an Befehlen erteilt wurde, erfolgte im Flüsterton oder mit klaren Handzeichen. Diese Spezialeinheit war dermaßen trainiert, dass es kaum einer weiteren Anweisung bedurfte. Nur dunkle Schatten huschten durch Büsche und Gras, ohne Geräusche zu verursachen.

Liebig und Reinder arbeiteten sich von der Seite an das Haus heran, da sie bemerkt hatten, dass die Fenster zu dieser Seite verhängt waren. Als sie an der Stirnseite ankamen und sich an der Mauer abstützten, legte Reinder einen Finger quer unter die Nase, um auf den penetranten Gestank aufmerksam zu machen, der von der Rückseite des Hauses heranzog.

»Sickergrube – das ist eine Sickergrube. Der ist hier noch nicht an das allgemeine Abwassernetz angeschlossen«, flüsterte ihm Liebig ins Ohr.

»Das stinkt ja ekelerregend. Wie kann man so wohnen?«, konnte sich Reinder nicht verkneifen, folgte jedoch dem Kollegen bis zur vorderen Hausecke. Ein Blick zeigte dem Hauptkommissar, dass sich dort bereits drei schwarze Gestalten eingefunden hatten, die auf den Einsatzbefehl warteten. Die Ramme war auf das Schloss gerichtet, bereit, jederzeit die Tür gewaltsam zu öffnen. Liebig hielt die P6 fest umklammert. Er hing an dieser Dienstwaffe, obwohl die meisten seiner Kollegen auf die P99 umgerüstet worden waren. Kindermann verstand den fragenden Blick Liebigs richtig, der wissen wollte, ob im Haus Geräusche wahrgenommen wurden. Ein Kopfschütteln schaffte Klarheit.

Das Splittern des Türholzes erzeugte einen Höllenlärm, der sogar etliche Vögel in den Wiesen und Bäumen aufscheuchte, die sich ringsherum bereits zur Ruhe begeben hatten. Katzengleich verschwanden die Männer in dem kleinen Vorraum, in dem eine Tür zum Erdgeschoss zu sehen war, aber auch der Treppenaufgang zum oberen Geschoss. Ein Fingerzeig von Kindermann teilte die Männer auf. Reinder schloss sich den hinaufstürmenden Gestalten an, um auch dort auf eine unverschlossene Tür zu treffen. Mann für Mann huschte in die dahinter auftauchende Diele. Die auf die Maschinenpistolen aufgesetzten Lampen der SEK-Leute suchten im Dunkel der Räume nach dem Zielobjekt. Ein Polizist nach dem anderen erklärte seinen Raum als sauber. Sie begannen damit, die Ecken dieser an eine Messie-Wohnung erinnernden Behausung zu durchsuchen. Enttäuscht versammelten sie sich wieder in der Diele und machten sich auf den Weg nach unten.

Diese Etage bestand lediglich aus einer großen Wohnküche, dessen Mobiliar höchstwahrscheinlich aus dem Sperrmüll zusammengestellt worden war. Das angrenzende Schlafzimmer enthielt weiter nichts als ein schmales Bett, das mit einem sauberen Laken bezogen einen halbwegs wohnlichen Eindruck vermittelte. Im Schein der Taschenlampe war ein viertüriger Kleiderschrank erkennbar, in den vorsichtig hineingeleuchtet wurde. Als selbst unter dem Bett kein Hagen Reisig auftauchte, verbreitete sich tiefe Enttäuschung unter den Männern. Der Vogel war ausgeflogen. Peter Liebig überwand seinen Ekel und setzte sich auf den Küchenstuhl, von dem er zuvor die Reste eines Brotkanten entfernt hatte. Als er aus dem Fenster blickte, fiel sein Blick auf die abseits stehende Garage. Wie elektrisiert fuhr er hoch. Kindermann, der den Hauptkommissar besorgt beobachtet hatte, schaltete ebenfalls sofort.

»Die Garage aufbrechen! Männer!«

Es dauerte nur wenige Minuten, bis die Männer vor dem verbogenen Metall standen und der Mini Cooper dahinter sichtbar wurde. Niemand von ihnen konnte in diesem Augenblick sagen, ob es Erleichterung war, was sie alle verspürten. Klar war nur, dass sie die ersten Hinweise erhielten, dass ihre Kollegin hier gefangen gehalten wurde. Doch wo befand sie sich genau in diesem Augenblick? Als hätte man Liebig unter Strom gesetzt, so schnell sprang er wieder ins Haus, wobei er laut schrie: »Mitkommen. Die Ramme will ich hier haben!«

Kindermann war der Erste, der Peter Liebig vor einer Metalltür stehen sah, an deren Griff er heftig zerrte. Zwei Männer des SEK drängten ihn zur Seite und holten aus. Erst beim zweiten Versuch sprang die Metalltür mit einem gewaltigen Krach nach innen auf und gab den Blick in eine absolute Finsternis frei. Den beiden Männern, die die zwei Stufen hinunter in das stallartige Nebengebäude gesprungen waren, schlug ein bestialischer Geruch entgegen, den sie nicht im Mindesten einordnen konnten. Wie glühende Finger huschten die Strahlen ihrer Lampen durch einen Raum, der eingesäumt von Regalen in der Mitte einen langen Tisch aufwies. Hinter einem Verschlag tat sich ein weiterer Raum auf, der dem Anschein nach irgendwann einmal als Schweinestall gedient haben mochte. Exkremente, die den Boden bedeckten, unterstrichen diese Annahme eindeutig.

Reinder fand mehr durch Zufall einen Lichtschalter. Das Grauen des Raumes eröffnete sich nun den Männern, die geschockt die Blicke über die Glasbehälter gleiten ließen, deren Inhalte bei einem der Männer sogar einen Würgereiz hervorrief. Sein Erbrochenes vermischte sich mit den alten Fäkalien im ehemaligen Schweinestall. Entsetzt schritt Liebig die Reihen der Gläser ab und blieb vor einem Regal stehen. Als er sich nicht weiter rührte, gesellten sich Reinder und Kindermann zu ihm. Seine Worte klangen kratzig.

»Seht ihr, was ich sehe? Das sind die neuesten Trophäen, die er den Frauen entnommen hat. Seht ihr die Zettel mit den Namen? Dieses verdammte Schwein hat genau Buch geführt, wem er den Uterus herausgeschnitten oder herausgerissen hat. Oh Gott, was hast du dir dabei gedacht, als du ein solches Monster geschaffen hast?«

Es war Kindermann, der ihm antwortete.

»Es war nicht Gott, Liebig, der das erschuf. Das war der Satan persönlich. Aber bei all dem Leid, was wir hier zu sehen bekommen, gibt es etwas Gutes. Siehst du irgendwo einen Zettel, auf dem der Name Momsen steht?«

Mit einem befreienden Seufzer, der wohl seine Erleichterung, seine Erkenntnis ausdrücken sollte, warf sich Liebig gegen das Regal und lehnte seine Stirn gegen einen Pfosten.

»Jetzt habe ich Ihnen zum dritten Mal erklärt, dass es nicht darum geht, Ihnen eine Mittäterschaft nachzuweisen. Es geht um das Leben einer unschuldigen Frau, die sich mit größter Wahrscheinlichkeit in den Händen Ihres Bruders befindet. Sie selbst, Herr Reisig, haben Ihren Bruder als unberechenbar, als außer Kontrolle bezeichnet. Wollen Sie sich die Mitschuld an dem Tod von Frau Momsen aufhalsen?«

Fast mitleiderregend weinerlich beschrieb dieser große Mann sein Unwissen in dem engen Fahrzeug. Als stünde Liebig kurz vor einer Explosion, so sehr trommelte er mit den Fingerspitzen auf das Lenkrad. Immer und immer wieder hatte er die Lage versucht zu schildern. Erst Reinder brachte einen neuen Gedanken ein, bei dem Liebig glaubte, dass der Kollege verrückt sei.

»Wir haben vorhin in Ihrer Wohnung an einem Punkt abgebrochen, als Sie von Ihrer kleinen Schwester sprachen. Sie sagten, dass Sie und Ihr Bruder damals zu spät kamen und einer der vier Männer sich an ihr vergangen hatte. Aus den Berichten von der Jagdhütte konnten wir entnehmen, dass ein Opfer nicht gefunden wurde, das möglicherweise Ihre Schwester sein könnte. Was ist mit ihr geschehen? Wieso erfuhren Sie eigentlich von den Verletzungen, die sie erlitten hat?«

Reisigs Gesicht hellte sich merklich auf, da er einen Ausweg aus dieser verfahrenen Situation erkannte.

»Ich dachte, dass ich es bereits erwähnt hatte. Hagen kam eines Abends auf die Idee, als wir die Hintergründe von Fedor erfuhren, die Kleine aus dem Massengrab rauszuholen. Er hat Leonie tatsächlich gefunden und mitgebracht.«

Jetzt drehte sich auch Liebig um und betrachtete den Mann ungläubig.

»Er hat sie mitgebracht? Mal eben so? Der fährt mit einer Leiche in einem Müllbeutel von Gerolstein nach Essen. Und dann? Was macht man mit einer Toten, die sicherlich bestialisch stinkt?«

Jetzt war es Reisig, der den Hauptkommissar anstarrte, als hätte er einen Verrückten vor sich.

»Begraben?«, meinte er lakonisch. »Begräbt man bei Ihnen die Toten nicht angemessen? Das hat sie doch schließlich verdient, nach allem, was sie erdulden musste.«

Wieder trat bedrückende Stille im Fahrzeug ein, bis es aus Sigmar Reisig herausplatzte: »Natürlich. Dass ich darauf nicht sofort gekommen bin. Hagen wird mit dieser – wie hieß die Dame noch? – ach ja, Momsen, bestimmt zum

Friedhof gefahren sein. Heute ist Leonies Geburtstag. Er will ihr bestimmt ein Geschenk machen und diese Frau ...«

Der Schlag von Liebig kam dermaßen schnell, dass Reisig nicht ausweichen konnte. Sogar Reinder hörte das Nasenbein brechen und verfolgte den verzweifelten Versuch Reisigs, den Blutschwall aufzuhalten, der aus der Wunde austrat. Peter Liebigs Hand verkrallte sich im Nacken des Mannes und zog den Kopf ganz nah an sich heran. Seine Stimme war nur noch ein Zischen.

»Du hast nur diese eine Chance, zu verhindern, dass ich dich erschieße. Hier und jetzt. Du sagst mir auf der Stelle, wo ich dieses Grab finde. Und das ist kein Scherz. Und auch du, Reinder, wirst mich nicht daran hindern, dem Kerl das Hirn wegzuschießen. Ich will augenblicklich was von dir hören. Eins, zwei ...«

Als hätte Liebig die Waffe die ganze Zeit in Händen gehalten, richtete er den Lauf genau auf die Stirn des jetzt zitternden Reisig.

»Peter, sei vernünftig, das kannst du nicht machen. Das bringt dich selbst ins Gefängnis. Gib mir die Waffe. Wir schaffen das auch so.«

Mittlerweile waren auch die Männer des SEK auf das Gerangel im Fahrzeug der Kripo aufmerksam geworden. Mehrere Waffen zielten von außerhalb auf Liebig, den das nicht zu beeindrucken schien. Kindermann schrie immer wieder von draußen, dass er notfalls eingreifen würde, wenn Liebig nicht vernünftig sei. Das verzerrte Gesicht des Soko-leiters machte jedem, sogar Reisig klar, dass mit einer Änderung des Vorhabens bei Liebig derzeit nicht zu rechnen war. Das Zittern verstärkte sich zusehends.

»Ich warte, du dreckiger Mörder. Glaubst du wirklich, dass dir auch nur einer abnimmt, dass du mit den Hinrichtungen in Bochum nichts zu tun hattest. Du hast doch selbst erzählt, dass ihr zwei das vom Russen erfahren habt. Und dann? Hat er euch das so einfach erzählt und hat sich selbst umgebracht. Was ist jetzt? Ich kann dir sagen, dass mir meine Zukunft so was von scheißegal ist. Ich habe schon so viel verloren, da kommt es mir auf das bisschen Freiheit nicht mehr an. Aber du wirst sterben, solltest du mir nicht verraten, wo deine Schwester begraben liegt.«

Reisig wagte es nicht, eine falsche Bewegung zu machen. Sein Blick wechselte immer wieder zwischen Liebig, Reinder und den Läufen von Maschinenpistolen da draußen. Ein Blutbad war unvermeidlich, bei dem auch er verletzt werden könnte. Der Geruch von warmem Urin erfüllte plötzlich den Innenraum, bevor Reisig schluchzend damit begann, Worte zu formen.

»Ich verstehe dich nicht, du dreckiges Stück Scheiße. Welche Feldnummer war das?«, fluchte Liebig.

Die Antwort verstand selbst der in dritter Reihe stehende Beamte draußen: »Vierhundertzwölf ... es ist vierhundertzwölf, erste Reihe. Ich will hier raus. Holt mich endlich hier raus. Der Kerl ist ja wahnsinnig und ich muss in ein Krankenhaus.«

Liebig riss erst die Fahrertür, dann die hintere Tür auf und zerrte den heulenden Mann wie einen Sack vom Sitz. An Kindermann gerichtet wies er an: »Dieses Stück Dreck sofort zur Erstversorgung ins Krankenhaus. Du bist mir persönlich dafür verantwortlich, dass der bewacht wird. Das Schwein soll für seine Taten büßen. Und jetzt weg da, ich habe noch was zu erledigen! Ich will übrigens Posten rund um den gesamten Südwestfriedhof. Dieses Monster darf uns auch nicht durch die kleinste Lücke im Zaun entwischen. Komm mit, Reinder!«

32

– Stunden zuvor –

Rita versuchte, sich aus dem harten Griff des Mannes zu befreien, schrie jedoch auf, als dieser sie brutal durch die Stahltür drängte, die sich an der kurzen Stirnwand der Wohnküche befand. Beim flüchtigen Betrachten des Zimmers war ihr diese Tür gar nicht aufgefallen, da sie geschickt mit Tapete überdeckt war. Ihr blieb in der Dunkelheit kaum die Gelegenheit, sich die Räumlichkeiten des Hauses zu merken. Was sich ihr besonders einprägte, war dieser Geruchsmix aus Essensdunst, Schweiß, Tierdung und Chemie. Das verstärkte sich noch bis zur Unerträglichkeit, als sie über zwei hinunterführende Stufen in einen Raum stolperte, der kurz darauf von einer schwachen Deckenlampe erhellt wurde. Sie wich zurück und wurde von ihrem Peiniger weitergestoßen.

»Willkommen in meiner Welt, schöne Frau. Was hast du dir vorgestellt? Das Hilton? Ich gebe zu, dass ich vorher hätte aufräumen sollen, doch mir Damenbesuch ins Haus zu holen, kam mir spontan in den Sinn.«

Immer wieder starrte Rita angsterfüllt auf den Tisch in der Mitte, auf dem dunkle Flecken die Vermutung zuließen, dass es sich um eingetrocknetes Blut handeln könnte. Die separat auf einem Beistelltisch liegenden Instrumente jagten ihr Schauer über den Rücken, verstärkten sogar die Annahme.

Sollte ihr Leben derart unwürdig enden? Das konnte es doch noch nicht gewesen sein. Sie war noch so jung und hatte nichts von der Welt gesehen.

Es war in dem Augenblick keine von ihr kontrollierte Aktion, kam mehr aus einem Selbsterhaltungstrieb heraus. Sie wirbelte herum und schlug ihre rechte Faust mit aller Kraft auf den Solarplexus des Mannes, der sie um fast einen gesamten Kopf überragte. Ihre Augen weiteten sich ungläubig, als sie in das bärtige Gesicht sehen musste, das lediglich ein mitleidiges Lächeln zeigte. Die Antwort des Mannes überraschte Rita noch mehr. Seine Hand legte sich auf ihre Schulter, wobei der Daumen einen bestimmten Punkt neben dem Schlüsselbein suchte, auf den er schließlich drückte. Augenblicklich durchzuckte sie ein stechender Schmerz, der ihr die Sinne raubte. Als sie die Augen wieder öffnete, lag sie ausgestreckt auf dem Tisch, der ihr schon beim Eintreten Angst und Schrecken eingejagt hatte. Seitlich daneben bemerkte sie den Riesenkerl, der jetzt völlig entspannt auf einem alten Holzstuhl saß und die Beine weit von sich gestreckt hielt. Probehalber bewegte sie die Finger, um zu kontrollieren, ob sie der Fremde gefesselt hatte. Sie konnte es einfach nicht glauben, dass sie sich frei bewegen durfte.

»Was hast du als Nächstes vor, Mädchen? Willst du mir den Arm brechen oder die Kniescheibe? Gib auf und akzeptiere, dass du chancenlos bist. Du gehörst mir. Aber trotzdem hast du mich beeindruckt.«

Immer wieder glitt Ritas Blick über die Regale, blieb schließlich an den Gläsern hängen, die ihr Namen auf den

Etiketten zeigten, die ihr bekannt waren. Obwohl sich die Angst wie ein Virus in ihrem Körper ausbreitete und die Zunge schwer werden ließ, stellte sie die Frage: »Wird mein Name auch bald da draufstehen? Wollen Sie mich töten, so wie Sie die anderen unschuldigen Frauen brutal umgebracht haben? Das ergibt für mich keinen Sinn. Wir kennen uns nicht, sind uns niemals zuvor begegnet. Wen wollen Sie eigentlich damit wirklich bestrafen? Ich will es wissen, bevor Sie es tun.«

Da sie mit einer heftigen Reaktion gerechnet hatte, überraschte Rita die Ruhe, mit der dieser Killer ihr antwortete.

»Unschuldig? Sagtest du gerade unschuldig? Willst du mir damit sagen, dass diese Frauen keine Ahnung davon hatten, welche Bestien sie geheiratet haben? Kann jemand, der zu solchen Perversitäten fähig ist, eine völlig normale Ehe führen, eine Familie haben? Die Ehemänner dienten dem Satan. Nur mit seiner Hilfe kann es ihnen möglich gewesen sein, diese schrecklichen Taten zu begehen. Das kann kein normaler Mensch tun. Komm mir nicht damit, dass man sich über Jahre mit der Maske des Biedermanns tarnen kann, ohne dass es der Partner merkt, der jeden Tag neben dir lebt. Nein, das ist nicht möglich.«

Eine starke Hoffnung blühte in Rita auf, dass sie diesen Mann, der so viele verachtenswerte Taten begangen hatte, von dem Gedanken abbringen konnte, weitere Morde zu begehen. Jeder Mensch besaß ein Gewissen – auch dieser Mörder. Darauf baute sie eine Strategie auf, die zumindest einen Aufschub erreichen sollte. Zeit war alles, was sie von jetzt an dringend benötigte. Man würde mit Sicherheit nach ihr suchen. Peter gab sie nicht auf – niemals.

»Ich werde Ihnen niemals das Gegenteil beweisen können, doch möchte ich die Frage aufwerfen, warum töten dann diese abgrundtief schlimmen Charaktere nicht ihre Angehörigen? Glauben Sie, dass der Satan da überhaupt Ausnahmen zulässt? Dieses Böse muss dann wohl doch gestatten, dass Unterschiede gemacht werden können. Diese Gier nach Gewalt lässt sich scheinbar kanalisieren. Der Wunsch danach, töten zu wollen, ist steuerbar. Sie selbst sollten doch ein passendes Beispiel darstellen. Doch nein – was sage ich da? Bei Ihnen ist das doch anders.«

Jetzt besaß Rita die volle Aufmerksamkeit des Entführers, er versteifte sich merklich und richtete seinen Oberkörper auf, den er zuvor leger gegen die Rücklehne des Stuhles gestützt hatte.

»So, glaubst du das? In einem Punkt gebe ich dir recht, Kleine. Ich unterscheide mich von diesen Monstern in einem Punkt gewaltig: Ich töte nicht aus purer Lust, sondern aus einer Notwendigkeit heraus. Diese Wesen müssen von dieser Erde ausgemerzt werden. Sie haben es nicht verdient, zu leben. Es sind Raubtiere.«

In Rita meldete sich etwas, was sie unbedingt vermeiden wollte: Zustimmung. Tief in ihr schrie es, dass dieser Mann der Menschheit einen Gefallen tat, indem er die beseitigte, die sich das einfach nahmen, was heilig sein sollte: Das Leben anderer. Gleichzeitig fielen ihr die Menschen ein, die unschuldig starben. Dieser Widerspruch gab ihr den Mut, dagegen zu halten.

»Was spricht nach Ihrer Meinung dafür, dass Sie neben den in Ihren Augen Schuldigen auch Polizisten auslöschen, die mit diesen Untaten überhaupt nichts zu tun hatten? Diese

Logik dringt nicht zu mir durch. Wir von der Polizei gehen genau gegen diese Täter vor, die Sie aus verständlichen Gründen beseitigt sehen möchten. Nur mit dem Unterschied, dass wir sie nicht töten, nicht an Ort und Stelle richten. Wir spielen nicht Gott. Dafür gibt es eine irdische Gerichtsbarkeit, der wir die Täter zuführen. Das Gericht spricht das Urteil. Das können diese Richter aber nur, wenn wir die Täter überführen.«

Jetzt hatte Rita scheinbar einen wunden Punkt berührt, der den Mann dazu brachte, aufzuspringen und durch den Raum zu wandern. Plötzlich blieb er direkt neben ihr stehen und blies ihr mit den fast geschrienen Worten seinen schlechten Atem entgegen.

»Sagtest du gerade Gerichtsbarkeit, die Urteile spricht? Glaubst du wirklich, irgendjemand hätte diesen Richter Ludwig jemals für das bestraft, was er meiner Schwester angetan hat? Diese Bestie hat meine kleine Schwester teilweise gefressen – er hat Fleisch aus ihr herausgeschnitten und sich in seinen gierigen Hals gestopft. Er hatte mehr als den Tod verdient!«

Wieder war sie da, diese Zustimmung, die Rita davon überzeugen wollte, dass der Mann richtig gehandelt hatte. Sie stand im Wettstreit mit dem Einwand, dass Unschuldige auf der Strecke blieben. Doch die Diskussion brachte ihr Zeit. Eine Frage, die bei ihr von essenzieller Bedeutung war, konnte nicht mehr zurückgehalten werden.

»Warum die Familie Melchior, warum Frau Schiller und warum ausgerechnet die Familie König? Alle die hatten nichts, aber auch gar nichts mit den Taten der wahren Schuldigen zu tun. Und was mich aus besonderen und persönlichen Gründen sehr interessiert: warum ich? Ich kannte Sie nicht, bevor wir gegen einen Mann ermitteln mussten, der scheinbar willkürlich Menschen auf grausamste Art und Weise tötete. Liegt in der Willkür der Grund? Wenn ja, kann ich Ihnen garantieren, dass Sie das Morden immer weiter fortsetzen müssen. Immer wieder wird es Kollegen geben, die Sie wie ein Tier jagen werden. Sie können nicht sämtliche Polizisten auf dieser Erde beseitigen. Man wird Sie fassen – garantiert. Geben Sie auf und stellen Sie sich, denn das Leben, in dem man sich ständig auf der Flucht befindet, wird die Hölle sein. Sie werden irgendwann einen Fehler machen, der Ihnen zum Verhängnis wird.«

»Bist du fertig mit deiner Predigt? Wieso haben deine lieben Kollegen diese Wahnsinnigen nicht verfolgt? Warum jagen die jetzt mich? Erst ich habe die Bösen bestrafen können.«

Rita Momsen glaubte nicht, was sie da soeben gehört hatte. Dem Mann fehlte jegliches Gefühl für die Unrechtmäßigkeit seines Tuns. Er hatte sich darin verrannt, das Richtige getan zu haben und auch weiterhin zu tun. Allerdings blieb die eigentliche Frage unbeantwortet, die für sie besonders wichtig war.

»Der Grund wird darin liegen, dass bisher niemand von deren Taten wusste. Ein Hinweis Ihrerseits wäre nützlich gewesen. Aber nein. Sie mussten das Gesetz in die eigenen Hände nehmen. Ich weiß immer noch nicht, warum gerade ich auf Ihrer Liste stehe? Wollen Sie auch Teile von mir in eines dieser grauenhaften Gläser stecken?«, bohrte Rita nach. »Was soll das überhaupt mit diesen Sammlungen? Ist das nicht die Gebärmutter? Wenn es Siegestrophäen sein sollen, muss ich Ihnen gestehen, dass mir das keine Bewunderung abringt – nur Abscheu. Sich an wehrlosen Frauen heranzumachen, sie zu töten und zu verunstalten, ist wahrlich keine Heldentat. Es ist einfach nur verabscheuungswürdig.«

»Du verstehst das nicht. Wie denn auch? Dir wurde das Kind nicht aus dem Leib gerissen und gegessen. Leonie schon. Sie sollen spüren, wie es ist, ohne die Chance auf ein Kind leben zu müssen«, versuchte sich der Kerl zu rechtfertigen, was Rita nun endgültig wütend machte.

»Verdammt, wie stellen Sie sich das vor? Sie sollen es spüren? Das können sie nicht mehr, Sie Idiot, die sind jetzt alle tot. Verstehen Sie mich? TOT! Was Sie den Frauen angetan haben, nützt niemandem etwas, selbst Ihnen nicht. Die Strafe gegenüber den Verantwortlichen könnte ich noch verstehen, aber nicht diese schrecklichen Taten gegenüber den Frauen. Wann hatten Sie vor, mich über den Jordan zu schicken? Ich bin doch auch eine Frau – eine ebenfalls unschuldige Frau, die in Ihren Augen dafür bestraft gehört, weil sie eben eine Frau ist. Merken Sie denn nicht, wie aberwitzig Ihr Unterfangen ist? Und jetzt zum wiederholten Mal die Frage: warum ich?«

Erst jetzt fiel Rita auf, dass der Mörder sich sitzend gegen die Regalwand gelehnt hatte und ständig mit beiden Händen durch die ungepflegten Haare fuhr. Er bewegte die Lippen, ohne ein Wort zu sprechen. Rita rutschte von der Tischkante und näherte sich dem Mann von der Seite. In diesem Moment wäre es ihr ein Leichtes gewesen, ein Skalpell vom Beistelltisch zu nehmen und den Mann ernsthaft zu verletzen. Sie blieb direkt neben ihm stehen und sah auf ihn herab. Jetzt flüsterte sie die Frage wieder: »Warum in Gottes Namen soll ich sterben?«

Die Antwort erhielt sie postwendend, während der Killer aufsprang und Rita an der Schulter packte, sie schüttelte. Er presste sie sogar an seine breite Brust und schrie durch den Raum: »Weil du so aussiehst wie sie. Du bist wie sie. Du bist meine Leonie!«

Der Schock saß tief. Die Gedanken rasten durch ihren Kopf, versuchten zu erkennen, was es für sie bedeuten könnte, so zu sein wie Leonie. War es ihr eigentliches Todesurteil oder bedeutete es Schonung und Weiterleben? Auf die Beantwortung dieser Frage musste sie allerdings vorerst weiter warten, denn es fand eine Veränderung statt, die Rita überraschte. Der Mörder schob Rita auf ein Regal zu, das er einfach nach hinten schob und einen weiteren Raum damit freilegte. Dieser war fast völlig ohne Mobiliar und enthielt nur eine schmale Liege, auf der eine schmuddelige Matratze lag. Rita wollte stehen bleiben, sogar weglaufen. Doch der hinter ihr stehende Mann nahm ihr jede Chance dazu.

»Bitte versteh mich doch. Ich will dir nicht wehtun. Doch ich muss für eine kurze Zeit weg. Leonie hat heute Geburtstag und ich will ihr etwas schenken. Ich muss zu ihrem Grab. Du wirst hier auf mich warten. Zeig mir deine Hände, damit ich dir Fesseln anlegen kann. Schreien kannst du, bis du heiser bist. Hier wird dich keiner hören. Gleich werde ich dir etwas geben, damit du schläfst. Hörst du? Du wirst friedlich schlafen und gesund wieder aufwachen. Ich verspreche es dir. Zeig mir jetzt bitte deine Hände.«

Rita wusste, dass es in diesem Augenblick keinen Ausweg, keine Alternative gab. Sie musste darauf hoffen, dass es dem Mann ernst war. Er hätte sie ansonsten schon längst töten können. Das Panzerband, das er um ihre Gelenke wickelte, nahm ihr jegliche Beweglichkeit. Die Spritze senkte sich in ihre Vene und beförderte sie in eine Welt ohne Schmerzen und Sorgen.

Kurz darauf bewegte sich ein dunkler Schatten durch die Nacht, weg vom Haus über die Wiesen. Der Südwestfriedhof war das Ziel und nicht weit entfernt.

33

Nur hin und wieder befuhr ein Pkw die Straße *Am Ehren-friedhof*, die das Gelände im südlichen Bereich mit einem Zaun eingrenzte. Kaum jemand ging um diese Zeit und bei diesem Wetter freiwillig auf die Straße. Der Mann, der sich mit hochgeschlagenem Mantelkragen gebeugt gegen den stark aufkommenden Wind stemmte, blieb einen Moment stehen, um zu ergründen, was der Schatten hinter einem Busch bedeuten könnte. Es waren bei genauerem Hinsehen sogar zwei, die sich leise etwas zuflüsterten.

»He, ihr da, was soll das? Was tut ihr da?«, rief er den beiden Gestalten zu, die jetzt herumfuhren. Einer kam geradewegs auf den Mann zu, der scheinbar verängstigt einen Schritt zurückwich. Er schien erkannt zu haben, dass es sich um Polizisten einer Sondereinheit handelte, die vermummt waren.

»Hören Sie, guter Mann. Gehen Sie einfach weiter. Hauen Sie ab nach Hause hinter den warmen Ofen. Wir sind im Einsatz und brauchen keinen, der hier für Aufruhr sorgt. Kümmern Sie sich nicht um uns. Tun Sie so, als hätten Sie uns gar nicht bemerkt.«

Hagen Reisig hatte gelernt, in Rollen zu schlüpfen, die ihn harmlos wirken ließen. Genau das machte ihn so dermaßen gefährlich. Er stolperte fast, als er in einem großen Bogen um den martialisch wirkenden SEK-Mann herumging und sich entfernte. Ein mitleidiges Lächeln des Polizisten begleitete den ängstlich wirkenden und eingeschüchterten Fremden. Er verschmolz wieder mit seinem Kameraden zu einem kaum wahrnehmbaren Schatten.

»Wir brechen ab!«

Kurz und präzise kam der Befehl des Einsatzleiters Kindermann durch das Funksprechgerät an seine Leute, die sich nun, nachdem das erste Morgenrot den Horizont einfärbte, aus der Deckung bewegten und fluchend die Glieder streckten. Alle trafen sich an den Einsatzfahrzeugen, die man in einer Seitenstraße abgestellt hatte. Die Bewohner, die sich schon jetzt auf den Weg zur Arbeit machen mussten, blieben staunend stehen, versuchten, den Grund des Auflaufes zu ergründen. Schnell wurde der Platz geräumt, damit die Beamten endlich den verdienten Schlaf nachholen konnten. Liebig bedankte sich bei Kindermann und setzte sich nachdenklich in den Passat, wo er noch minutenlang mit geschlossenen Augen hinter dem Steuer verweilte. Seine Gedanken konnten das bisher Geschehene nicht verarbeiten.

Was war passiert? Hatte sie der Bruder tatsächlich belogen oder waren sie von dem Killer zu früh entdeckt worden? Ich werde dich kriegen, du verdammte Bestie. Ich werde nicht aufgeben, Rita.

Sein Herz blieb fast stehen, als die Beifahrertür aufgerissen wurde und sich ein Mann auf den Sitz fallen ließ. Spontan griff er nach der Waffe, die immer noch im geöffneten Holster steckte.

»Drehst du jetzt vollends durch, Peter? Es reicht mir, wenn ich mich vor dem Reisig fürchten muss. Lass bloß die Knarre stecken!«

Reinder wirkte tatsächlich ängstlich, als er seine Hand auf Liebigs Arm legte. Beide lehnten sich erschöpft in den Sitz zurück und atmeten tief durch. Liebig holte die angetrunkene Coladose aus einem Fach in der Mittelkonsole, trank einen Schluck davon und bot den Rest seinem Partner an. Reinder lehnte dankend ab und betrachtete Peter forschend.

»Was denkst du? Hat das Schwein etwas gemerkt oder hat uns der Drecksbruder belogen?«

»Genau darüber habe ich nachgedacht, als du einstiegst«, antwortete Liebig, »Das Ganze klang dermaßen plausibel, dass ich an eine Finte nicht glauben mag. Hast du nicht die Angst in seinen Augen gesehen? Lügt jemand, wenn ihm der Tod angedroht wird?«

Da Liebig die Augen wieder geschlossen hatte, konnte er den entsetzten Blick nicht erkennen, mit dem ihn der Kollege ansah.

»Angst hatte ich in dem Moment auch, du Arsch. An seiner Stelle, mit der Knarre an der Stirn, hätte ich dir auch alles gesagt, ob es wahr ist oder nicht. Du warst ja komplett durchgeknallt. Ich hoffe nur, dass die Kollegen von der Einheit dichthalten und die Scheiße nicht öffentlich wird. Auf mich kannst du dich verlassen. Ich kann nur nicht dabei bleiben, wenn die anderen dich anscheißen. Darüber musst du dir im Klaren sein. So was darf einfach nicht passieren. Nicht bei einem so alten Hasen wie dir. Du solltest Vorbild sein als Dezernatsleiter. Ich habe wirklich geglaubt, du pustest dem das Hirn weg. Puuuh.«

Liebig zeigte keinerlei Reaktion, weswegen Reinder ihm noch einen Hinweis gab.

»Ich habe mir übrigens erlaubt, einen Posten zum Haus des Reisigs zu beordern. Ich kann mir zwar nicht vorstellen, dass der sich da noch mal sehen lässt, doch wir dürfen es nicht ganz verdrängen. Ganz dicht scheint der ja wohl nicht zu sein.«

»Danke«, war die müde Antwort, die Reinder erhielt. »Soll ich dich nach Hause fahren? Du musst schlafen.«

Wieder betrachtete Reinder den Kollegen ungläubig, blieb ihm die Antwort jedoch nicht schuldig.

»Da gibt es noch etwas, was wir abarbeiten müssen, du Irrer. Ich werde so wie du kein Auge zumachen, bevor wir Rita Momsen nicht gefunden haben. Das heißt jetzt im Umkehrschluss, dass wir zwei auf dem schnellsten Weg ins Präsidium rauschen. Es muss ein neuer Plan her. Vielleicht haben die Kollegen eine Idee. Soll ich fahren?«

Spätestens jetzt war Peter Liebig hellwach und knurrte Reinder an: »Fängst du jetzt auch damit an, mich vom Steuer verdrängen zu wollen? Es reicht, wenn es Rita schon macht. ICH fahre, basta. Schnall dich gefälligst an.«

Kriminalrat Rösner saß bereits mit einigen Kollegen der Soko am Besprechungstisch, als Liebig und Reinder das Büro betraten. Überraschung zeichnete sich auf Rösners Gesicht ab.

»Mit Ihnen, meine Herren, habe ich heute Morgen noch nicht gerechnet. Waren Sie nicht bis vorhin im Einsatz? So wurde mir zumindest berichtet. Nun ja, dann können Sie, Herr Liebig, ja gerne einen Bericht abliefern, damit alle auf dem neuesten Stand sind. Ich habe den Kollegen schon gesagt, dass ich jede, sagen wir einmal fast jede Aktion von Ihnen abdecke. Zumindest, so lange sie im gesetzlichen Rahmen vertretbar bleibt. Schließlich geht es um das Leben einer lieben Kollegin. Staatsanwalt Melchior hat übrigens darum gebeten, sofort in Kenntnis gesetzt zu werden, wenn wir den Burschen festgesetzt haben. Er will sich auch persönlich den Bruder vorknöpfen, um mehr über die Hintergründe rauszukriegen. Ich habe ihn noch etwas vertröstet, da der Mann erst wegen seines tragischen Unfalls behandelt werden muss und bisher nicht vernehmungsfähig ist. So, dann will ich mich mal wieder an meine Arbeit machen.«

Im Weggehen vernahm er das geflüsterte »Danke« von seinem Soko-Leiter. Der tat vor den Leuten, als hätte er es nicht gehört und verließ das Büro. Bis sich Liebig und Reinder vorbereitet hatten, fand ein reger Austausch unter den Kollegen statt, der erst endete, als Liebig das Wort ergriff. In knappen Worten lieferte er einen Überblick über die Geschehnisse der vergangenen Nacht, wobei er sich vor der Mannschaft dazu bekannte, die Fassung verloren zu haben. Gespannt betrachtete er die Gesichter der Kollegen, die davon völlig unbeeindruckt reagierten. Lediglich Kommissar Spitzer, der bisher nur durch stille, aber effiziente Arbeit aufgefallen war, meinte, die Meinung der Gemeinschaft offenzulegen.

»Sie hätten dem Schwein den kranken Kopf wegschießen sollen! Der trägt genau so viel Schuld an den Morden wie sein verfluchter Bruder.«

Das allgemeine Klopfen auf dem Tisch bestätigte eindeutig die Einstellung gegenüber Liebigs Verhalten. Er hob die Hände und bat um Ruhe.

»Ich danke euch allen für diesen Vertrauensbeweis, will aber an dieser Stelle deutlich machen, dass so was keinem von uns passieren sollte. Wir sind Profis, die sich im Griff haben sollten. Wir haben Vorschriften ...«

»Scheiß auf die verdammten Vorschriften, wenn jemand uns wie Fliegen tötet und jetzt auch noch Rita in den Händen hält. Ich wüsste nicht, was ich tun würde, wenn der mir in die Finger geraten würde. Lesen Sie einmal die Kommentare in den Zeitungen, wenn es um diese Kreatur geht. Die Leute würden sich am liebsten an einer öffentlichen Hinrichtung beteiligen. Die schreien wieder nach der Einführung der Todesstrafe. So ist das. Dieses Schwein mag seine Gründe haben, die Typen zu töten, die seine Schwester auf dem Gewissen haben. Aber was er zusätzlich anstellt mit unschuldigen Menschen, macht mich krank und wütend.«

Wieder war es Kommissar Spitzer, der sich in Rage geredet hatte. Und wieder hörte Liebig dieses Tischklopfen, das er diesmal nicht unterbrach, sondern hilfesuchend den Blickkontakt zu Reinder suchte. Der ließ sich nicht zweimal bitten und rief in die Runde: »Bitte, Leute, lasst uns wieder runterkommen, bevor wir auf dem gleichen Niveau landen wie diese Reisig-Brüder. Gibt es Neuigkeiten, die uns in der Sache weiterhelfen könnten? Denkt bitte daran, dass unser absolut wichtigstes Ziel sein muss, Rita lebend da rauszuholen. Der Hagen Reisig wird uns nicht entkommen – nicht, wenn wir Namen und ein Bild von ihm haben. Also, raus mit der Sprache.«

Wieder öffnete sich die Bürotür und es erschien ein Besucher, den zu dieser Zeit niemand erwartet hätte. Der SEK-Kommandant Kindermann stellte sich mit seinem imposanten Körper genau neben Liebig, sodass sie sich in die Augen sehen konnten.

»Dieses abgewichste Schwein war heute Nacht genau unter uns und wir haben ihn laufen lassen. Das habe ich vor ein paar Minuten erfahren. Ich habe meinen Leuten das Bild gezeigt, dass ihr rumgebrieft habt. Das musst du dir mal vorstellen. Dieser abgefuckte Kerl hat noch in den frühen Morgenstunden zwei meiner Leute angequatscht und gefragt, was denn überhaupt los wäre. Die hätten nur zugreifen müssen. Allerdings hatten die zu dem Zeitpunkt noch keine Ahnung, wie der Killer aussah. Ich kann denen nicht einmal einen Vorwurf machen. Wir sind doch alle blind wie die Maulwürfe auf die Jagd nach einem Phantom gegangen. So eine verdammte Scheiße. Was können wir tun, Peter?«

»Im Augenblick bleibt uns nur die Hoffnung, dass irgendwer in den vielen Polizeifahrzeugen diesen Kerl erkennt und festnehmen kann«, beruhigte ihn Liebig. »Jeder Polizist im Lande hat das Foto. Das hat sich in die Köpfe der Frauen und Männer eingebrannt, das garantiere ich dir. Hoffentlich bekommen wir diesen Hagen unbeschadet in die Finger und in den Verhörraum, sonst ...«

Jeder im Raum war sich über die Konsequenzen im Klaren, denn ohne seine Aussage war das Leben der Kollegin verwirkt. Sie würde in ihrem Versteck verdursten, verbluten oder was auch immer. Der Hass auf diesen Mörder war übermächtig. Kindermann wandte sich wieder an Liebig.

»Wisst ihr schon mehr von diesem Typen? So ganz unbeschrieben kann der nicht sein, sonst hätte der nicht diese Morde begehen können. Einen Mann wie diesen Fedor legst du nicht mal eben so um. Das war ein Profikiller, habe ich gehört.«

Spiekermann war es, der seine Mappe aufschlug, in der er schon eine Zeit lang herumblätterte. Ohne dazu aufgefordert worden zu sein, las er die Fakten vor, die in Teilen schon bekannt waren, jedoch für stille Angespanntheit sorgten.

»Mittlerweile haben wir Berichte über den Mann, die beeindruckend sind. Wüssten wir nichts über die vielen Morde, könnte man ihn als Held bezeichnen. Der war schon überall, wo wir unsere Soldaten eingesetzt haben. Ich lese hier Bosnien und Herzegowina, Kosovo und Mali. Zuletzt soll er bei einem Einsatz in Afghanistan bei einem Selbstmordanschlag der Taliban nicht nur seine Hand, sondern auch einen Kameraden verloren haben, der unmittelbar in seinen Armen starb. Reisig soll ein Mann für besondere Einsätze gewesen sein. So steht es zumindest in diesem Bericht, ohne dass man genauer darauf eingeht. Das scheint ein harter Hund zu sein, der innerhalb der ISAF tätig war, aber nur selten zur Ausbildung der örtlichen Bewohner eingesetzt wurde. Der hat übrigens mehrere Auszeichnungen wegen Tapferkeit vor dem Feind erhalten. In den Staaten würde man dem ein Denkmal setzen.«

»Jetzt lasst uns den Scheißkerl nicht heiligsprechen. Das ist ein kalter Mörder«, haute Spitzer dazwischen.

»Da will ich dir nicht widersprechen, Spitzer«, hielt Spiekermann dazwischen. »Doch du kannst an diesem Beispiel gut erkennen, was der Krieg aus uns machen kann. Viele kommen aus Afghanistan mit defekter Seele zurück. Die Männer haben Dinge gesehen, die ich nicht einmal träumen möchte. Jetzt stell dir mal vor, dass du diese ganze Scheiße erlebt hast, deinen Arm im Sand diese Landes zurücklässt und dann erfährst, dass ein irrer deutscher Richter Teile deiner Schwester gefressen hat. Keine schöne Vorstellung? Oder doch?«

Liebig unterbrach die Grundsatzdebatte über Sinn und Zweck von Bundeswehreinsätzen im Ansatz, bevor sich eine unfruchtbare Diskussion anbahnte, die das eigentliche Problem nicht lösen konnte. Rita war und blieb für alle das Thema Nummer eins. Er wendete sich wieder an Kindermann, der sich gerade mit einem Einwand beteiligen wollte.

»Ich danke dir, Kindermann. Zumindest wissen wir, dass sich der Kerl noch in der Gegend aufhält. Es dürfte ihm äußerst schwer werden, auch öffentliche Verkehrsmittel zu benutzen. Selbst die Taxifahrer haben sein Bild. Soll er sich doch irgendwo einbuddeln. Da muss er auch wieder raus. Der kann hier nicht auf Rambo machen, ohne von uns gestellt zu werden. Es ist eine Sache von Stunden, bis ich den bei mir im Verhörzimmer habe. Leute, seid mir nicht böse, aber ich lege mich ein paar Stunden im Bereitschafts-raum aufs Ohr. Wenn ihr auch nur ein Sackhaar von ihm findet, will ich es sofort wissen. Reinder, dich nehme ich gleich mit – du siehst so beschissen aus, wie ich mich fühle.«

34

Kriminalkommissar Kerber sah immer wieder auf die Armbanduhr, die ihm der Schwiegervater vor drei Jahren kurz vor seinem Tod feierlich überreicht hatte. Das Lederarmband hatte Kerber schon nach wenigen Tagen gegen ein bequemeres ausgewechselt. Schon in der dritten Generation wurde dieser Zeitmesser, wie ihn Schwiegerpapa immer nannte, an den männlichen Erben weitergegeben. In der Familie blieb ihm aber genau dieser Junge vorenthalten. Maria gebar ihm lediglich zwei Töchter, was in seinen Augen einem männlichen Nachfolger in keiner Weise gleichkam. Er liebte seine Töchter abgöttisch, trauerte jedoch dem ihm verwehrten Jungen immer nach. Was soll`s? Jetzt gehörte das Schmuckstück ihm und es war absolut zuverlässig, zumal die Uhr auch noch mit einem Leuchtzifferblatt ausgestattet war. Das kam ihm bei nächtlichen Observierungsaufträgen sehr gelegen, bei denen Innenbeleuchtung im Fahrzeug ein No-Go war.

Halb drei in der Nacht war die schlimmste Zeit, die ihm schon bei Wachdiensten während der Soldatenzeit zu schaffen gemacht hatte. Sie ermüdete ihn so stark, dass es ihm Mühe bereitete, die Augen offen zu halten. Immer wieder versuchte er, die Dunkelheit dieser Nacht zu durchdringen, die nur absolute Schwärze zeigte, woran der leichte Nieselregen nicht unschuldig war. Mit dem Fensterleder rieb er einmal mehr die Feuchtigkeit von der Seitenscheibe, um das Haus erkennen zu können, in dem diese Mordbestie gewohnt hatte. Keiner glaubte wirklich daran, dass er jemals wieder den Ort aufsuchen würde, doch absolut sicher war sich keiner. Schwach erkannte Rudolf Kerber die kleine Funzel, die den Vorplatz seitlich des Anbaus ausleuchten sollte. Immer wieder wippte ihr Lichtkegel rhythmisch im Wind und warf gespenstige Schatten an die Hauswand. Für einen Moment schloss Kerber die übermüdeten Augen, suchte in den Taschen nach der kleinen Flasche, in der sich die Augentropfen befanden, die für ihn schon unentbehrlich geworden waren. Wie hasste er diese Observationen in der Nacht.

Es war plötzlich da, dieses Geräusch, das nicht in diese Nacht passte, die bisher nur sporadisch Tierlaute aufwies oder das stetige Tropfen aus diesem schützenden Gebüsch auf das Autodach. Er hatte mittlerweile ein Gefühl dafür bekommen, wann der Wassertropfen aufschlug, zählte sogar die Sekunden ab, bis der nächste kam. Waren das Schritte, die von irgendwoher zu kommen schienen? Kerber richtete sich, so weit es möglich war, im Fahrersitz auf und versuchte, die Dunkelheit mit seinen entzündeten Augen zu durchdringen. Die Hand lag auf der P99, suchte deren vermeintliche Sicherheit. Nichts! Die Täuschung war gelungen und hatte ihm tatsächlich Schweiß auf die Stirn getrieben. Mehrfach atmete er tief ein und wieder aus, bis sich der Puls vollends beruhigt hatte. Jetzt hatte er die Pumpflasche mit den Augentropfen tatsächlich ertastet und zog sich mit der freien Hand das untere Augenlid herunter. Der Tropfen fiel genau in dem Augenblick in den Augensack, als die Hand durch das geöffnete Fenster schoss. Zwei Finger trafen exakt die Halsschlagader, um in Bruchteilen von Sekunden die Blutzufuhr zum Gehirn zu unterbrechen. Kerber nahm die eintretende Ohnmacht nicht einmal bewusst wahr. Er verdrehte lediglich die Augen und fiel stumm in sich zusammen. Der breite Schnitt durch die Luftröhre sorgte dafür, dass ein gewaltiger Blutstrahl gegen die Windschutzscheibe schlug und träge daran herunterlief. Die Zuckungen von Kerbers Körper endeten schon nach wenigen Sekunden. Reisig griff noch ein letztes Mal durch die Fensteröffnung, um die Klinge des Skalpells an Kerbers Sakkorevers zu säubern. Er öffnete die Fahrertür und kurbelte die Scheibe hoch. Nachdem er die Tür wieder geschlossen hatte, sorgte das noch warme Blut des Opfers relativ schnell für beschlagene Scheiben. Zufrieden machte sich Hagen Reisig auf den Weg, um nach seiner Gefangenen zu sehen.

»Wachen Sie auf, Chef. Es ist was schon wieder was Schreckliches passiert.«

Spitzer war es, der Liebig heftig an dem Jackenärmel zerrte. Peter Liebig brauchte nur zwei Sekunden, um hellwach zu sein.

»Hat man Rita gefunden? Geht es ihr gut? Sagen Sie schon, wie geht es ihr?«

»Kommen Sie zu sich. Es geht nicht um Frau Momsen. Man hat Kerber gefunden, der zur Wache abgestellt worden war. Er ist ... er ist tot. Jemand hat ihm die Kehle durchgeschnitten. Aber das ist noch nicht alles.«

Spitzer legte hier eine Pause ein, die Liebig fast zur Weißglut trieb. Er fasste den Kommissar an den Jackenaufschlägen und schüttelte ihn.

»Was gibt es noch, sind Sie wahnsinnig, mich derart auf die Folter zu spannen? Spucken Sie es endlich aus!«, schrie Liebig jetzt völlig außer Rand und Band.

»Staatsanwalt Melchior wird vermisst. Seine Mutter, die für eine Übergangszeit bei ihm wohnt, rief vor einer Stunde an, dass ihr Sohn gestern Abend noch spät einen Anruf erhielt und sofort losgefahren ist. Wohin er wollte, hatte er ihr nicht gesagt. Er muss aber sehr aufgeregt gewesen sein, sagt sie. Sein Telefon ist tot. Wir haben beim Provider angefragt, wer ihn anrief. Eine unterdrückte Nummer. Der Mercedes von ihm steht auch schon auf der Fahndungsliste. Die Mannschaft sitzt bereits im Besprechungsraum und wartet auf uns. Könnten Sie mich bitte wieder loslassen? Ich bekomme keine Luft mehr.«

Erst jetzt bemerkte Peter Liebig, dass er den Kollegen immer noch gegen die Wand gepresst hielt. Mit einer Entschuldigung ließ er die Jackenaufschläge los und strich sie völlig in Gedanken versunken wieder glatt.

»Lassen Sie uns gehen. Das ist nicht gut – gar nicht gut, Spitzer. Und sorry.«

»Dieser Irre gibt einfach nicht auf«, eröffnete Spiekermann die Runde, als sich Liebig endlich bei seinen Leuten eingefunden hatte. »Der hat sich vorgenommen, eine Liste abzuarbeiten. Nein, er zieht das durch, komme was wolle. Ich hätte an seiner Stelle versucht, mich ins Ausland abzusetzen, meinen Arsch zu retten. Nein, der folgt seinem tiefverwurzelten Hass gegen uns Polizisten. Wer weiß, wo das noch endet. Wie schafft der das immer wieder, unterzutauchen, ohne erkannt zu werden?«

Kaum einer hatte bemerkt, dass Kindermann den Raum betreten hatte und sich unaufgefordert zwischen die Kripoleute setzte. Er klärte zumindest in diesem Punkt auf.

»Dazu müssen Sie wissen, dass diese Männer eine wirklich gute Ausbildung erhielten, bei der sie lernten, auch in Extremsituationen zu überleben. Wenn Sie längst aufgegeben hätten, finden diese Kerle noch einen Weg, ihr Leben zu retten. Bei der Terroristenbekämpfung können Sie keine Weicheier einsetzen.«

Einige von ihnen hoben zum Gruß die Hand und Reinder schob ihm stumm die mit Kaffee gefüllte Kanne hin. Liebig erhob sich kurz darauf und machte sich am Schreibtisch von Rita zu schaffen. Er fand schließlich die Akte, die er gesucht hatte und kam damit zum Tisch zurück. Alle warteten auf eine Erklärung, während Liebig weiter in den Unterlagen blätterte. Endlich schien er gefunden zu haben, was er suchte.

»Sylvia Rossmann heißt sie. Ich wusste doch, dass da etwas mit einer angemieteten Wohnung war, für die Melchior die Miete zahlt.« Liebig schob Spiekermann die Mappe rüber. »Können Sie rauskriegen, ob die Dame dort einen Telefonanschluss unterhält oder eine Mobilnummer besitzt? Ich habe da einen Verdacht, der nicht unbedingt mit unserem Mörder in Verbindung steht. Notfalls schicken wir gleich jemanden hin, der sich diese geheimnisvolle Mieterin einmal vornimmt. Möglich, dass Melchiors Verschwinden nur von vorübergehender Natur ist und einen ganz banalen

Grund hat. Aber jetzt zuerst zu unserem Kollegen Kerber. Was haben wir?«

Reinder übernahm die Beantwortung.

»Die Spurensicherung ist seit einer Stunde vor Ort und hat die Arbeit aufgenommen. Wir wissen bisher lediglich, dass man Kerber die Kehle durchgeschnitten hat und dass jemand anschließend im Haus war. Die Fußspuren, die neben dem Auto gefunden wurden, gibt es auch vor dem Haus. Reisig hat wohl ein paar Klamotten gepackt, was die Kollegen an den offenen Schränken festmachen konnten. Erstaunlich war, dass einige Gefäße, die zuvor in den Regalen standen, jetzt zerstört auf dem Boden lagen. Da stinkt es hundserbärmlich, meinten die Leute. Entweder hat er das bewusst getan, oder es hat ein Kampf stattgefunden. Wenn ja, mit wem? Auf jeden Fall ist der über alle Berge.«

Interessiert war Liebig dem Bericht gefolgt. Er erhob sich plötzlich und stellte sich an das Fenster, das ihm den vorbeifließenden Verkehr vor dem Gerichtsgebäude zeigte.

»Sie lebt. Das war Rita.«

Die Kollegen am Tisch tauschten ungläubige Blicke aus und warteten auf eine Erklärung des Hauptkommissars. Der drehte sich lediglich den Leuten zu und ergänzte seine Behauptung.

»Ich weiß, Kollegen, dass es sehr weit hergeholt ist, aber ich bin mir sicher, dass wir etwas übersehen haben. Als wir im Haus waren, war Rita ebenfalls dort. Ich spüre das. Das Schwein muss sie irgendwo dort versteckt gehalten haben. Er hat sie in der letzten Nacht geholt und fortgebracht. Dieses Teufelsweib hat sich gewehrt. Deshalb das Durcheinander. Wir fahren hin. Spiekermann, Reinder, ihr kommt mit. Spitzer, Sie nehmen sich einen Kollegen und finden diese Freundin von Melchior. Finden wir sie, haben wir vielleicht auch den Staatsanwalt. Los, die Zeit läuft. Ach, und noch etwas: Die Fahndung muss geändert werden. Bitte gebt durch, dass die Möglichkeit besteht, dass unser Mann in Begleitung einer Frau ist. Das Bild von Rita Momsen bitte verschicken.«

In etwa zweihundert Metern Entfernung konnten die drei Männer den Wagen von Kerber am Wegrand erkennen, der noch immer von weiß gekleideten Gestalten untersucht wurde. Liebig nahm die acht Stufen zum Mörderhaus mit großen Schritten. Innen begegneten sie einigen Kollegen, die ihre Spurensuche nicht aufgegeben hatten. Reinder klärte die Kollegen über den Zweck ihres Besuches auf.

»Wir vermuten, dass Rita Momsen in diesem Haus gefangen gehalten wurde. Bitte achtet besonders auf Verschläge oder mögliche Geheimdurchgänge. Wir suchen derweil im Anbau.«

Überall im Haus war das Klopfen an den Wänden zu hören, lenkte sogar manchmal von der eigenen Suche ab. Als Liebig schon resigniert aufgeben wollte, beobachtete er den Kollegen Spiekermann, der mit großen Schritten den Raum mit den Regalen ausmaß. Wortlos verließ er den Anbau und erschien wieder bei Liebig und Reinder. Stolz wies seine Hand auf die Regalteile, die sich an der Stirnwand befanden.

»Dahinter finden wir das Versteck. Lasst uns die Regale wegräumen.«

Als seine Begleiter keine Anstalten machten, tätig zu werden, erklärte er endlich seine These.

»Seht mal. Dieser Raum hier dürfte etwa sechs Meter lang sein. Wenn wir den Anbau außen messen, kommen wir auf mindestens neun bis zehn Meter. Na? Klingelt es bei euch?«

Ohne ein weiteres Wort riss Liebig mit brutaler Kraft das erste Regalteil zur Seite. Reinder konnte im letzten Moment verhindern, dass es umstürzte und die Gläser mit den Organteilen auf dem Boden zerschellten. Wie gelähmt stand Liebig schließlich vor einem schmalen Schlitz in der Rückwand und zögerte mit rasendem Puls, diese Geheimtür endgültig zu öffnen. Als Reinder sich an ihm vorbeischieben wollte, schüttelte Peter Liebig den Kopf, hielt ihn zurück. Als wäre dahinter eine Zündvorrichtung verbaut, drückte er die Tür nach innen. Was er in wenigen Metern Entfernung erkennen konnte, ließ ihn erstarren.

35

Reinder schob seinen Soko-Leiter jetzt entschlossen zur Seite und suchte seitlich neben der Geheimtür nach einem Lichtschalter. Als er ihn endlich gefunden hatte, konnten die Männer im trüben Licht die schmale Pritsche erkennen, auf der noch vor kurzer Zeit jemand gelegen haben musste. Ansonsten war der Raum komplett leer. Neben der Pritsche stand eine Wasserflasche, deren Inhalt zur Hälfte geleert worden war. Als hätte ihn jemand angestoßen, stürzte Liebig zur Pritsche und riss die Decke hoch, die locker zurück-geschlagen worden war. Er drückte sie sich unter die Nase. Seine Augen gaben deutlich die Freude wieder, die ihn erfüllte.

»Ich wusste, dass Rita lebt. Das ist ihr Parfum. Sie war genau hier.«

Wie ein Verrückter untersuchte er das gesamte Bettzeug, fand jedoch keinen einzigen Tropfen Blut. Erleichtert legte er die Decke wieder hin und winkte die Männer der Spuren-sicherung heran, die staunend in der Tür auf ihren Einsatz warteten.

»Und das hier, liebe Kollegen«, er wies im Vorraum auf das Durcheinander, »war ebenfalls Rita. Die wird dem Kerl wohl kräftig in die Eier getreten haben. Davon bin ich überzeugt. Lasst sie uns suchen. Er wird ihr nichts tun – warum auch immer. Aber er verschont diese Frau. Ihre große Klappe scheint ihm zu imponieren.«

Die Diskussion, die alle Ermittler am Besprechungstisch führten, löste hin und wieder starke Emotionen aus. Das war sicherlich darin begründet, dass man zur Hilflosigkeit und zum Abwarten verdammt worden war. Irgendwo musste das Pärchen einfach auftauchen. Man hatte zwischenzeitlich am Computer eine Simulation durchgeführt, wie Hagen Reisig ohne Bart aussehen könnte. Auch dieses Bild ging an alle Polizeifahrzeuge im Land. Immer wieder schielte Liebig zur Uhr, die unbarmherzig nach jeder Sekunde einen Ton in den Raum sandte. Erst jetzt fiel ihm das bewusst auf und es begann zu nerven.

Ständig trafen Zwischenmeldungen über das Telefon ein, die jedoch die Mutlosigkeit im Team nur verstärkte. Der eine, befreiende Anruf blieb aus, den Peter Liebig so herbeisehnte. Allmählich ging der Kaffeevorrat zu Ende, sodass der eine oder andere mit dem Gedanken spielte, den Wartebereich auf die Kantine auszudehnen. Endlich nach einer endlosen Pause kam der Anruf, auf den alle sehnsüchtig warteten. Die Enttäuschung war jedoch riesengroß, dass es sich aber nicht um Ritas Auffinden handelte, sondern um Melchior. Spiekermann drängte Liebig wieder zurück auf seinen Stuhl, als er den wahren Grund für diese Meldung erkannte.

»Wo? Habt ihr die Feuerwehr verständigt? Die gesamte Umgebung absperren und absolute Nachrichtensperre, bis wir Genaueres wissen. Wir kommen gleich hin. Bitte nichts verändern, bis wir alles gesichert haben. Ja, Dr. Schiller bringen wir auch mit. Bis gleich.«

Kommissar Spiekermann sah sich mindestens sechs fragenden Augenpaaren gegenüber, als er das Telefon ablegte. Jeder Einzelne wartete nun auf eine Erklärung.

»Sie haben den Staatsanwalt gefunden. Es sieht alles nach einem ganz normalen Unfall aus. Wie es scheint, ist Melchiors Wagen im Bereich des Stadthafens von der Straße abgekommen und ins Becken gestürzt. Die Beamten, die von einem zufällig anwesenden Zeugen gerufen wurden, sagen aus, dass dieser Zeuge beobachtet haben will, als der Wagen plötzlich ins Schleudern geriet und trotz einer Vollbremsung ins Wasser stürzte. So wie er weiter aussagte, konnte er niemanden beobachten, der sich aus dem Fahrzeug befreien konnte. Wir müssen davon ausgehen, dass Melchior tot ist. Das Kennzeichen stimmt übrigens mit seinem überein.«

Die Enttäuschung war Liebig recht gut anzusehen, obwohl sie kurz darauf einer Erleichterung wich. Das Warten sollte also weitergehen. Allerdings schuf dieser Zwischenfall eine willkommene Ablenkung. Er winkte Spiekermann heran, der ihn in den Essener Norden begleiten sollte.

»Reinder, du bleibst hier. Ich will sofort verständigt werden, wenn sich was mit Reisig ergibt. Du rufst bitte Schiller an und sagst, dass wir ihn sofort abholen. Der soll mir jetzt nicht damit kommen, dass er bereits Feierabend hat. Erkläre ihm, um wen es geht, dann wird er beruhigter sein.«

»Warum wollten Sie unbedingt, dass ich mitfahre?«, wollte Schiller wissen, der im Wagenfond Platz genommen hatte. Liebig beobachtete den Mediziner im Spiegel und musste trotz der Lage grinsen. Der Mann hatte die Schuhe ausgezogen und massierte sich die Füße. Das lange Stehen bereitete dem Mann immer mehr Probleme, wobei die Füße noch das kleinste Übel darstellten. Eine Arthrose in den Knien machte ihm das Leben zur Hölle.

»Ich möchte schnellstmöglich und dabei noch zuverlässig wissen, wie und wann Melchior verstorben ist. Es geht mir auch darum, möglicherweise festzustellen, ob wieder dieser Reisig seine Hände im Spiel haben könnte. Ich will das nicht gänzlich ausschließen, glaube jedoch nicht wirklich daran. Dass der Mann selbst auf der Flucht noch seinen Plan derart besessen durchzieht, kann ich mir einfach nicht vorstellen. Außerdem hat er mit großer Wahrscheinlichkeit Momsen an der Backe, die würde das sicher nicht zulassen. Doch lassen wir uns überraschen. Da hinten bei dem Kran ist es. Die heben gerade den Wagen aus dem Wasser.«

Die beiden Kripoleute nahmen Schiller in die Mitte und gingen auf den nächstbesten Polizeibeamten zu. Als Liebig den Dienstausweis zückte, veränderte sich sofort die zuvor ablehnende Haltung des Mannes.

»Sie suchen bestimmt die Insassen des Autos. Die wurden schon von den Tauchern aus dem Fahrzeug geholt. Die liegen dort neben dem Container. Soll ich Sie hinführen?«

»Nein, danke, das bekommen wir schon hin. Sie sprachen gerade davon, dass man die Insassen herausholte. Über wie viel reden wir?«, wollte Spiekermann wissen.

»Neben dem Fahrer fanden die Taucher eine junge Frau. Schade drum – die war verdammt hübsch.«

Die letzte Bemerkung des Beamten ließen die drei unkommentiert und liefen in die Richtung, die ihnen angezeigt wurde. Schiller zog die Planen von den Leichen und nahm das Pärchen in Augenschein. Seine erste Bemerkung war für den pedantischen Mediziner ungewöhnlich.

»Auf jeden Fall hat der Mann recht. Das war mal eine sehr attraktive Frau. Warum gibt die sich mit einem solch hässlichen und unsympathischen Kerl ab?«

Spiekermann sah auf die beiden herab und konnte sich seine Sicht der Dinge nicht verkneifen: »Dem will ich nicht widersprechen, Dr. Schiller. Die sieht wirklich gut aus. Schade drum. Aber das Geld und seine Position haben vielleicht gelockt. Was glauben Sie? War es ein normaler Unfall? Wann es passierte, wissen wir ja von dem Zeugen. Aber warum fährt ein geübter Fahrer trotz der breiten Straße einfach so in das Hafenbecken? Da liegt doch technisches Versagen sehr nahe.«

Liebig hatte schon längst bemerkt, was Spiekermann bisher verborgen geblieben war. Auch Schiller überlegte, wie er die Unfallursache dem Kollegen erklären sollte. Er versuchte es einfach mit den Worten: »Das mit dem *einfach so* kann man das nicht beschreiben, Spiekermann. Fällt Ihnen an Melchior nichts auf? Ich meine mal abgesehen von seiner großen Wunde an der Schläfe?«

Der Kollege trat näher heran, als ihm Schiller Platz machte. Er schlug sich mit der flachen Hand vor die Stirn und lachte.

»Der Hosengürtel ist ja offen und der Schlitz. Sie meinen wirklich, dass ...?«

»Doch, junger Mann, das glaube ich. Die Dame, sagen wir es einmal so, hat wohl während der Fahrt den Mund zu voll genommen. Können Sie mir folgen? Das wird dann zu einer unerwarteten Reaktion in Melchiors Lenden geführt haben und platsch – ist es passiert.«

Liebig wendete sich ab, damit niemand sein Grinsen erkennen konnte. Er fand, dass es keiner treffender hätte beschreiben können, als es Schiller gerade getan hatte. Nun beteiligte auch er sich an dem Gespräch.

»Jetzt mal ernsthaft, Schiller. Glauben Sie wirklich, dass es keinen Grund zur Annahme gibt, der auf äußere Einflüsse hinweisen könnte, also Tötungsabsicht?«

Ein weiteres Mal bückte sich der Arzt über die Toten und nahm sie genauer in Augenschein. Immer wieder schüttelte er den Kopf und richtete sich wieder auf.

»Bei schneller Beschauung kann ich zumindest nichts entdecken, was darauf hinweisen könnte. Doch warten Sie die toxikologische Untersuchung in der Klinik ab. Viel wichtiger erscheint mir das Ergebnis eurer Techniker. Eventuell wurde ja die Technik manipuliert. Aber das ist nicht mein Part, meine Herren. Schafft mir die beiden in die Rechtsmedizin. Jetzt, wo die ganzen Kinder aus Gerolstein Platz gemacht haben, sind wieder vereinzelt Kühlkammern frei. Ich muss gerade daran denken, dass dieser Melchior seine Frau mit dieser Dame lange Jahre betrogen hat. Ein hässlicher Zug mehr an dem Spinner. Jetzt wird die Ehefrau ihm oben im Himmel die Hölle heißmachen.«

»Ein nettes Wortspiel, Schiller«, merkte Peter Liebig an, bevor sie sich den Zeugen vornahmen.

36

Der Schaum in den Biergläsern war längst in sich zusammengefallen, was der Wirt hinter der Theke des Marktbrunnens mit Bedauern feststellte. Die beiden so unterschiedlichen Männer auf den Barhockern nippten hin und wieder an dem schaligen Bier und wechselten ein paar Worte. Die Gruppe am Stammtisch in der Ecke veranstaltete dagegen einen Höllenlärm und hielt die Kellnerin auf Trab. Schiller hatten die fünf Bier schon gehörig zugesetzt, was seiner Aussprache anzumerken war. Peter Liebig dagegen machte dieser geringe Alkoholkonsum nichts aus. Immer wieder betrachtete er den väterlichen Freund neben sich im Spiegel, der hinter den Flaschenregalen angebracht war und schon seit Jahren einen gelben Nikotinschimmer besaß. Ständig ging Liebig im Kopf herum, wie sich der Mann fühlen könnte, nachdem er auf so tragische Weise seine Frau verlor. Er selbst wusste sehr wohl, was ein solcher Verlust bedeuten konnte, wunderte sich dennoch über den Wandel, den er durchlebte. Immer öfter wechselte das Bild seiner verstorbenen Frau vor seinen Augen mit dem von Rita Momsen. Sie nahm immer stärker den Platz von der Frau ein, die er einst abgöttisch geliebt hatte. Nun war sie ebenfalls in die Hände eines brutalen Mörders geraten, wobei die

Frage offen blieb, ob sie noch lebte. Schiller musste Liebig anstoßen, um ihn aus seinen Gedanken zu holen.

»Ich glaube, ich will das nicht mehr, Liebig. Was mich bisher völlig unberührt arbeiten ließ, verfolgt mich nachts immer öfter. Können Sie sich das vorstellen? Die Toten sehen mich an, sie sprechen mit mir. Verrückt, oder? Maria hatte mir schon vor einiger Zeit gesagt, dass ich mich im Schlaf mit jemandem unterhalten würde. Ich habe gesagt, dass sie sich irren würde. Sie hatte wohl doch recht. Sie hatte eigentlich immer recht. Jetzt ist sie da oben und ...«

»Hören Sie auf, Schiller. Ich kann Sie verstehen. Ihre Frau Maria war ... sie war eine tolle Frau. Ich bin froh, dass ich sie kennenlernen durfte. Sie nannte mich immer *Sohnemann*. Ich weiß, dass sie gerne einen eigenen Sohn gehabt hätte. Mir tat es gut, wenn sie mich so ansprach. Ihr hätte Rita ebenfalls gefallen. Glauben Sie nicht auch?«

Schiller blickte nicht einmal auf, als er zustimmend nickte. Er hob plötzlich sein Glas und trank es in einem Zug aus. Dem Wirt rief er zu: »Noch mal dasselbe, bitte.«

Mit dem frischen Pils prosteten sich die beiden Freunde zu und wischten sich anschließend den Schaum vom Mund. Schiller war endlich aus seiner Lethargie erwacht und drehte sich Liebig zu.

»Hören Sie zu, Liebig. Das mit dem ewigen Sie finde ich auf Dauer Scheiße.« Er streckte dem Hauptkommissar die Hand entgegen. »Ich heiße ab sofort Ralf und will dieses Dr. Schiller nicht mehr hören. Prost, Peter – du bist ab jetzt *mein Sohnemann*. Hast du verstanden?«

Trotz der Anspannung, die in ihm ruhte, löste sich eine gewaltige Gefühlslawine in Liebig. Nun kannten sie sich schon so lange und erst ein tragisches Ereignis sorgte dafür, dass man noch näher zusammenrückte. Spontan griff Liebig zu und zog den wesentlich kleineren Mann an die Brust. Schiller ruderte mit den Armen wild in der Luft herum, da er vom Hocker zu fallen drohte.

»Ist ja schon gut, Sohnemann. Deshalb musst du mich ja nicht gleich umbringen.«

Eine Weile klönten die beiden Freunde über die Vergangenheit, bis Ralf Schiller wieder in die Gegenwart zurückfand.

»Ich weiß, dass du Rita niemals aufgibst, selbst wenn keiner mehr eine Chance sieht. Ich meine damit die Vorgehensweise von diesem Reisig. Und das ist auch gut so. Das einmal vorneweg. Gehen wir einmal von dem hoffentlich realen Fall aus, der zieht mit seinem Entführungsopfer durch die Lande. Das schafft der nicht auf Dauer. Außerdem wird die Kleine eine Möglichkeit finden, auszubüxen. Irgendjemand wird ihn erkennen und uns in die Arme treiben. Meine Gedanken gehen in eine andere Richtung.

Er will Rita, aus welchen Gründen auch immer, nicht töten. Hat sich vielleicht sogar in diese freche Göre verliebt, sofern das bei ihm überhaupt möglich ist. Egal. Er will ihr auf jeden Fall nichts tun. Frage mich bitte nicht, warum ich diesen Gedankensprung vollziehe. Ich weiß es selber nicht. Aber mir geht immer wieder die Bemerkung seines Bruders durch den Kopf, dass er am Geburtstag seiner Schwester immer das Grab aufsucht. So hast du es mir berichtet. An dem eigentlichen Geburtstag konnte er aber nicht dort sein. Ihr hattet alles abgesperrt und er hatte ja versucht, auf den Friedhof zu kommen. Jetzt lach bitte nicht über das, was ich sage: Aufgeschoben ist nicht aufgehoben! Heißt es nicht so? Während ihr die Lage besprecht, hängt der Drecksack vielleicht auf dem Friedhof rum und beweint den schlimmen Tod seiner kleinen Schwester.«

Liebig hatte das Bierglas längst wieder abgestellt, das er bereits zum Mund geführt hatte, bevor Schiller mit seinen Worten endete. In seinem Kopf irrten wilde Gedanken herum, die er versuchte zu ordnen. Sie führten ihn zurück zum Verhör des mitverantwortlichen Bruders. Tatsächlich hatte dieser Sigmar darauf hingewiesen, wie wichtig Hagen dieses Ereignis wäre. Der Geburtstag war gestern. Liebig sah gehetzt auf die Armbanduhr und sprang auf. Der Wirt wirkte ebenso irritiert wie Ralf Schiller, als Liebig mit großen Schritten der Tür zueilte und verschwand.

»Zahlen. Ich glaube, meinem Freund ist was Wichtiges eingefallen. Nun ja, wir werden alle nicht jünger.«

Ein letzter Blick auf die Zeitanzeige im Armaturenbrett zeigte Liebig, dass es kurz vor zehn Uhr war und er um diese Zeit den normalen Eingang nicht mehr benutzen konnte. Um von der Fulerumer Straße nicht zufällig von einem Bewohner oder einem vorbeifahrenden Autofahrer beobachtet zu werden, machte er sich auf den Weg, um von der Rückseite des Südwestfriedhofs auf das Gelände zu gelangen. Er klemmte sich die Wolldecke, die er sicherheitshalber immer im Wagen mit sich führte, unter den Arm. Nach kurzem Fußmarsch erreichte er oberhalb vom Halbachhammer den Begrenzungszaun des Friedhofs. Um sich beim Überklettern nicht zu verletzen, legte er die Decke über den Zaun und kletterte vorsichtig darüber. Die absolute

Dunkelheit unter den dichtstehenden Bäumen schützte ihn vor der Entdeckung. Er versuchte, sich in Gedanken zu orientieren, wo sich das Feld vierhundertzwölf befand. Die ungefähre Richtung hatte er und er schlich vorwärts. Innerlich verfluchte er dieses nasskalte Wetter, das ihm schon jetzt die Kälte durch die Kleidung trieb. Nur sehr schwach konnte er die Wege erkennen, die ihn vorbei an Kriegsgräbern und Gruften immer näher an das gesuchte Reihengrabfeld heranführten.

Während er den Weg suchte, kreisten seine Gedanken um den Mörder und die Tatsache, dass er seine Schwester still und heimlich bestatten wollte. Wie wollte er das bewerkstelligen, wo ihm eine offizielle Beisetzung unmöglich war? Noch bevor er den Gedanken zu Ende bringen konnte, sah er es. Fast wäre er sogar über das im Boden steckende Brett mit der Aufschrift vierhundertzwölf gestolpert. Als hätte ihn ein Blitz getroffen, duckte sich Liebig und witterte wie ein jagender Wolf in alle Richtungen. Er wollte dem Killer nicht ahnungslos in die Arme laufen, sollte er sich bereits hier aufhalten. Ihn umgab lediglich die Schwärze einer besonders dunklen Nacht, die kaum den Blick auf die vor ihm auftauchenden Grabfelder gestattete.

Hinter sich wusste Peter Liebig eine Buschreihe, da er sie erst vor wenigen Augenblick durchquert hatte – eine Deckungsmöglichkeit. Außerdem war es ein brauchbarer Ausguck auf das unter ihm liegende Gräberfeld. Direkt davor entdeckte er eine breite Gruft, die ihren Abschluss in einem hohen Stein fand. Kurzentschlossen bereitete er sein Lager davor und lehnte sich auf der Decke sitzend mit dem Rücken davor. Nach einigen Minuten gewöhnten sich seine

Augen sogar an die lästige Dunkelheit. Sie suchten unablässig den Bereich rund um dieses Grabfeld ab, das Gott sei Dank nur die Größe eines Tenniscourts besaß. Er konnte behaupten, dass ihm kaum ein Geräusch drumherum entging – eine Tatsache, die jedoch seine Nerven stark beanspruchte. Jeder, der schon einmal im Wald genächtigt hatte, war in der Lage nachzuvollziehen, wie laut eine Nacht in diesem sein konnte. Hinzu kamen die eingebildeten Geräusche, die von der absolut natürlichen Angst vor Dunkelheit und besonders den Friedhöfen in uns ruht. All das kam jetzt geballt zum Ausbruch. Schatten entstanden, wo keine waren. Immer wieder huschten lebensgroße Tierumrisse vor seinen Augen heran, ließen den gestählten Mann zusammenfahren. Verzweifelt fuhr er sich über die Augen, ließ sie sogar einen Moment geschlossen.

Das konnte einfach nicht sein! Die Erde unter ihm hob und senkte sich, als wollte der oder die Tote sich über die Belästigung, diesen unerwünschten Besuch beschweren. Heftig fuhr Liebig zusammen, riss die Augen wieder auf. Nichts! Sein Verstand hatte ihm einen derben Streich gespielt. Die skurrile Szenerie schien sich für einen Moment zu beruhigen, wobei die Atmung sich normalisierte. Das hielt nur solange an, bis sich die abstützenden Hände in einer Schleimspur verirrten, die eine Nacktschnecke bei ihrer nächtlichen Wanderung hinterließ. Er wollte schreien, als die tastende Hand schließlich den Verursacher berührte. Eine Begegnung, die ihm heute tatsächlich Unbehagen bereitete, bei Tage aber nichts ausgemacht hätte. Alles war in dieser Nacht anders, wirkte plötzlich bedrohlich. Peter Liebig zwang sich zur Ruhe, indem er sich immer wieder sagte:

Das alles gibt es gar nicht. Die Toten bedeuten für mich keine Gefahr mehr, sie ruhen in der Ewigkeit. Gefahr besteht nur durch diesen Wahnsinnigen.

Obwohl er sich geschworen hatte, auf keinen Fall auch nur einen Ton von sich zu geben, konnte er das Versprechen nicht halten, als er das lästige Jucken auf dem Halsansatz beenden wollte. Der Übeltäter besaß jedoch acht Beine und fühlte sich an, als wäre er handtellergroß. Hauptkommissar Liebig stieß ihn aus, diesen spitzen Schrei, kurz und verräterisch. Der Schweiß sammelte sich auf der Stirn und lief trotz der mittlerweile eingezogenen Kühle über die Brauen in die Augen. *Niemals wieder,* das schwor er sich, *werde ich diesen Scheiß wiederholen. Rita, hoffentlich finde ich dich, damit das nicht umsonst geschah.*

Der Atem stockte, als er den großen Schatten neben dem Grab in der dritten Reihe entdeckte. Noch ein letztes Mal wischte er mit der Hand über die Augen. Als er sie wieder öffnete, war dort, wo er Reisig vermutet hatte, nur dunkle Leere. Ein kurzes Stöhnen konnte er nicht unterdrücken. Seine Hand umklammerte den Knauf seiner P6 mit aller Kraft. Sie gab ihm einen kleinen Teil seiner Sicherheit zurück, die nach und nach abgebröckelt war. Schon hatte er mit dem Gedanken gespielt, die Aktion abzubrechen, als ihm sein Bauch signalisierte, dass er von diesem Augenblick an nicht mehr alleine auf dem Friedhof war. Tausend Augenpaare schienen ihn zu beobachten. In Wirklichkeit war es nur eines – direkt hinter seinem Grabstein. Die Gewissheit über seine Vermutung erhielt er beeindruckend, als sich die Klinge eines gewaltigen Jagdmessers an seinen Hals legte und er die lähmenden Worte hinter sich vernahm.

37

Spiekermann, der aus dem Halbschlaf aus dem Kissen hoch-
schreckte, suchte verzweifelt nach dem Störenfried, fand das
Telefon schließlich im Bad, wo er es vor dem abendlichen
Zähneputzen abgelegt hatte. Das Display zeigte ihm eine
völlig unbekannte Nummer, die er mit einem wilden Fluch
wegdrückte. In den letzten Tagen war es ihm häufiger passiert, dass ihn ein älterer Mann anwählte, in dem Glauben,
die Nummer seines Sohnes eingegeben zu haben. Gerade
hatte er die Augen wieder geschlossen, erklang die Titel-
melodie aus dem Kultwestern *Spiel mir das Lied vom Tod*
wieder. In seiner Verzweiflung riss er das Gerät an das Ohr
und ließ Dampf ab: »So allmählich sollten Sie wissen, dass
diese Nummer ...«

Als er von der Stimme unterbrochen wurde, versteifte sich
sein Körper und er fiel zurück auf sein Bett. *Das konnte einfach nicht sein – das war eine Nachricht aus einer anderen
Welt.*

»Klaus? Bist du noch dran? Bitte sag doch was, ich
brauche Hilfe. Klaus, bitte.«

Sein Atem setzte wieder ein, sodass er zumindest ein
Stöhnen produzieren konnte. Seine Lippen formten bereits
Worte, die jedoch die Stimmbänder nicht in Klänge umwan-

deln konnten. An der Gegenseite hörte er nur heftiges Atmen, als wäre die Anruferin gelaufen.

»Rita, bist du das. Das ist doch ... ich glaube es einfach nicht. Wo bist du? Ich komme dich holen. Sag doch etwas.«

Schon glaubte er an eine Sinnestäuschung, als Rita antwortete.

»Wo ist Peter? Ich kann ihn nicht erreichen. Er geht einfach nicht ans Telefon, obwohl ein Freizeichen da ist. Es muss ihm etwas zugestoßen sein. Bitte hilf mir und hole mich ab. Ich stehe hier ... warte einen Moment, ich muss nachsehen. Ich bin in der Telefonzelle auf der Kaulbachstraße, Ecke Kleine Lehnbachstraße. Das ist ...«

»Ich weiß, wo das ist«, unterbrach er Rita. »Bleib um Gottes willen dort. Ich bin in zehn Minuten bei dir, muss mir nur was überziehen. Geht es dir gut?«

»Beeil dich. Ich erzähle dir alles später.«

Die Leitung wurde unterbrochen und Klaus Spiekermann suchte verzweifelt nach seiner Kleidung, die er gewohnheitsmäßig sorgfältig in der Wohnung verteilt abgelegt hatte. Der Motor seines Golf lief noch, als er aus dem Wagen stieg und die Kollegin mit einem Laut der Erleichterung in die Arme nahm.

»Du bringst mich um, Klaus. Ich bekomme keine Luft mehr. Ich freue mich ja auch, dich zu sehen. Lass uns zu Peter fahren. Da stimmt was nicht.«

Spiekermann irritierte in diesem Augenblick, dass Ritas Gedanken sofort bei Liebig waren, anstatt sich über ihre Freiheit und die Gründe dafür auszulassen. Dem Wunsch der Kollegin folgend setzte er das Blaulicht auf das Dach und trieb den Motor des Fahrzeuges zu Höchstleistungen an. Nur fünfzehn Minuten später drehte sich der Wagen bei einer Vollbremsung in die Einfahrt zu Liebigs Wohnhaus. Mit einem Blick vergewisserte sich Rita davon, dass die Wohnung unbeleuchtet war. Sie war kaum in der Lage, den Haustürschlüssel in das Schloss zu stecken, sodass Spiekermann ihr Hilfe anbot. Er wunderte sich nicht einmal darüber, dass Rita den Schlüssel besaß. Das Verhältnis zwischen den beiden war schließlich kein Geheimnis mehr. Der Gang durch die Wohnung bestätigte den beiden, dass sich Peter Liebig außer Haus befand. Enttäuscht ließ sich Rita in den Sessel fallen und schlug die Hände vor das Gesicht. Klaus Spiekermann wagte es nicht, den Arm um sie zu legen, entschloss sich jedoch, ihr die Frage zu stellen, die er bis zu diesem Zeitpunkt unterdrückt hatte.

»Wieso hat dich der Kerl freigelassen? Ich verstehe das nicht, wo er doch bisher jeden tötete, der ihm in die Finger geriet.«

»Das ist auch etwas kompliziert, Klaus. Eigentlich hat es mich selbst sehr überrascht, da ich schon mit dem Schlimmsten gerechnet hatte. Er sagte mir noch in dem verfluchten Haus, als ich in der Kammer eingesperrt war, dass ich aussehen würde, wie seine Schwester. Ich denke, dass dies der Hauptgrund war, warum er mich verschonte. Du solltest aber auch wissen, dass dieser Mann nur von Rache getrieben wurde, die ich teilweise sogar nachvollziehen kann. Du weißt sicher, was Richter Ludwig mit der kleinen Leonie angestellt hat. Ich möchte nicht darüber nachdenken, wie wir an seiner Stelle reagiert hätten. Doch lass uns darüber später reden. Jetzt ist Peter wichtig. Wo kann er sein?«, lenkte Rita ab.

»Warte einmal. Ich meine, dass er kurz vor Feierabend davon sprach, dass er sich mit Dr. Schiller verabredet hatte. Der müsste doch wissen, wo er verblieben ist. Ich sollte irgendwo die Nummer haben.«

Seine flinken Finger schoben das Telefonregister seines Smartphones geschickt an die Stelle, an der er die Nummer des Arztes fand. Ein Druck auf die Nummer hatte zum Ergebnis, dass sich die müde Stimme des Mediziners meldete. Spiekermann ließ ihn gar nicht erst den Zweck des späten Anrufes hinterfragen, sondern klärte ihn in kurzen Worten über das Geschehen und seine eigentliche Frage auf.

»Peter ist so um die zweiundzwanzig Uhr einfach rausgelaufen, nachdem wir uns im Marktbrunnen über diesen Reisig unterhalten hatten.«

»Worüber habt ihr genau gesprochen?« Spiekermann fuhr fort: »Es ist sehr wichtig, denn wir können ihn nicht erreichen.«

»Ich glaube, wir sprachen über dessen Schwester, die auf dem Südwestfriedhof liegen muss und gestern wohl Geburtstag hatte. Meinen Sie, dass ...?«

Klaus Spiekermann wartete die Frage Schillers nicht ab, sondern unterbrach die Verbindung.

»Komm, Rita, ich glaube, ich weiß, wo wir ihn finden werden. Ich fahre, du rufst die Bereitschaft an. Die sollen sofort zum Friedhof kommen. Es besteht Lebensgefahr.«

Schon mehrere Hundert Meter vor dem Haupteingang drosselte Spiekermann das Tempo und schaltete das Blaulicht aus. Wie von Sinnen riss Rita an dem Haupttor, ohne dass sich das Gatter öffnete. Bei einem Blick zur Seite konnte sie ihren Kollegen sehen, der die Hände vor dem

240

Bauch zusammengelegt hatte und ihr die Räuberleiter vorschlug. Auf dem Gelände des Friedhofs angekommen, versuchten die beiden, möglichst geräuschlos über den Kies zu laufen. Immer wieder lauschten sie in die Dunkelheit, um vielleicht Gesprächsfetzen aufzunehmen. Nichts. Nur absolute Stille und beängstigende Dunkelheit. Rita zerrte am Jackenaufschlag des Kollegen, der ihr zu zögerlich an die Suche heranging. Schließlich hielt er sie energisch zurück und legte seine Lippen an ihr Ohr.

»So darfst du nicht an die Sache rangehen, Rita. Deine Schritte sind meilenweit zu hören. Lass uns zwischen den Gräbern durchgehen. Wenn uns der Kerl, sollte er tatsächlich hier sein, hört, ist das ein Todesurteil für Liebig. Der würde Panik bekommen und das Ganze schnell zu Ende bringen. Außerdem laufen wir selbst Gefahr, von ihm getötet zu werden. Das ist kein Mensch, sondern eine Maschine, die zum Töten abgerichtet wurde. Halte dich hinter mir. Du bist nicht einmal bewaffnet.«

Um seine Worte zu unterstreichen, zog er die Waffe aus dem Holster und umklammerte sie mit beiden Händen. Sie setzten ihren Weg in die undurchdringliche Schwärze des Friedhofs fort. Nur einen kurzen Augenblick verharrten die beiden, als sie glaubten, das Eintreffen mehrerer Fahrzeuge auf der Zufahrtsstraße gehört zu haben. Nach mehreren hundert Metern und zwei Grabfeldern hielt Spiekermann Rita am Ärmel zurück und legte einen Finger über seine Lippen. Auch Rita hatte die Wortfetzen vernommen und gab zu verstehen, dass sie näher ranschleichen sollten. Als sie hinter einem breiten Stamm einer Kastanie Schutz suchten, sahen sie, was ihnen das Blut in den Adern gefrieren ließ.

38

Die Klinge ritzte leicht die Haut des Hauptkommissars, als er zusammenzuckte und versuchte, das Messer zu greifen. Auf halbem Weg zog er die Hand zurück und hielt seinen Körper genau in der Haltung. Die Erkenntnis breitete sich blitzschnell in ihm aus, dass er gegen diesen geübten Mörder mit Abwehr auch nicht die geringste Chance hatte. Es würde nur Bruchteile einer Sekunde dauern, um seinen Hals vom Rumpf zu trennen. Er wartete geduldig auf weitere Reaktionen seines Gegners und löste demonstrativ die Hand von der Waffe.

»Das ist sehr klug von dir, mein Freund. Leg deine Knarre neben dich auf den Boden, sodass ich sie sehen kann. Du hast deine Lage richtig eingeschätzt. Jetzt verhalte dich auch weiterhin richtig und du bekommst vielleicht deine Chance.«

Kaum hatte Liebig die P6 abgelegt, verschwand sie hinter ihm in der Dunkelheit. Er wusste, dass sich zwischen ihm und dem Kerl noch der Grabstein befand, der den Mörder sowieso vor einem Schuss aus der Waffe geschützt hätte. Nun hieß es, Ruhe zu bewahren und das weitere Geschehen abzuwarten. Eines war gewiss. Hätte Reisig vorgehabt, ihn zu töten, wäre es für ihn ein Leichtes gewesen, das schon in die Tat umzusetzen. Er hatte etwas mit ihm vor. Trotz der misslichen Lage behielt er die Ruhe. Sogar Neugierde befiel ihn, da der Killer einem Plan zu folgen schien.

»Du hast es dir anders vorgestellt, Bulle. Oder? Ein schneller Tod hat was Erstrebenswertes für jeden, der ihn herausfordert. Doch warum sollte ich dir diesen Triumph gönnen, dich vor deinen Leuten zum Helden machen. Du wolltest mich – jetzt hast du mich. Nun gut, nicht so ganz, aber zumindest hast du richtig kombiniert. Du bist ein Fuchs und das erkenne ich an. Steh auf und geh vor mir her – aber langsam.«

Liebig spürte, wie Reisig die Klinge zurückzog. Nur sein Atem war hörbar, doch wusste Liebig, dass der Mann direkt hinter ihm war und jede falsche Bewegung auf der Stelle bestrafen würde. Auf ein kurzes Stopp blieb er stehen und fragte sich, was Reisig mit dieser Aktion bezweckte. Auf die Lösung musste er nicht allzu lange warten.

»Still stehen! Sofort! Ich gebe dir nun die Gelegenheit, dich bei meiner Schwester zu entschuldigen. Du stehst genau neben ihr. Sage ihr, dass es dir leidtut. Erkläre ihr, warum du sie nicht vor diesen Tieren schützen konntest, die sich Gesetzesvertreter nennen. Sie kann nicht verstehen, warum sie ausgeweidet wurde. Sie versteht auch nicht, warum andere Kinder von diesen Monstern gequält, vergewaltigt und dann auf einer Treibjagd wie eine Rudel Wölfe getötet wurden.«

Mit dieser Entwicklung hatte Liebig nicht gerechnet, überlegte, ob sich hier ein Weg zeigte, um der tödlichen Gefahr zu entkommen. Doch was geschah, wenn Reisig diese Entschuldigung als ausreichend ansah und dann die Bestrafung vollzog? Zeit war das Zauberwort. Er brauchte Zeit, um eine Lösung zu finden. Schließlich war er wie ein blutiger Anfänger in die Falle getappt. Der kampferfahrene Soldat hatte ihn längst bemerkt, bevor er den Platz an dem Grabstein eingenommen hatte. Der Krieg hatte aus dem Mann eine Kampfmaschine gemacht.

»Ich wusste nicht, welche Bestien sich in den Männern verbargen. Wie denn auch?«, versuchte Liebig das Gespräch in Gang zu halten.

»Falsche Antwort, Drecksbulle. Ihr steckt alle unter einer Decke und versucht, diese erbärmlichen Taten zu decken, sie zu vertuschen. Das waren in den Augen der Menschen Ehrenbürger, Richter und Staatsanwälte – das durfte niemals an die Öffentlichkeit. Die Leute würden jeden Respekt vor der Obrigkeit verlieren, käme das raus. Also müsst ihr Ermittler darüber hinwegsehen. Leonie möchte nicht deine Lügen hören, die verlogenen Beteuerungen deiner Unschuld. Sage ihr die Wahrheit, damit du mit halbwegs reinem Gewissen in die Hölle fahren kannst. Du wirst ihr niemals begegnen, denn sie wird im Reich Gottes den Frieden finden, während du die Folter der Hölle erleben wirst.«

In Liebig regte sich Widerstand. Wenn er die Vorhersage des Mörders richtig auslegte, würde er mit dieser möglichen Beichte sein Todesurteil sprechen. Falsche Reue bedeutete seinen Tod. Was geschah bei einer Konfrontation? Schlimmer konnte es auch nicht werden. Also musste er mit neuer Taktik versuchen, Zeit zu gewinnen und eine Chance zu bekommen. Irgendwann musste sein Gegner einen Fehler machen, den er ausnutzen würde. Doch dazu hieß es, ihm ins Gesicht sehen zu können. Liebig drehte sich Reisig zu. Was er sah, war eine große Gestalt in einem Kampfanzug, die jetzt bartlos vor ihm stand. Reisig überragte ihn um einen halben Kopf. Ein Mensch, der nur aus purer Muskulatur zu bestehen schien. Liebig musste zugeben, dass er beeindruckt war. Er versuchte, die Gefühle zu unterdrücken, die sich in ihm auftürmten. Auf keinen Fall durfte er sich auf einen Kampf mit diesem Koloss einlassen. Dieses Vorhaben war schon von Beginn an zum Scheitern verurteilt.

»Ich warte! Selbst meine Eltern warten darauf, dass du deine Mitschuld zugibst. Sie hören dir ebenfalls zu.«

Erst jetzt fiel Liebigs Blick auf den Grabstein, der die Namen der Eltern in großen Lettern zeigte. Eine Tatsache, die er für sich nutzen wollte.

»Hast du deine Schwester tatsächlich in die Obhut deiner Eltern zurückgegeben? Zeigst du so deine Liebe zu ihr? Das musst du mir erklären. Dein Bruder berichtet, dass ihr Kinder geschlagen wurdet, dass deine Eltern trunksüchtig und gewalttätig waren. Und du begräbst das unschuldige Kind genau da, wo sie weiter gequält werden kann? Das, mein Freund, nenne ich unmenschlich. Die beiden werden Leonie in ihren Klauen behalten und sie immer tiefer in die Hölle ziehen, in der sie leben. Sie wird dort niemals die Ruhe finden, die sie verdient hat. Was hast du dir nur dabei gedacht?«

Nur das Rascheln des herabfallenden Laubes und das Tröpfeln des Regens von den Zweigen störte in diesem Augenblick die Stille. Liebig glaubte zu hören, wie die Gedanken durch den Kopf des Gegners rasten und ihn verwirrten. Die Hand mit dem Messer senkte sich nur für einen Augenblick, um sofort wieder gegen Liebigs Bauch gerichtet zu werden. Reisig hatte sich dazu entschieden, Liebigs Worte anzuzweifeln.

»Das hast du dir gerade ausgedacht. Ich werde nicht darauf hereinfallen. Du willst nur diese Kerle schützen, die meiner Schwester durch ihre Tat jede Möglichkeit nahmen, ihr Leben zu leben. Sie war noch so jung, stand am Anfang. Sie wollte doch nur Spaß haben, ihre Jugend genießen. Sie wird sich auf das ungeborene Kind gefreut haben, das ihr dieser Richter nahm. Hast du gehört? Er hat den Fötus gefressen. Ja, gefressen hat er ihn. Das musst du dir vorstellen.«

Die letzten Worte hatte er fast geschrien, sodass sie über das Feld hinaus zu verstehen waren. Doch schnell fand er wieder seine Fassung, was ihn in den Augen Liebigs besonders gefährlich machte. Er hatte es gelernt, die Fassung zu bewahren. Wie eine Katze bewegte er sich plötzlich um Liebig herum, der ihm nur mit den Augen folgte. Jeden Augenblick erwartete er die todbringende Attacke.

»Hast du Angst?«

Diese Frage überraschte Liebig dann doch, die Reisig, jetzt hinter ihm stehend, stellte. Was erwartete dieser Mann nun von ihm? Sollte er den coolen Helden vortäuschen oder seine Schwäche eingestehen? Die Konsequenz war nicht vorhersehbar.

»Ja, Reisig, ich habe sogar tierische Angst. Ich kann dich nicht einschätzen. Jeden Moment muss ich damit rechnen, dass du mich dafür tötest, weil ich diese Schuld, die ich nicht bei mir erkennen kann, nicht zugebe. Und ich sage dir jetzt und hier, dass ich das auch niemals tun werde. Du wirst mich auf jeden Fall umbringen. Davon bin ich überzeugt. Dir wird es jetzt auf einen Unschuldigen mehr oder weniger nicht ankommen. Du tötest Menschen, weil du glaubst, die

Taten gegenüber deiner Schwester rächen zu müssen. Doch du wirst damit dieses Unrecht nicht ungeschehen machen können. Ich glaube auch nicht, dass sie es so wünschen würde. Ihre Sehnsucht nach Frieden wird ähnlich groß sein wie deine. Du hast wahrscheinlich so viele Tote auf den Kriegsfeldern gesehen, dass es eigentlich normal wäre, endlich den Frieden zu suchen. Hörst du nicht Leonies Flehen, damit aufzuhören? Sie will von oben auf ihren großen Bruder herabschauen können – und sie möchte das voller Stolz tun. Hör auf damit. Ich werde dir keine Versprechungen machen, die ich niemals halten könnte. Du hast viel Unrecht begangen, hast Menschen getötet, die es verdient haben, aber auch welche, die mitten aus ihrem Leben gerissen wurden. Dafür wirst du dich vor einem irdischen Gericht, aber auch vor Gott verantworten müssen. Doch weitere Opfer bedeuten auch weiteres Unrecht. Deine Schwester wird sich von dir abwenden, weil sie es nicht gutheißen kann. Willst du das wirklich?«

Wieder entstand diese Stille. Jeden Augenblick erwartete Liebig den tödlichen Stich in seinem Rücken, betete sogar das Vaterunser. Umso überraschter reagierte er, als er neben sich die offene Hand Reisigs erkannte, auf der die Dienstwaffe Liebigs lag.

»Nimm sie. Ich möchte, dass du sie an dich nimmst. Du hast recht. Leonie soll stolz auf ihren Bruder sein. Ich möchte an ihrer Seite stehen. Wenn ich mich selbst richte, wird man mich in die ewige Verdammnis schicken. Du musst es tun, Liebig. Ich habe dir jeden Grund geliefert. Ich tötete Freunde von dir, also erschieß mich. Dann werde ich mit Leonie wieder vereint sein.«

Ohne sich weiter darüber Gedanken zu machen, griff Liebig langsam nach der Waffe, umklammerte sie und wendete sich dem Gegner zu. Ein dumpfer Ton zeigte an, dass Reisig sein Messer fallengelassen hatte. Die beiden Männer standen sich nun gegenüber, jeder für sich hing seinen Gedanken nach. Liebigs Waffe zielte unbewusst auf den Bauch des Gegners. Sein Daumen entsicherte die Waffe.

»Tu es nicht!«

Ritas Schrei kam für alle Beteiligten unerwartet. Peter Liebig bemerkte die beiden Schatten nur wenige Meter vor den Büschen, vor denen er vor einigen Minuten selbst noch auf seinen Gegner wartete. Hinter Rita erkannte er den Kollegen Spiekermann, der versuchte, Rita aufzuhalten. In einer Hand ruhte die Waffe, die er auf den Rücken Reisigs gerichtet hielt. Rita machte sich frei von ihm und kam langsam auf die beiden Kontrahenten zu. Mit einem gewissen Unbehagen sah er, wie sich Ritas zarter Körper zwischen seinem und den von Reisig schob.

»Du darfst ihn nicht töten, Schatz. Ich weiß, dass er den Tod in deinen Augen tausendfach verdient hätte. Doch Rache ist der falsche Weg. Sie wird uns niemals den Frieden geben, den wir uns davon erhoffen. Marc Aurel hat einmal gesagt: Die beste Art, Unrecht zu rächen ist, es ihm nicht gleich zu tun. Ich kann das nachvollziehen, denn wer sich rächt, gräbt sofort zwei Gräber und wird nie den Frieden finden, den er glaubt, damit zu erreichen.

Du kannst es natürlich nicht wissen. Hagen Reisig hat mich niemals angefasst. Er sagte, dass ich seiner Schwester Leonie ähneln würde. Er ist nicht durch und durch böse. Er wurde zu dem gemacht, was er ist. Gib ihm die Zeit, über sein Leben, seine Fehler nachzudenken. Bitte, tu ihm nichts an, denn ich würde damit auch dich verlieren.«

Die rundherum auftauchenden schwarzen Schatten der SEK-Leute nahmen Liebig die Entscheidung ab. Ihre Waffen zielten auf den Mann, der viele Menschen auf dem Gewissen hatte. Seine Miene war undurchschaubar, allerdings vom Hass befreit. Peter Liebig senkte seine Waffe und legte die Arme um Rita, die sich an seine Brust warf. Reisig ließ es wortlos zu, dass man ihm die Arme auf den Rücken riss und in Handschellen legte. Die Augen waren starr auf Rita gerichtet, die ihm, während er abgeführt wurde, noch ein dankbares Lächeln gönnte.

39

Peter Liebig nahm die letzten Stufen zum Gerichtsgebäude. Seine Gedanken bewegten sich bereits um seine Aussage zum Prozess gegen die Reisig-Brüder, als er den stechenden Schmerz neben der unteren Halswirbel spürte. Die breite Klinge des Jagdmessers bohrte sich knirschend in den Nackenmuskel und lähmte den Hauptkommissar augenblicklich. Er drehte den Kopf, um den Angreifer erkennen zu können. Das bärtige, von Hass verzerrte Gesicht war ihm nur zu bekannt. Todesangst breitete sich rasend schnell in seinem Körper aus, die einen dunklen Vorhang vor seine Augen legte. Besucher, die ebenfalls das Gebäude betreten wollten, sprangen zurück, brachten sich in Sicherheit. Erste Schreie alarmierten die Polizeiposten, die zu Kontrollen an den Sicherheitsschleusen abgestellt worden waren. Liebig versuchte, seinen Schmerz herauszuschreien, als er die Hand spürte, die an seiner Schulter zerrte.

»Peter ... was ist mit dir? Du musst aufwachen! Bitte, beruhige dich. Es ist nur ein Traum.«

Liebigs Hand fuhr über das schweißbedeckte Gesicht, versuchte, den Schleier des vermeintlichen Todes wegzuwischen. Rita rüttelte weiter an seiner Schulter, rief immer wieder seinen Namen.

»Bitte, Peter, komm zu dir. Ich bin es doch. Was ist passiert? Um Gottes willen, beruhige dich.«

Allmählich ebbten die Ängste ab, die seinen Körper verkrampften. Er schien in die Realität zurückzufinden. Rita strich immer wieder über sein Gesicht und legte ihre Arme um den Mann, der schon seit einigen Nächten von Albträumen verfolgt wurde. Jeden Tag aufs Neue versuchte sie ihn dazu zu überreden, sich in professionelle Hände zu begeben. Der Friedhofsaufenthalt hatte Spuren und Narben hinterlassen, die er allein nicht beseitigen konnte. Rita hoffte auf Einsicht.

Hagen Reisig erklärte sich in allen Anklagepunkten für schuldig. Die Öffentlichkeit, die seine Geschichte nur ungenügend kannte, forderte den Kopf des Massenmörders. Für sie war es eine Bestie, dem das Töten in den Genen saß. Liebig und Momsen saßen im Zuschauerbereich, als das Urteil gesprochen wurde. Ein Gutachter attestierte dem großen Mann zuvor eine eingeschränkte Schuldfähigkeit, sodass er den Rest seines Lebens in der forensischen Psychiatrie zubringen sollte. Eine vorzeitige Entlassung wurde wegen der Schwere der Schuld ausgeschlossen. Rita berührten die letzten Worte des Mörders, der sich besonders bei ihr entschuldigte. Aber auch zu den unschuldigen, getöteten Menschen äußerte er sich und bat um Verzeihung. Er sah öffentlich ein, dass er ihnen großes Unrecht antat.

Sigmar Reisig konnte eine aktive Beteiligung an den Tötungen der Menschenhändler Reinhold und Fedor nachgewiesen werden, was zwölf Jahre Gefängnis für ihn bedeutete.

Still und ohne großes Aufsehen machte Rita Momsen ihr Versprechen wahr, das sie dem angeklagten Hagen Reisig bei einer der vielen Vernehmungen gab. Leonie Reisig bekam ihr eigenes Grab, weit weg von den Eltern, die sicherlich eine Teilschuld daran trugen, dass ein normales Leben für die Kinder unmöglich wurde.

– Nachwort –

Liebe Leserinnen und Leser,
hat Sie auch dieses Buch wieder gut
unterhalten können und die erwartete Spannung geliefert?
Weitere Romane aus meiner Feder finden Sie im Anhang.

Wir Autoren wären oftmals relativ hilflos, wüssten wir nicht diese
wichtigen Helfer im Hintergrund, die vor der Veröffentlichung eines
Buches den strengen Blick auf die Texte werfen.
Meinen Dank richte ich dabei an vier
großartige, von mir geschätzte Frauen:
Sonja Kindler, Andrea Schmidt, Stefanie Stoltenberg
und Anne Philipps.

Persönliche Anmerkungen und ein Feedback können Sie mir gerne
unter h.c.scherf@gmx.de zukommen lassen.
Sie erhalten garantiert zeitnah eine Antwort.

Ihr H.C. Scherf

H.C. SCHERF

THRILLER

DIE
ASCHE
BLEIBT

ISBN 978-3749452163
Band 3 aus der Reihe Liebig/Momsen
Als Taschenbuch und E-Book in allen Buchhandlungen und Online-Shops.

Inhalt:
Das Feuer reinigt und lässt nur Asche zurück -
Doch das abgrundtief Böse hat es auch für sich entdeckt.

Während die tapferen Einsatzkräfte der Feuerwache ihr Leben aufs Spiel setzen, um Menschen vor dem Tod zu bewahren, lebt ein Psychopath seine kranken Leidenschaften aus, folgt dem Trieb, unvorstellbar grausam töten zu müssen. Immer mehr verdichtet sich der Verdacht, dass dieser Wahnsinnige nicht nur medizinische Grundkenntnisse besitzen muss. Nein - es könnte ein Feuerteufel sein, der sogar aus dem engeren Umfeld der Feuerwehr kommt. Jeder ist plötzlich verdächtig. Ein Psychokampf beginnt und gefährdet Freundschaften. Das Ermittlerduo Liebig und Momsen steht vor dem bisher rätselhaftesten Fall, der sie selbst in tödliche Gefahr bringt.

ISBN 978-3738622706

Band 2 aus der Reihe Liebig/Momsen

Als Taschenbuch und E-Book in allen Buchhandlungen und Online-Shops.

Inhalt:
»Die Qualen der Zelle liegen hinter ihr –
Doch die Hölle der Freiheit erwartet sie bereits«

Sieben Jahre teilte Daniela die Zelle mit Psychopathinnen. Totschlag war ihr
Verbrechen, für das sie lange sühnte.
Nun steht sie vor dem Tor der JVA und einer Freiheit gegenüber,
die keine ist.
Unerbittlich begegnet ihr die Familie mit Ablehnung. Als sie in einen Strudel
aus Gewalt gezogen wird, sehnt sie sich zurück in den Regelbetrieb des Straf-
vollzugs.
Ein perverser Serienmörder und ein brutaler Zuhälter reißen sie in den Vorhof
zur Hölle.
Ausgerechnet ein Ermittler steht ihr zur Seite, den die Vergangenheit mit den
Taten des perfiden Mörders verbindet.

ISBN 978-3749410620
Band 1 aus der Reihe Liebig/Momsen
Als Taschenbuch und E-Book in allen Buchhandlungen und Online-Shops.

Inhalt:
»Du bist stärker als deine Angst! Sie spürt es und wird nachgeben.«

Die geflüsterten Worte sollen Sarah beruhigen, ihre Höhenangst endgültig
besiegen. Ein Psychopath nutzt die Urängste der Menschen, um sie in den
Tod zu treiben.
Sein perfider Plan geht bei den Schutzbedürftigen einer Selbsthilfegruppe
auf, die ihre Phobien bekämpfen möchten.
Wird Peter Liebig, Hauptkommissar im Essener Morddezernat, die Pläne des
Wahnsinnigen durchkreuzen können?
Der Täter hinterlässt keine Spuren. Erst als der erfahrene Beamte in die Hölle
des Killers hinabsteigt, entdeckt er dessen Geheimnis.
Ein Psychoduell beginnt, das zwei völlig verschiedene Welten aufeinander-
prallen lässt.

ISBN 978-3752892178
Band 5 aus der Reihe Spelzer/Hollmann
Als Taschenbuch und E-Book in allen Buchhandlungen und Online-Shops.

Inhalt:
Der Frieden ist nur Schein - hinter ihm lauert der Tod

Eine ganze Region zittert vor ihr, obwohl sie Schutz versprach. Eine schöne Frau regiert nach dem Tod des Don unnachgiebig eine italienische Region. Nur einer durchschaut ihr Intrigenspiel, kennt ihr Geheimnis, das sie angreifbar macht. Geduldig wartet er auf den Tag der Abrechnung.
Ein grausamer Mafiakrieg, in den die Gerichtsmedizinerin Karin Hollmann, Hauptkommissar Spelzer und ein Serienkiller unaufhaltsam hineingezogen werden. Sie versuchen, Unschuldige zu schützen.

Obwohl die Handlungsabläufe in sich abgeschlossen sind, empfiehlt es sich, die Bücher in der Reihenfolge zu lesen.

Die Spelzer/Hollmann-Reihe:

KALENDERMORD - Band 1
DER SERBE - Band 2
MORDTIEFE – Band 3
BRANDZEICHEN – 4

ISBN 978-3752877953
Band 4 aus der Serie Spelzer/Hollmann
Als Taschenbuch und E-Book in allen Buchhandlungen und Online-Shops.

Inhalt:

»In mir hat der Satan ein Zuhause gefunden. Tust du nicht das, was ich von dir verlange, wirst du genau ihn von seiner fantasievollsten Seite kennenlernen.«

Die Drohungen treiben dem korrupten Polizisten kalte Schauer über den Rücken.
Während Doktor Karin Hollmann und Oberkommissar Spelzer einen Satanisten verfolgen, der im Ruhrgebiet seine Opfer sucht und findet, versucht der Serienmörder Pehling, an seinem Zufluchtsort neue Gegner abzuwehren.
Aber nur, wenn sich die so unterschiedlichen Weggefährten zusammenschließen, haben sie eine verschwindend geringe Chance. Sie müssen verhindern, dass ein Satansjünger seine Visionen vom Reich des Antichristen verwirklichen kann.
Der Weg dahin fordert einen blutigen Tribut, denn der Gegner scheint nicht von dieser Welt.

Obwohl die Handlungsabläufe in sich abgeschlossen sind, empfiehlt es sich, die Bücher in der Reihenfolge zu lesen.

Die Spelzer/Hollmann-Reihe:

KALENDERMORD - Band 1
DER SERBE - Band 2
MORDTIEFE – Band 3

ISBN 978-3752834215
Band 3 aus der Serie Spelzer/Hollmann
Als Taschenbuch und E-Book in allen Buchhandlungen und Online-Shops.

Inhalt:

»Da unten ist die Hölle«

Die Taucher der Essener Wasserschutzpolizei müssen weit über ihre psychischen Grenzen hinausgehen, als sie das Depot eines Killers in der Tiefe räumen.

Welcher Wahnsinnige versteckt die Toten im Essener Baldeneysee?

Wieder einmal stehen Rechtsmedizinerin Karin Hollmann und ihr Freund, Oberkommissar Sven Spelzer vor Mädchenleichen, die ihnen viele Rätsel aufgeben.

Wie weit geht ein skrupelloser Gangsterboss, um den gewaltsamen Tod seines Bruders zu rächen?

Zwei scheinbar unabhängige Fälle bringen die Ermittler selbst in Lebensgefahr. Ein friedliches Naherholungsgebiet entpuppt sich als Spielwiese für einen irren Mörder.

Obwohl die Handlungsabläufe in sich abgeschlossen sind, empfiehlt es sich, die Bücher in der Reihenfolge zu lesen.

Die Spelzer/Hollmann-Reihe:

ISBN 978-3746055879
Band 2 aus der Serie Spelzer/Hollmann
Als Taschenbuch und E-Book in allen Buchhandlungen und Online-Shops.

Inhalt:

»Der ist definitiv ertrunken. Die haben ihn noch lebend ins Wasser geworfen, dabei nicht mal seine Hände gefesselt.«

Die Aussage der Rechtsmedizinerin Karin Hollmann ist klar und deutlich. Sven Spelzer, mit dem sie schon den Serienmörder Pehling zur Strecke brachte, weiß von Anfang an, wen er für diesen Zeugenmord zur Verantwortung ziehen muss.

Die Soko wurde gebildet, um den ›SERBEN‹, wie sie den Gewaltverbrecher nennen, nach Jahren der Erfolglosigkeit, endlich zur Strecke bringen zu können.

Brutalster Drogen- und Menschenhandel wird ihm zur Last gelegt.

Mögliche Belastungszeugen verschwinden meist spurlos.

Doch wer ist der unsichtbare Helfer im Hintergrund?

Gibt es einen Maulwurf in den Reihen der Polizei?

Wieder werden die beiden Ermittler in einen Einsatz hineingezogen, der sie, wie schon im ersten Band dieser Reihe, an die Grenzen treibt. Als sie bereits an den sicheren Zugriff glauben, hat der Teufel längst die Falle gebaut.

Alle Thriller der Reihe sind zwar abgeschlossen und könnten auch unabhängig voneinander gelesen werden. Doch der Spannungsbogen ist größer, wenn die Reihenfolge eingehalten wird.

ISBN 978-3746067858
Band 1 aus der Serie Spelzer/Hollmann
Als Taschenbuch und E-Book in allen Buchhandlungen und Online-Shops.

Inhalt:

Der Wald rund um die Ruine der Essener Isenburg - eine Oase der Ruhe und des Friedens. Das ändert sich mit dem Fund einer ersten, grausam zugerichteten Leiche.

Kommissar Sven Spelzer, als erfahrener Leiter der Mordkommission, begegnet einem Serienkiller, der präzise seine unvorstellbaren Taten plant.

Der Täter preist seine Morde als Kunstwerke.

Wenn bisher ein System sein Wirken steuerte, so ist es die Gier Außenstehender, die eine unfassbare Lawine der Gewalt auslöst.

Gemeinsam mit der Rechtsmedizinerin Karin Hollmann begibt sich Spelzer auf die Suche nach dem Wahnsinnigen. Sie ahnen nicht, welche Hölle die Bestie schon für sie vorbereitet hat.

Kalendermord - der erste Fall für dieses Ermittlerteam, der sie sofort an ihre Grenzen zwingt.

ISBN 978-3744873024

Als Taschenbuch und E-Book in allen Buchhandlungen und Online-Shops.

Inhalt:

„Gib diese Frau auf, denn die Zeit auf dieser Erde ist endlich ... besonders für sie."

Die Warnung ist eindeutig, die der erfolgreiche Schriftsteller Jan Hellman in dem Umschlag vorfindet.

Niemals wieder hat er eine Verbindung eingehen wollen. Die Trennung von Claudia saß noch wie ein Stachel in seinem Herzen. Sein Single-Dasein war beschlossen.

Doch das Schicksal hatte eigene Pläne gehabt. Sandra veränderte alles.

Jetzt aber hält er diesen Drohbrief in den Händen.

Bei Jan Hellmann und den eingeschalteten Ermittlern keimt der Verdacht, dass ihn der Gegner gut kennen muss.

Lebt der Verursacher dieser Grausamkeiten in einem vertrauten Umfeld?

Ekelige Tierkadaver und weitere Drohbriefe verstärken die Angst.

Perfekt getarnt treibt der Täter sein perfides Spiel. Die Einschläge, die Opfer und Polizei weiter rätseln lassen, kommen immer näher, werden immer brutaler.

Eine Liebe, an deren Erfüllung sich mit jeder gelesenen Seite die Zweifel mehren.

Eine Beziehung, die direkt auf den Vorhof der Hölle zusteuert.

H.C. SCHERF

THRILLER

Der Flug der Libellen

ISBN 978-3744869997

Als Taschenbuch und E-Book in allen Buchhandlungen und Online-Shops.

Inhalt:

Seit Jahren verschwinden Prostituierte im Ruhrgebiet.

Keine Leichen. Keine Spuren.

Nichts kann den Killer aufhalten.

Die erst 10-jährige Andrea Lesbe und ihr gleichaltriger Freund leiden schon in der Schule unter Mobbing. Die Mitschüler machen ihnen das Leben zur Hölle.

Was die Kinder zu diesem Zeitpunkt nicht wissen können:

Ein Hurenmörder beginnt gleichzeitig sein perfides Werk.

Unaufhaltsam verbindet sich ihr Schicksal mit dem des irren Killers.

Als Andrea als Erwachsene wieder in ihre Heimatstadt Essen zieht, trifft sie nicht nur auf den einstigen treuen Freund.

Sie begegnet auch einem geheimnisvollen Fremden, der sie magisch anzieht.

Hauptkommissar Schlicht ermittelt mit seiner Soko seit 16 Jahren erfolglos im Fall eines vermissten Kindes und der beängstigenden Mordserie. Erst als der Killer die Abstände seiner grausamen Taten verkürzt, finden sich erste Spuren.

Damit das Geheimnis um den Serienkiller gelüftet werden kann, müssen die Beteiligten in den Vorhof zur Hölle hinabsteigen.

Erst dort begegnen sie der grausamen Wahrheit.

»Ein Thriller, der die schmale Kluft zwischen Normalität und dem menschlichen Wahnsinn spannend beschreibt.«

263

ISBN 978-3752856873

Als Taschenbuch und E-Book in allen Buchhandlungen und Online-Shops.

Inhalt

Als sich die Zellentür für Dirk Rasper nach vielen Jahren vorzeitig öffnet,
ahnt Hauptkommissar Klare nicht, welche Welle der Gewalt er damit auslöst. Nach seinen Recherchen saß der Mann über sieben Jahre unschuldig
hinter Gittern.

Ein geheimnisvolles Versprechen aus der Vergangenheit band Rasper daran,
die ihn möglicherweise entlastende Wahrheit zu verschweigen.

Als der Gefangene aus der Hölle des Strafvollzugs entlassen wird, treibt ihn
die Liebe zu seiner kleinen Tochter und der Wunsch nach Rache an. Es
mehren sich Zweifel daran, ob die Entscheidung, den Mann zu entlassen,
nicht ein weiterer Fehler war.

Das Grauen findet einen neuen Anfang und endet im überraschenden Showdown.